BIANCA MOV

Secrets and Seduction

Black Edition

PLAYLIST

Teacher's Pet – Melanie Martinez
older – Isabel LaRosa
Hypnotic – Zella Day
obsessed – zandros, Limi
Dirty Thoughts – Chloe Adams
Lose My Breath – Rhea Robertson
Black Sea – Natasha Blume
Teeth – 5 Seconds of Summer
RUNRUNRUN – Dutch Melrose
Heartburn – Wafia
Heartbeat– Isabel LaRosa
i'm yours – Isabel LaRosa
Under The Influence – Chris Brown
Dark Paradise – Lana Del Ray
Eat Your Young – Hozier
In The Stars – Benson Boone
Me and the Devil – Soap&Skin
die first – Nessa Barrett

Widmung

Für all meine braven Mädchen, die über ihren Professor fantasiert haben. Und für all meine bösen Mädchen, die dieser Fantasie nachgegangen sind.

Willkommen an der Preston Academy,

wo die Hallen Geheimnisse flüstern und die Schatten ihre eigenen Geschichten erzählen.

Hinter diesen ehrwürdigen Mauern verbirgt sich eine Welt, in der das Feuer der Wahrheit manchmal zu nahe an die Lunte der Lügen gelegt wird, wo das Dunkel der Seele nicht nur in den Ecken lauert, sondern auch in den Herzen derjenigen, die die Korridore entlangwandern. Dieses Buch ist eine Einladung, sich in eine solche Welt zu vertiefen, aber sei gewarnt: Die Reise ist nicht für die faint of heart. Die Seiten dieses Bandes sind getränkt mit der Schwere von Depressionen, Alkoholmissbrauch, Erwähnung von Kindesmissbrauch und den Narben des emotionalen Missbrauchs. Explizite Sexszenen und Sprache weben sich durch das Narrativ und Albträume quälen sowohl Charaktere als auch vielleicht Leser. Blut fließt so frei wie Tinte und der Tod tanzt leise durch jedes Kapitel.

Tritt ein, wenn du mutig bist, denn hier an der Preston Academy kann Wissen tödlich sein.

Die Bücher von Bianca Mov bei *Black Edition:*

Preston Academy Reihe

1. Secrets and Seduction
2. Ruin & Redemption 24.10.24

PROLOG

Ich fuhr hoch, als der Polizist mich hart gegen seinen Wagen drückte. Die kalten Handschellen gruben sich in meine Handgelenke und ließen meine Finger unkontrolliert zucken. Ich konnte immer noch den Geruch von verbranntem Holz an meinem Hoodie riechen und erschauderte bei dem Gedanken an den Grund, warum ich mich in dieser Situation befand.

»Wir haben deinen Vater kontaktiert. Er sollte jeden Moment hier sein. Ich würde dir raten, nichts zu sagen«, murmelte er hinter mir. Ich schüttelte den Kopf. Natürlich wäre ich nicht so dumm, ihnen irgendwelche Details über diese Nacht zu erzählen.

Heute hatte ich mein Schicksal besiegelt. Ich wusste, dass ich höchstwahrscheinlich im Jugendgefängnis landen würde. Kam man mit zwanzig überhaupt noch ins Jugendgefängnis?

Nein, ich glaube nicht.

Nicht einmal mein Vater konnte mich aus dieser Situation rausboxen.

Als ich die Augen aufschlug, sah ich unsere Nachbarin im Krankenwagen liegen. Ihre Haut war völlig verbrannt. Ich glaubte nicht, dass sie bei Bewusstsein war – zumindest waren ihre Augen geschlossen. Oder war sie tot? Hatte ich sie umgebracht? Nein, ihr Brustkorb bewegte sich unregelmäßig, aber immer noch auf und ab.

Ihre kleine Tochter saß neben ihr und wirkte ruhig, fast friedlich. Gut. Mit einem dumpfen Schlag schloss sich die Tür des Krankenwagens, und ich konnte endlich meinen Blick abwenden. Gerade als alles um mich herum still wurde, kamen zwei helle Lichter auf uns zu – das Auto meines Vaters, erkannte ich schließlich. Der Motor ging aus und er eilte in meine Richtung.

»Was zum Teufel ist hier los?« Er versuchte, sich an meine Seite zu drängen, aber der zweite Polizist hielt ihn in letzter Sekunde auf.

»Die Liste ist lang: Brandstiftung, schwere Körperverletzung, Einbruch, Widerstand gegen Vollstreckungsbeamte und Gefährdung von Minderjährigen.« Mein Vater sah mich mit seinem stechenden Blick an und suchte nach Verletzungen, die nicht da waren.

»Avery würde so etwas niemals tun. Lassen Sie sie los«, zischte er und fletschte dabei fast die Zähne. Voller Wut wollte er den bulligen Beamten neben mir wegschieben – vergeblich. Aber sein Kollege hatte recht. Ich war es gewesen. Und ich bereute es nicht. Es hatte so viel Spaß gemacht, das Gebäude einstürzen zu lassen, mitanzusehen, wie dieses Monster fast lebendig verbrannte. Ich hatte jede Sekunde genossen.

Nervös ging ich vor dem Büro des Staatsanwalts auf und ab und wartete auf den Anwalt und meinen Vater. Natürlich rechnete ich nicht damit, glimpflich davonzukommen. Ich hatte das Haus zerstört und musste nun mit den Konsequenzen leben. Ich hoffte nur, dass meine Zellengenossin mich nicht im Schlaf umbringen würde.

Ich zuckte zusammen, als jemand die Tür aufriss und meine Begleiter mit angespannter Miene aus dem Raum traten. Mein Vater ging an mir vorbei, ohne mich zu beachten. Seit jener Nacht weigerte er sich, mit mir zu sprechen. Ich verstand es. Ich würde auch nicht mit mir reden wollen.

»Es gibt eine gute und eine schlechte Nachricht«, sagte mein Anwalt. Ich hielt mit dem glatzköpfigen Mann Schritt und beobachtete ihn aus dem Augenwinkel. »Die gute Nachricht ist, dass Sie nicht ins Gefängnis müssen.« Ich wagte nicht, mich erleichtert zu fühlen; nicht, wenn seine Stimme so klang, als würde er mir gleich mein Todesurteil verkünden. »Die schlechte Nachricht ist, dass Sie an einem speziellen Programm für problematische Teenager teilnehmen müssen. Ein Internat, wenn Sie so wollen.«

Ein Internat? Ich hatte bereits die Highschool abgeschlossen und war sogar ein Jahr lang aufs College gegangen, bevor ich es wieder abgebrochen hatte. Was zum Teufel sollte ich in einem Internat voller Kinder machen, die wer weiß was getan haben?

»Mathe zur Bekämpfung von Verbrechen, nehme ich an?«, scherzte ich. Mein Anwalt kicherte kaum hörbar. »Ja, sowas in der Art. Wenn Sie sich benehmen, kommen Sie in einem Jahr raus. Es hat Ihren Vater ein Vermögen gekostet, Sie vor dem Gefängnis zu bewahren. Vergessen Sie das nie.« Schuldgefühle machten sich in meiner Brust breit, als ich daran dachte, wie er sich gefühlt haben musste. Wenn er nur den wahren Grund für mein Handeln wüsste ...

Ich seufzte. »Dann also ein Internat.« Nur ein Jahr, was sollte schon passieren?

KAPITEL I

Ich sah meinem Vater nach, als er vom Internatsgelände wegfuhr, ohne mir einen letzten Blick zu schenken. Dafür, dass es schon Anfang Oktober war, war das Wetter noch recht mild. Einzelne Sonnenstrahlen drangen durch die Wolkendecke und wärmten mein Gesicht. Es roch nach frisch gemähtem Rasen und Blumen, die nirgends zu sehen waren.

So friedlich es draußen aussah, so unheimlich wirkte das Hauptgebäude. Die steinerne Fassade war dunkel und mit Moos bewachsen, und an jeder Ecke standen ein paar düster aussehende Statuen in Engelsform. Von diesem Ort ging eine dunkle Aura aus. Ich konnte einfach nicht sagen, ob es mich faszinierte oder abstieß.

Ich zog meine Zigarettenschachtel aus der Manteltasche und zündete mir eine an. Wer wusste schon, ob sie meine Sachen konfiszieren würden. Ich wollte meine letzten freien Minuten genießen, bevor ich das Versuchskaninchen für ihr neues Projekt wurde.

Der vertraute Geschmack von verbranntem Tabak breitete sich in meinem Mund aus. Ich musste fast lächeln, als ich an den Grund dachte, weswegen ich auf ihrem Gelände stand und den schicken Eingang mit den verschnörkelten Holzelementen betrachtete. Es war mir egal, ob alle hier über mich urteilen würden, ob sie mich für eine skrupellose Verbrecherin halten würden. Ich war es ohnehin gewohnt, keine Freunde zu haben, also begrüßte ich die Tatsache, dass ich ein Jahr lang meine Ruhe hatte.

Mit einem Seufzer ließ ich die Kippe fallen und schleppte das Gepäck zum Eingang. Ehe meine Fingerknöchel die klobige Tür berühren konnten, öffnete sie eine große Frau mit blassem Gesicht und strenger Miene. Ich trat einen Schritt zurück und musterte sie von oben bis unten, was ihr offenbar missfiel.

»Avery James?«, fragte sie trocken.

»Ja. Sie müssen die Direktorin sein, richtig?« Sie nickte mir nur kurz zu, bevor sie die Tür aufhielt, sodass ich eintreten konnte.

Der Anblick machte mich fast sprachlos. Das gesamte Mobiliar war in dunklen Holztönen gehalten. Wohin man sich auch wandte, strotzte es nur so vor Geschichte und Kultur. Gemälde, Bücher – ich wusste gar nicht, wo ich zuerst hinschauen sollte. Ein paar Schritte weiter erstreckte sich vor mir ein riesiger Gemeinschaftsraum, der mit Sofas und Tischen ausgestattet war. Es gab sogar einen echten Kamin und einen teuer aussehenden Kronleuchter, welcher gedämpftes

Licht in den offenen Raum warf. Es sah gemütlich und gruselig zugleich aus.

»Sind Sie sicher, dass ich hier richtig bin? Dieser Ort sieht nicht gerade wie ein Undercover-Gefängnis für rebellische Kinder aus.« Die Direktorin ging weiter und ließ mir keine Zeit, anzuhalten und meine Umgebung zu beäugen.

»Wir haben dieses Programm ins Leben gerufen, um jungen Menschen eine neue Lebensperspektive zu geben, nicht, um sie einzusperren. Aber wer sich nicht an unsere Regeln hält, das Lehrpersonal nicht respektiert oder anderen Schülern Schaden zufügt, wird bestraft oder zurück nach Hause geschickt, wo man sich erneut dem Gericht stellen kann.«

Ich folgte ihr eine Weile, bis wir in einen breiteren und besser beleuchteten Flur einbogen und in ihrem Büro verschwanden. Meine Finger zuckten vom Tragen des schweren Gepäcks und ich steckte die Hände in die Taschen meines Mantels.

Sie gab mir ein Zeichen, mich zu setzen, und ich folgte ihrer Aufforderung, dankbar für die Pause, denn meine Beine schmerzten allein schon von der kurzen Strecke.

»Das ist eine Mappe mit allen Informationen, die Sie für Ihre Zeit hier brauchen. Hier finden Sie auch die Hausordnung.« Sie deutete auf das oberste Blatt. Ich las mir die Seite durch. Kein Alkohol, keine Drogen – klar. Aber kein Telefon oder Fernsehen?

»Wie kann ich meinen Vater kontaktieren?«, fragte ich fast schon zu laut und Panik stieg in mir auf.

Sie holte ein Gerät aus einer ihrer Schubladen, das

stark nach einem großen Handy oder einem kleinen Tablet aussah.

»Ein Ersatz. Es ist so programmiert, dass Sie einmal in der Woche zu Hause anrufen können. Wir werden Ihnen sogar die soziale Plattform des Internats zur Verfügung stellen. Jeder Schüler hat ein Profil, über das er mit anderen und gegebenenfalls auch mit den Lehrkräften kommunizieren kann. Aber wenn unser guter Wille ausgenutzt wird, verliert man dieses Privileg.« Ich nickte, dankbar für die Möglichkeit, mit ihm zu sprechen, nun ja ... eines Tages. »Das ist Ihr Stundenplan, der auf Ihre Kenntnisse und Bedürfnisse zugeschnitten ist. Da Sie bereits einen Monat verpasst haben, wird Ihnen ein Tutor zur Seite gestellt, den Sie ein paar Mal die Woche treffen werden.«

Ein Tutor? Das musste ein schlechter Scherz sein. Es reichte nicht, dass ich ein Jahr in diesem hübschen Gefängnis verbringen musste. Nein, die wenige freie Zeit, die ich noch hatte, sollte ich mit einem anderen Professor verbringen.

»Danke«, war das Einzige, das ich herausbekam. Sie nickte kurz, konnte sich nicht einmal zu einem kleinen Lächeln durchringen. Die Direktorin, so stellte ich fest, war jemand, den man nicht provozieren sollte. Ich fragte mich nur, was wohl hinter ihrer strengen Fassade steckte.

»Also gut. Da wir diese Dinge geklärt haben, schicke ich Sie zur Krankenschwester, die einen Gesundheitscheck macht und einige Bluttests durchführen lässt. Das ist eine Standardprozedur. Danach können Sie auf Ihr Zimmer im Westflügel gehen.

Dort sind die Mädchen untergebracht. Ihre Zimmergenossin wird Ihnen den Rest zeigen.«

Ich schaute auf den Grundrissplan. *Bei all den Windungen würde ich mich bestimmt zehnmal verirren,* dachte ich mir.

Die Direktorin erhob sich und reichte mir zum Abschied die Hand. Ich erwiderte die Geste und übte gerade genug Druck aus, um sie wissen zu lassen, dass ihre kalte Art mich nicht einschüchterte. »Eine letzte Bemerkung, Miss James: Ich erwarte, dass Sie sich von Ihrer besten Seite zeigen. Meine Augen und Ohren sind überall.«

Ich schenkte ihr ein Lächeln, das meine Augen nicht erreichte.

»Darauf wette ich.« Damit überließ ich ihr mein Handy und meine Zigarettenschachtel und verschwand durch die Holztür.

Verschwitzt und außer Atem erreichte ich endlich mein Zimmer. Wie schon befürchtet, musste ich mich ein paar Mal im Kreis drehen, bis ich den Westflügel gefunden hatte. Ich konnte die Eleganz dieses Ortes immer noch nicht fassen. Trotz seiner Dunkelheit lauerte in jeder Ecke der Beigeschmack der puren Verführung und Dekadenz. Egal wohin man sah, waren überall antike Wandteppiche, Vitrinen und Ölgemälde längst vergessener Maler. Ich war wie ein Fisch ohne

Wasser, passte so wenig hierher wie wahrscheinlich der Großteil der Schüler.

Mit geradem Rücken betrat ich das Zimmer, das für die nächsten 365 Tage mein Zuhause sein würde. Ich hatte keinen Wunsch nach einer Zimmergenossin, sondern zog es vor, allein zu sein. Viel zu viel Enttäuschung haftete an meinem Herzen, als dass ich mich hätte öffnen können. Vielleicht *wollte* ich mich auch gar nicht öffnen. Wahrscheinlich war ich für sie ein Freak. Aber waren wir das nicht alle hier?

Ich stellte mein Gepäck neben dem freien Bett ab und sah mich um. Unser Zimmer war nicht geräumig, aber es hatte einen rustikalen Charme. Die Farben der Tapete waren bereits verblasst, sodass nur eine vage Erinnerung an die Blumen darauf übrig blieb. Die zwei ziemlich kleinen Betten, die parallel zueinander standen und durch ein großes Fenster getrennt waren, nahmen den größten Teil des Raumes ein.

Wenigstens wäre es hier schön hell, dachte ich mir und sah zum Fenster, durch das an sonnigen Tagen sicherlich viel Licht einfallen würde.

Anscheinend sollte ich mir den Schrank mit dem anderen Mädchen teilen, aber wenn man sich die sorgfältig gefaltete Uniform auf der Tagesdecke ansah, brauchten wir sowieso nicht viel Platz.

Mit einem Seufzer ließ ich mich auf das Bett fallen. Ein Jahr – sie würden mich schon nicht lebendig häuten. Letztendlich war ich eine Verbrecherin, genau wie sie.

Ich zuckte zusammen, als sich die Tür zum Nachbarzimmer – dem Badezimmer – öffnete. Es war so still gewesen, dass ich niemanden hatte kommen hören.

»Oh, hallo, Anakin Skywalker«, grüßte mich ein Mädchen mit kurzen, schwarzen Haaren und markanten Zügen. Instinktiv wollte ich nach meiner Narbe greifen, hielt mich aber im letzten Moment zurück.

»Avery.«

Sie streckte mir die Hand entgegen und schenkte mir ein charmantes Lächeln, das ihre perfekten Zähne zur Geltung brachte. »Leilah«, erwiderte sie mit einem Zwinkern. »Ich hoffe, du machst jetzt keinen kalten Entzug durch, so blass, wie du bist.« Ich schüttelte den Kopf.

»Das ist also das Internat für gestörte Teenager.«

»Verrückt, oder? Obwohl du nicht wie ein Teenager aussiehst. Wie viel hat dein Vater dafür bezahlt, damit du trotzdem hierher kannst?«, fragte sie.

»Ich bin zwanzig«, erwiderte ich und rollte mit den Augen. »Und eine Menge. Du siehst auch nicht gerade wie fünfzehn aus.«

»Ich habe meine Wege.« Sie öffnete den Schrank und präsentierte mir stolz die leere Hälfte. »Ich habe das nur für dich gemacht. Normalerweise hasse ich Zimmergenossin, aber als ich deine Akte gelesen habe, bin ich neugierig geworden. Ziemlich lange Liste, ganz zu schweigen von deinem Polizeifoto. Dein Lächeln war unbezahlbar.«

Der Gedanke an diese Nacht und den Geruch erhellten meine Stimmung. Aber der Nervenkitzel, den diese Erinnerungen in mir ausgelöst hatten, wurde nur allzu schnell von ihrer vorherigen Aussage überschattet. Sie wusste alles über mich, jedes Detail.

»Ihr könnt hier einfach so die Akten der anderen lesen?«, fragte ich perplex und Leilah warf mir einen wissenden Blick zu.

»Nein, natürlich nicht. Das heißt aber nicht, dass ich sie nicht in die Finger bekommen kann. Mach dir keine Sorgen, ich werde nichts sagen. Außerdem solltest du sowieso nicht mit Klassenkameraden über ihre Vergangenheit sprechen. Es ist besser, wenn du dich bedeckt hältst.«

Auch wenn sie eine Grenze überschritten hatte, war ich doch dankbar für ihren Rat. Natürlich wollte ich mich hier mit niemandem anlegen. *Nicht, wenn er oder sie Gott weiß was getan hat.*

»Worauf wartest du? Zieh dich an, ich zeige dir den Campus und alle wichtigen Klassenzimmer«, sagte sie und schob mich mitsamt meiner Uniform ins Bad. Zögernd folgte ich ihrem Befehl und verschwand hinter der quietschenden Tür.

Wir gingen durch einen kargen Garten, in dem die Blumen bereits ihren Winterschlaf hielten. Nur das Rascheln der Blätter unter unseren Schuhen durchbrach die Stille. Diese Landschaft hatte etwas Rohes, Unberührtes an sich, und doch lauerte in jeder Ecke, die man betrat, eine stille Warnung. Selbst die dürren Bäume und die spärlichen hohen Hecken mahnten leise dazu, sich zu benehmen, keinen Fehler zu machen.

Die Freizeituniform unterschied sich nicht wesentlich von der normalen. Beide bestanden aus einem für meinen Geschmack zu langen Rock, einer Strumpfhose, einer Bluse oder einem Pullover und einem Paar hässlicher, schwarzer Stiefel, die unterhalb des Knies endeten. Außerdem gaben sie uns einen Mantel, der eher einem Kartoffelsack glich.

Allerdings hatte ich es mir schlimmer vorgestellt. Im echten Gefängnis wäre mein Outfit noch viel unvorteilhafter gewesen.

»Wir haben einige Fächer zusammen, dafür habe ich gesorgt. Mach dir keine Gedanken, die meisten Leute hier sind in Ordnung. Trotzdem solltest du dich erst einmal an mich halten«, sagte Leilah und blickte in die Ferne, als ob sie etwas am Horizont erspähen würde.

Insgeheim war ich froh, gleich zu Beginn jemanden wie sie getroffen zu haben. Aber ich glaubte nicht, dass wir jemals Freundinnen werden würden. Allzu bald würden sich unsere Wege ohnehin trennen, und um mir den Abschiedsschmerz zu ersparen, wollte ich lieber keine tiefen Freundschaften schließen.

»Dürfen wir den Campus verlassen und in die Stadt gehen?«, fragte ich. Die nächste Stadt war zwar nicht gerade zu Fuß zu erreichen, aber sich frei bewegen zu dürfen, reichte mir.

Sie schüttelte den Kopf. »Alle zwei Wochen dürfen wir für ein paar Stunden rausgehen. Wenn du zu spät kommst, wirst du sofort rausgeschmissen.«

Ziemlich radikal, das musste ich ihnen lassen. Nicht, dass ich vorhatte, meine Nächte damit zu verbringen, meinen Kummer in Alkohol zu ertrinken. Diese Zeiten waren vorbei. Bei diesem Gedanken zuckten meine Finger unwillkürlich in der Manteltasche. Ich ignorierte es und ging weiter.

Die eisige Brise ließ mich frösteln. Oder war es das Gefühl, beobachtet zu werden? Wahrscheinlich war ich nur paranoid, aber ich hätte schwören können, zu spüren, dass mich jemand anstarrte, dass jemand jeden meiner Schritte analysierte.

»Lass uns gehen, es wird schon dunkel«, drängte meine Zimmergenossin und ich seufzte erleichtert auf. Diese eisige Bergluft war nichts für mich.

Wenige Minuten später traten wir in das beheizte Gebäude, wieder umgeben von der geheimnisvollen Schönheit dieser Akademie. »Morgen ist dein erster Tag. Wir haben bis zum Nachmittag Unterricht. Danach wirst du dich mit deinem Tutor treffen. Er wird dir einiges von dem Stoff beibringen, den du verpasst hast.« Richtig – der Tutor. Das hatte ich völlig vergessen.

»Wie ist er so?«, fragte ich, während ich mich an das hölzerne Geländer der Galerie lehnte und auf den Gemeinschaftsraum hinunterblickte.

Leilah schnaubte amüsiert. »Oh, das wirst du noch früh genug herausfinden.« Ich zog eine Augenbraue hoch, konnte mir keinen Reim auf ihre Reaktion machen.

Aber eines war sicher – sie hatte meine Neugierde geweckt.

KAPITEL 2

Ich wurde aus meinem viel zu leichten Schlaf gerissen, als Leilah mich unsanft am Arm rüttelte.

»Steh sofort auf! Wir sind schon spät dran«, rief sie.

Wir waren bis weit nach Mitternacht aufgeblieben und ich konnte so früh am Morgen kaum einen klaren Gedanken fassen. Das Bett war zu hart und anscheinend funktionierte die Heizung nicht richtig, denn ich fror sogar in meinem dicken Pyjama und der Daunendecke.

»Es sind noch zwei Stunden bis der Unterricht beginnt«, erwiderte ich genervt und wollte mich gerade wieder hinlegen, als sie mir die Decke vom Körper zog.

»Jeden Morgen haben wir einen kurzen Gottesdienst. Danach treffen sich alle in der Cafeteria. Die, die verschlafen, bekommen Extraaufgaben. Ich habe keine Lust, meine freie Zeit mit dem Schrubben von Böden zu verbringen.«

Mit einem genervten Stöhnen riss ich mich zusammen und ging an ihr vorbei ins Bad. Gottesdienst? Religion hatte in meiner Erziehung nie eine große Rolle gespielt, und an ihrem gruseligen Akademie-Kult war ich auch nicht interessiert. Nichtsdestotrotz war ich in Rekordzeit fertig und trat ein wenig mürrisch zurück in unser Schlafzimmer.

»Dieser scheußliche Rock ist viel zu lang«, stellte ich fest, während ich Leilahs Exemplar betrachtete. Ihrer war kürzer und betonte ihre langen Beine.

Sie stemmte eine Hand in die Hüfte und sah mich von oben bis unten an. »Ich bringe das nach dem Unterricht in Ordnung. Kämm deine Haare, du siehst schrecklich aus.«

Ich drehte mich zum Spiegel und fuhr mit der Hand über mein Gesicht. Meine Zimmergenossin hatte nicht übertrieben. Ich war blass, hatte Augenringe, und meine einstigen dunkelbraunen Locken glichen eher einem Vogelnest.

Ich hatte keine Zeit, mich zurechtzumachen, also beschränkte ich mich auf das Nötigste und entwirrte mein Haar. Wenige Augenblicke später sprinteten wir mit unseren ledernen Umhängetaschen in Richtung der Halle, in der der Gottesdienst gehalten wurde.

Ich hatte den langen Weg unterschätzt. Mein dunkelgrüner Pullover kratzte, und meine Stiefel drückten mir auf die Zehen. Trotz der sich anbahnenden Blasen versuchte ich mit aller Anstrengung, meinen distanzierten Blick beizubehalten. Der erste Eindruck sollte nicht der eines in die Enge getriebenen Welpens sein. Zum Glück beachteten uns die wenigen

Mitschüler auf dem Gang nicht wirklich und das gab mir einen Funken Hoffnung. Vielleicht könnte ich für den Rest des Jahres ja unsichtbar bleiben.

Gerade als die Glocke klingelte, erreichten wir die große Halle. Der Boden war aus Marmor und von der Decke hingen riesige Kronleuchter. Lange Kirchenbänke waren vor dem Altar aufgereiht, der mit Ikonen und Kerzen bestückt war. Musiker spielten düstere Lieder, die ich noch nie gehört hatte und die mir die Nackenhaare zu Berge stehen ließen.

Eine seltsame Dunkelheit lauerte in jeder Ecke dieses Raumes und drohte, einen in den brutalen Abgrund seiner selbst zu führen. Irgendwie wirkte es beruhigend.

Wir nahmen abseits der Menge Platz und stellten unsere Taschen auf dem polierten Boden ab.

»Gerade noch rechtzeitig«, keuchte ich außer Atem. Leilah nickte.

In dem Moment, als ich etwas hinzufügen wollte, ertönte eine liebliche Stimme am Altar – eine junge Frau, dunkelblond und bildschön.

Sie trug ein enges, schwarzes Rollkragenkleid, das ihr bis zu den Knien reichte. Ihr dunkelblondes Haar war halb hochgesteckt, was ihrem Gesicht einen aristokratischen Touch verlieh und ich fragte mich unweigerlich, ob alle Lehrkräfte so gut aussahen wie Ms. Arden.

Innerlich seufzend erlaubte ich mir einen letzten Blick auf ihre Figur, bevor ich mich zurücklehnte und so tat, als würde ich dem Gebet folgen. Mehr als einmal musste ich mich zusammenreißen, um nicht einzunicken. Die Musik der Orgel und der Klang ihrer Stimme trieben mich immer weiter in die süße Umarmung des Vergessens. *Es würde schon keiner bemerken, wenn ich meine Augen für eine Minute schließe*, dachte ich.

Ich schreckte auf, als Leilah mich mit dem Ellbogen anstieß. Aufgeregtes Geflüster brach aus, Studenten erhoben sich von ihren Bänken und eilten hinaus in Richtung Cafeteria.

Pünktlich dazu meldete sich mein Magen mit einem lauten Knurren.

»Gut, dass Ms. Arden nicht gesehen hat, wie du mir über die Schulter gesabbert hast. Komm, wir müssen uns beeilen, sonst ist das beste Essen schon weg«, sagte sie mürrisch und hob die schwere Umhängetasche vom Boden. Ich verdrehte die Augen über ihre übertriebene Bemerkung, stand aber schließlich auf und ging voran.

Wir waren gerade dabei, uns anzustellen, als zwei Jungs auf uns zukamen. Sie sahen nicht schlecht aus, vor allem der größere von ihnen, dessen Haar im Licht fast silbern wirkte.

Der andere war etwas muskulöser und hatte ein charmantes Lächeln. Seine dunkle Haut brachte seine honigfarbenen Augen zur Geltung, und ich konnte nicht anders, als ihm ein schiefes Lächeln zu schenken.

»Oh, Avery, das sind Caleb und Noah. Caleb ist der beste Freund meines Bruders und Noah geht in dieselbe Klasse wie wir.«

Caleb sah etwas älter aus als sein brünetter Freund,

und ich konnte nicht umhin, mich zu fragen, warum sie hier gelandet waren.

»Es ist mir ein Vergnügen, dich kennenzulernen«, sagte Noah und küsste meinen Handrücken. Ich ließ ihn gewähren, unsicher, ob er flirtete oder einfach nur herumalberte.

»Freut mich auch«, erwiderte ich und schaute zu Leilah, die Caleb einen Blick zuwarf, den kleine Schwestern dem besten Freund ihres Bruders nicht zuwerfen sollten.

Ich fragte mich, was zwischen den beiden vor sich ging und ob sie in der Öffentlichkeit nur so taten, als wären sie bloß befreundet. So oder so, es ging mich nichts an.

»Ich habe gehört, dass Mr. Preston dein Tutor sein wird. Viel Glück dabei.« Ein teuflisches Grinsen breitete sich auf seinem Gesicht aus. Ich legte den Kopf schief, unfähig, seine kryptischen Worte zu deuten.

Gerade als ich den Mund öffnen wollte, bewegte sich die Schlange, und wir waren an der Reihe.

»Preston wie in *Preston Academy*?« Er nickte.

»Hör nicht auf Noah. Mr. Preston ist sehr ... *faszinierend*«, mischte sich Leilah ein, und ich schüttelte den Kopf.

»Serienmörder sind auch faszinierend, aber man sollte ihnen besser aus dem Weg gehen.« Caleb schnaubte amüsiert. Offensichtlich war er der Ruhigere von beiden. *Gute Wahl, Leilah,* dachte ich mir. Vollgepackt mit Essen, das ganz und gar nicht nach dem Cafeteria-Müll an meiner alten Highschool roch, gingen wir an tratschenden Schülern vorbei. Abgesehen von einer

Handvoll von ihnen, die mir viel zu offensichtlich ins Gesicht starrten, schenkte mir niemand Aufmerksamkeit.

Unsere kleine Gruppe versammelte sich um einen runden Holztisch, an dem bereits Besteck und Servietten ausgelegt waren. Ich nahm einen Schluck Kaffee und verbrannte mir fast die Lippen, aber Gott, schmeckte es gut.

Die Jungs waren in ein Gespräch vertieft, während Leilah auf ihrem kleinen Tablet scrollte. Offenbar war die soziale Plattform bei den Studenten sehr beliebt, denn sie ging Dutzende von Beiträgen und Fotos durch.

»Irgendetwas Interessantes?«, fragte ich mit vollem Mund. Sie zuckte nur mit den Schultern.

»Das Übliche – sexy Fotos, Klatsch und die Frage, ob jemand die Hausaufgaben abschreiben kann.« Ich schmunzelte.

»Die Leute fragen wirklich auf einer Plattform, zu der Professoren Zugang haben, ob sie abschreiben dürfen?" Meine Zimmergenossin legte das Gerät auf den Tisch.

»Die lesen sich den Scheiß nicht durch. Schon gar nicht in ihrer Freizeit. Kein Professor macht das freiwillig.«

Ich nahm mein eigenes Tablet heraus und drückte auf die App mit dem Wappen der Akademie.

Willkommen an der Preston Academy stand in eleganter Schrift vor einem Bild voller sorgloser Schüler und es öffnete sich ein Feld, in das man seine Zugangsdaten eingeben konnte.

»Die Anmeldedaten stehen in den Unterlagen, die du am ersten Tag bekommen hast«, erklärte Leilah.

Ich kramte sie aus meiner Tasche hervor und trug die erforderlichen Daten ein. Ich konnte kaum eine Handvoll Beiträge lesen, als eine schöne Melodie erklang und alle aufstanden, um rechtzeitig zu ihren Klassen zu gelangen.

Mit großen Schritten eilten wir durch die langen Gänge, vorbei an Gemälden und Büsten, die im gedämpften Licht irgendwie unheimlich wirkten, und kamen endlich an. Das Klassenzimmer war nicht besonders groß, doch die Eleganz blieb erhalten. Es roch nach altem Leder und Staub, was wahrscheinlich an den vielen alten Büchern lag, die zwei Wände bedeckten.

Noah, Leilah und ich setzten uns nebeneinander in die letzte Reihe, bevor ich mein Notizbuch und ein paar Stifte rauskramte. Psychologie und Manipulation kriminellen Schülern zu unterrichten, musste ein makabrer Scherz der Fakultät gewesen sein, sonst konnte ich mir die Wahl des Lehrplans nicht erklären.

Ich fragte mich, wann der Professor endlich eintreffen würde, und wie auf Knopfdruck wurde es still um mich, die hitzigen Gespräche verstummten. *Wenn man vom Teufel spricht …* Mein Stift fiel auf den Boden, und mit einem genervten Stöhnen bückte ich mich, um ihn aufzuheben. Genau dann kam der Professor hereingestürmt.

Zuerst sah ich nur die Spitzen seiner polierten, eleganten Schuhe, bis mein Blick wie in Zeitlupe immer weiter hinauf wanderte und schließlich an seinem Gesicht hängen blieb. Und *was* für ein Gesicht das war. Markant und doch hatte es etwas Engelhaftes, etwas Vertrautes an sich. Kannten wir uns? Nein, das konnte nicht sein. Ich hätte mich an solch außergewöhnliche Züge erinnert. Ich schüttelte innerlich den Kopf. Mein Gehirn spielte mir Streiche.

Der Professor rührte sich nicht, stand bloß wie angewurzelt an seinem Pult, und ich konnte meine Augen nicht von ihm abwenden. Sein tiefschwarzes Haar war an den Spitzen ein wenig gelockt und fiel ihm in die Stirn. Er war gut gebaut, ja, aber er hatte nicht die breite Statur eines Mannes, der zu viel Zeit im Fitnessstudio verbrachte. Das weiße Hemd spannte sich leicht um seine Oberarme, und die dunkelgraue Stoffhose saß perfekt um seine Hüften.

Er sah mich an, und ich hätte schwören können, dass sich etwas in seinem Gesichtsausdruck veränderte, zumindest für einen Moment, bevor seine Augen wieder ihre eisige Schärfe annahmen.

Der Professor wandte uns den Rücken zu und schrieb mit gezackter Schrift etwas an die Tafel. Ich nutzte diesen Moment der Unaufmerksamkeit und wandte mich an Leilah.

»Wie alt ist der Typ eigentlich?« Ich versuchte, so leise wie möglich zu sprechen – anscheinend vergeblich, denn er drehte sich viel zu schnell um.

»Steh auf«, zischte Mr. Preston. Ich konnte meinen Ohren kaum trauen. Diesen herrischen Ton hatte ich noch nie von einem Professor gehört.

Ich hob eine Augenbraue. Für wen hielt er sich eigentlich?

»Ich sagte, du sollst aufstehen. Bist du schwerhörig oder hat der ganze Rauch auch deine letzte Gehirnzelle benebelt?«

Mir klappte der Mund auf, und ich ballte die Hände zu Fäusten. Wut breitete sich wie Feuer in meiner Brust aus, und ich wäre fast auf ihn losgegangen. Es war nicht die Demütigung per se, sondern sein selbstgefälliger Blick, der mich in den Wahnsinn trieb. Dieser Arsch genoss das hier.

Ich konnte mir einen Kommentar gerade noch verkneifen. Es wäre kein gutes Omen, sich den Professor gleich am ersten Tag zum Feind zu machen, also tat ich zähneknirschend, was er wollte.

»Was hast du ihr erzählt? Wir sind alle sicher *äußerst* neugierig«, spottete er weiter. Als ich nicht antwortete, machte er einen Schritt auf mich zu und verschränkte die Arme vor der Brust. Mein Blick blieb einen Moment zu lange an seinen Unterarmen hängen.

Ich ließ mich von seinem Verhalten nicht unterkriegen, ließ nicht zu, dass er mir das Gefühl gab, unterlegen zu sein, also schenkte ich ihm mein charmantestes Lächeln und antwortete: »Ich habe mich nur gefragt, wie alt Sie sind.« Ein höhnisches Lächeln breitete sich auf seinem Gesicht aus. Wie konnte ich ihn nur jemals als Engel betrachten? *Nun ja, Luzifer war auch einer gewesen.*

»Alt genug, um dein Professor zu sein. Jetzt setz dich.« Ohne ein weiteres Wort wandte er seine Aufmerksamkeit wieder der Tafel zu.

In der Tat, Mr. Preston war sehr *faszinierend.*

»Was machst du hier so spät in der Nacht?«

KAPITEL 3

Nach dem Mittagessen hatte ich eine Verabredung mit meinem unausstehlichen Tutor. Er war nett anzusehen, ja, aber sein beschissener Charakter machte seine Attraktivität zunichte.

Dummerweise hatte ich mich mehrmals verlaufen, bevor ich sein Büro gefunden hatte, also war ich ziemlich spät dran. Ich klopfte zwei Mal, öffnete die Tür und trat ein. Sofort stieß mir der feine Geruch von Whiskey und Zigarettenrauch in die Nase. Ich atmete tiefer ein und vermisste den Geschmack des verbrannten Tabaks auf meiner Zunge.

Mr. Preston blickte genervt von seinem Papierstapel auf, musterte mich einige Augenblicke lang und sah dann wieder weg.

»Soll ich mich hinsetzen?«, fragte ich, während ich mich in dem kleinen Büro umsah.

Offenbar legte er keinen Wert auf Ordnung, denn

seine Sachen waren überall verstreut. Bücherregale bedeckten drei ganze Wände und waren so vollgestopft, dass ich Angst hatte, sie könnten jeden Moment zusammenbrechen. Aber was mich am meisten erstaunte, war das kunstvoll gefertigte Klavier in der Ecke. Auf der dunklen Politur hatte sich bereits Staub angesammelt, ein trauriger Beweis dafür, dass hier niemand Musik schätzte.

»Mach, was du willst, solange du die Klappe hältst«, sagte er, ohne mich auch nur weiter eines Blickes zu würdigen.

»Aber ich dachte, Sie helfen mir, den Stoff aufzuholen.« Er schnaubte.

»Glaubst du, ich verschwende meine Zeit damit, dir Nachhilfe zu geben?« *Nett …*

Ich antwortete nicht auf seine Frage und wollte mich gerade umdrehen und gehen, als er wieder anfing zu reden.

»Was glaubst du, wo du hingehst?« Da war eine gewisse Angriffslust in seinem Ton.

»Sie sagten, Sie würden mir keine Nachhilfe geben. Ich dachte, das bedeutet, ich wäre entlassen.«

»Da hast du falsch gedacht. Setz dich hin und mach deine Hausaufgaben oder was auch immer.« Anscheinend fand er Gefallen an dem respektlosen Verhalten. In meiner alten Schule hätte es keiner gewagt, so mit uns zu sprechen.

Enttäuscht schleppte ich mich zu seinem Schreibtisch und setzte mich ihm gegenüber.

»Ich habe keine Hausaufgaben«, erwiderte ich. Was war der Zweck dieses Treffens? Offensichtlich hatte er kein Interesse daran, mir etwas beizubringen, und ich hatte noch weniger Interesse daran, meine Freizeit mit ihm zu vergeuden.

Er atmete langsam aus. Es war fast so, als würde ihn schon meine bloße Anwesenheit irritieren. Dann kramte er eine weiße Schnur aus einer Schublade hervor – Kopfhörer, wie ich feststellte.

Was sollte das alles?

»Hör einfach Musik und nerv mich nicht. Ich habe zu tun.« Ich blinzelte. War das sein scheiß Ernst? Ich musste also hierbleiben, wohlwissend, dass er mir nicht helfen würde, um *Musik* zu hören? Mit einem innerlichen Kopfschütteln steckte ich das eine Ende in mein Tablet und setzte sie auf, während meine Augen die ganze Zeit auf seinem Gesicht ruhten. Schade eigentlich. Mr. Preston hätte so wunderschön sein können, wäre er nicht ... *er*.

Schließlich brach er den Blickkontakt ab, und ich lehnte mich in den Ledersessel zurück, wählte meinen Lieblingssong und schaute an die Decke, um das Gemälde darauf in meinen Gedanken nachzuzeichnen.

Die laute Musik ließ mich meine Umgebung vergessen. Ich erinnerte mich an eine Zeit, in der ich dieses Lied sogar im Schlaf spielen konnte, als meine Finger mich noch nicht im Stich gelassen hatten. Eine bessere Zeit.

Wie zum Hohn zuckte mein Zeigefinger, und ich hasste mich dafür, in alten Erinnerungen geschwelgt zu haben. Sie brachten mir nichts als Herzschmerz und Kummer. Und Selbsthass, so viel Selbsthass.

Eine seltsame Wärme breitete sich in meiner Brust

aus und schlängelte sich an meinem Hals und meinen Armen entlang. Es fühlte sich fast wie unsichtbare Küsse an, die meine Haut bedeckten.

Ein Schauer lief mir über den Rücken. Ich war mir sicher, dass mein Professor mich beobachtete, spürte seine Augen auf mir und ließ ihn gewähren. Sollte er doch. Aber wieso fühlte ich mich so nackt?

Ich wusste nicht, wie lange ich dort gesessen hatte, ob ich eingenickt war oder ob die Musik nur meinen Geist vernebelt hatte, aber plötzlich türmte sich Mr. Preston über mir auf.

Ich verengte die Augen und nahm einen Kopfhörer vom Ohr.

»Der Unterricht ist vorbei. Geh zurück in dein Zimmer«, sagte er trocken. Ich erhob mich, richtete meinen Rock und warf mir die Umhängetasche über die Schulter. Doch bevor ich mich zum Gehen wandte, schaute ich ein letztes Mal in seine strahlend blauen Augen. Dieser ungewöhnliche Ton konnte jedem Meer der Welt trotzen, musste ich mir zähneknirschend eingestehen.

»Danke für Ihre Hilfe, Professor. Sie haben meinen Horizont ungemein erweitert. Ich kann unser nächstes Treffen kaum erwarten.«

Mit diesen Worten ließ ich ihn stehen.

Verwirrt erwachte ich aus einem traumlosen Schlaf und wusste nicht, wie viel Zeit vergangen war. Als ich mich nach meiner Nachhilfestunde kurz hingelegt hatte, war es draußen noch hell gewesen, doch als ich jetzt aus dem Fenster schaute, stand der Mond im Zenit.

Leilahs Schnarchen nach zu urteilen, schlief sie tief und fest. Mit halb geöffneten Augen zückte ich mein Tablet und schaute auf die Uhr – kurz nach Mitternacht. Trotz der Erschöpfung der letzten Tage fühlte ich mich hellwach. An Schlaf war nicht zu denken, also traf ich eine sehr dumme Entscheidung und schlich mich hinaus, um meine Umgebung zu erkunden.

Das Quietschen der Tür ließ mir die Nackenhaare zu Berge stehen und ich hatte schon fast Angst gehabt, meine Zimmergenossin geweckt zu haben, aber als mein Ohr auf das kalte Holz traf, war nichts zu hören.

Für solche Fälle hatte ich ihr gesagt, dass ich manchmal schlafwandelte und nicht geweckt werden sollte. Vorsicht war besser als Nachsicht.

Die Gänge kamen mir um diese Zeit noch unheimlicher vor. Der kalte Luftzug ließ mich frieren, und ich verfluchte mich dafür, dass ich mir nichts Dickeres angezogen hatte.

Nur meine Schritte durchbrachen die Todesstille und sporadisch brennende Kerzen wiesen mir den Weg immer tiefer in das Herz der Akademie. Meine Fingerspitzen fuhren über die alte Tapete, zeichneten die raue Oberfläche der Steinsäulen oder polierten Holzelemente nach. Es war friedlich; ich hätte die ganze Nacht so verbringen können. Einer alten, bronzenen Plakette nach zu urteilen, hatte hier ein einst sehr berühmter Professor unterrichtet. Ich erkannte den Namen nicht und fragte mich, was er jetzt von all dem halten würde – kriminelle Teenager, die durch die prunkvollen Flure liefen, als würden sie zu all dem dazugehören. Ich schüttelte den Kopf.

Nein, das war nicht unsere Welt, zumindest nicht die der meisten. Wir waren hier, weil wir Glück hatten oder, wie in meinem Fall, weil mein Vater das nötige Kleingeld bezahlt hatte. Im Endeffekt waren alle bestechlich, so traurig es auch klang. Jeder Mensch hatte einen Preis. Wer es leugnete, war ein Heuchler.

Ich bewunderte gerade das verstaubtes Porträt einer wunderschönen jungen Frau mit seidenglattem Haar, als ich plötzlich etwas in der Ferne hörte – Schritte, fast lautlos, aber schnell. Fuck. Offensichtlich würde ich die Nacht nicht für mich allein haben. Jemand war mir auf der Spur, verfolgte mich. Ich spürte es.

Mit wild pochendem Herzen schlich ich in die entgegengesetzte Richtung und versuchte, mich in den Schatten zu bewegen, die die Kerzen warfen.

Das Gefühl, Beute zu sein, ließ nicht nach, ganz gleich, wie weit ich mich von der Geräuschquelle entfernte. Es war fast so, als ob diese seltsame Aura, die irgendwo da draußen auf mich lauerte, alle meine menschlichen Instinkte alarmierte. Ich sah nach links und dort ...

Eine schmale Holztür mit eleganten Schnitzereien erschien vor meinen Augen. Ich hatte keine Zeit, nachzudenken, sondern ließ mich von der Angst, ertappt zu werden, treiben und verschwand in der stockfinsteren Abstellkammer. Das Adrenalin hatte mir den Atem geraubt. Ich lehnte mich an die Steinwand hinter mir und zählte im Geiste bis hundert und zurück. *Irgendwann würde die Person verschwinden,* dachte ich. Von mir aus würde ich die ganze Nacht so ausharren können, es war mir egal. Alles, um nicht diese ekelhafte Vorahnung des Bösen spüren zu müssen.

Es war so still, dass man eine Stecknadel hätte fallen hören können, mein Atem im Kontrast dazu wie ein Bulldozer. *Wäre ich nur in meinem verdammten Bett geblieben,* dachte ich mir. Ehe ich mich weiter schimpfen konnte, drückte jemand die Türklinke herunter und ich erstarrte. Scheiße, ich hätte die Schritte doch hören müssen. Ein Schauer lief mir den Rücken runter, während mir in dieser Millisekunde alle möglichen Szenarien durch den Kopf gingen.

»Was machst du hier so spät in der Nacht?«, ertönte eine tiefe, raue Stimme. Ich erkannte den Eindringling sofort – Mr. Preston. Ich räusperte mich, wollte alles daran setzen, cool zu wirken. Fehlanzeige.

»Ich konnte nicht schlafen«, war das Einzige, was mir in den Sinn kam. Und es war nicht einmal eine Lüge. Er hielt eine Kerze zwischen uns, sodass die Flamme den winzigen Raum beleuchtete.

Mein Professor hob eine Augenbraue und musterte mich von oben bis unten. Irgendetwas passte ihm nicht. Das erkannte ich an seinem missbilligenden Ausdruck. Er kannte mich nicht und trotzdem verhielt er sich so, als ob meine bloße Anwesenheit ihm ein Dorn im Auge war.

Selbstbewusst kam er einen Schritt näher und ließ die Tür hinter sich in die Angel fallen. Eigentlich hätte er zurücktreten müssen, hätte Abstand halten müssen.

So wäre es angemessen gewesen. Aber Mr. Preston war nicht angemessen. Ganz im Gegenteil. Der Raum war viel zu klein für uns beide. Vor allem, wenn man sein riesiges Ego miteinberechnete.

Er strahlte eine gewisse Gefahr aus. Etwas, das ich nicht verstand und vielleicht auch nie verstehen würde. Wahrscheinlich waren es seine Augen, die schon viel zu viel gesehen hatten. Sein Haar war wild, und er hatte seine Stoffhose und das Hemd gegen etwas Legeres getauscht. Ich atmete tief ein, die Luft voll von seinem einzigartigen Duft.

»Was machen *Sie* hier auf dem Campus so spät in der Nacht?«, fragte ich, um die Spannung im Raum zu lockern.

Er schnaubte, seine arroganten Züge perfekt zur Schau gestellt. »Was glaubst du, wo die Professoren schlafen? Wir wohnen auch hier, etwas abseits von euren Flügeln. Außerdem kann *ich* mich bewegen, wie es mir beliebt.« Es war nicht schwer zu verstehen, was er zwischen den Zeilen ausdrücken wollte. Wir waren nur Kriminelle.

Ich versuchte, an ihm vorbeizugehen, aber er versperrte mir den Weg, überragte mich, ließ mich klein fühlen. Ich hasste es. »Eine Warnung, oder vielmehr ein Befehl – lauf nie wieder nachts umher.« Mr. Preston trat einen Schritt näher, sodass sich unsere Oberkörper fast berührten, und mir fiel es plötzlich schwer zu atmen. Er füllte den Raum aus, nahm alles und gab nichts. Die Härchen in meinem Nacken standen mir zu Berge, während ich seine Wärme so deutlich spürte, als wäre es meine eigene. Eine gewisse

Elektrizität strahlte von seinem Körper aus, und ich wusste nicht, ob mir das gefiel oder ob es mir Angst machte.

»Was soll schon passieren? Es ist eher unwahrscheinlich, dass ich auf irgendwelche verlorenen Seelen treffe.« Er antwortete nicht auf meinen Versuch, die Situation zu entspannen.

»Geh wieder schlafen«, befahl mein Professor stattdessen knapp und machte endlich den Weg frei, doch bevor ich die Kammer ein für alle Mal verlassen konnte, packte er mich am Oberarm. Sein Griff war fest um meine Haut, und doch hatte seine Berührung etwas Sanftes an sich. Es war fast so, als müsste er sich anstrengen, um mich nicht zu verletzen, als wäre das alles, wozu er fähig war, und es doch nicht wollte.

Er beugte sich herunter und seine Lippen berührten beinahe mein Ohr. Es fühlte sich falsch an, mit meinem Professor allein auf so engem Raum zu sein. Und doch war da dieser Rausch des Verbotenen, der mich zurückhielt. Nicht bei Mr. Preston. Nein, bei *ihm*, dem Mann mit dem todtraurigen Blick. »Keine Umwege.« Ich richtete meinen Blick auf sein viel zu nahes Gesicht und nickte.

Für einen Moment, während er mich so eindringlich betrachtete, als sei ich das Interessanteste der Welt, als gäbe es nur noch uns auf dieser Akademie, hatten seine Augen die Härte verloren. Stattdessen starrte mich nur noch seine Hülle an, und ich hätte schwören können, dass tief in ihm eine kleine Flamme aufloderte, bevor sie erlosch.

»Werden Sie mich bei der Direktorin melden?«,

fragte ich flüsternd, aus Angst, jemand könnte uns hier finden und die falschen Schlüsse ziehen. Oder die richtigen, denn seine Finger waren noch immer auf mir.

Er dachte kurz nach.

»Meine Tante muss nichts von unserer nächtlichen Begegnung erfahren.« Ich atmete erleichtert aus und konnte mir ein schiefes Lächeln nicht verkneifen. »Vielen Dank, Professor.«

Er zog seine Hand weg, als ob er sich an mir verbrannt hatte. Als ob ausgerechnet ich ihn daran erinnert hatte, dass nicht bloß Avery vor ihm stand. Nein, ich war seine Schülerin und seine Augen gaben preis, dass er es für einen Moment vergessen hatte.

Mit einem letzten Blick entfernte ich mich und kehrte in mein Zimmer zurück, der Luftzug nicht mehr ganz so kalt um meine Haut.

Endlose Minuten später konnte ich mich endlich ins Bett legen. Leilah schlief noch immer wie ein Stein, hatte nicht einmal im Entferntesten mitbekommen, was heute Nacht passiert war.

Gerade als ich meine Augen schließen wollte, leuchtete das Display meines Tablets auf. Wer würde ausgerechnet mir eine Nachricht schicken? Noch dazu um diese Uhrzeit?

Einen Moment lang überlegte ich, ob ich die Nachricht einfach ungelesen löschen sollte – vielleicht war es ja nur ein widerliches Dickpic. Ich seufzte und rollte mit den Augen.

Meine Neugier überwog, also richtete ich mich halb auf und las die Nachricht.

UNBEKANNT:

-Anhänge-

Hier sind ein paar Hausaufgaben. Sie werden dir nächstes Mal sicherlich beim Einschlafen helfen.

Ich presste die Lippen zusammen und blätterte die Dateien durch. Dutzende von Aufgaben breiteten sich vor meinen Augen aus, und ich verfluchte mich dafür, dass ich jemals einen Fuß aus diesem Zimmer gesetzt hatte.

AVERY JAMES:

Wer ist da?

Ich wusste, dass diese Antwort ihn wütend machen würde. Von heute an würde das meine Lieblingsbeschäftigung werden – ihm auf die Nerven zu gehen.

UNBEKANNT:

Ich will, dass du die ersten 10 Seiten bis zu unserem nächsten Treffen fertig hast.

Arschloch. Ich hatte kaum Zeit gehabt, einen Bissen zu nehmen, bevor ich ihn gestern in seinem Büro getroffen hatte. Resigniert seufzte ich und legte das Tablet zurück an seinen Platz. *Ein Jahr, ein Jahr, ein Jahr.* Ich schlief ein und dachte dabei an Freiheit.

»Vielleicht hat diese langweilige Hülle doch ein wenig Rückgrat.«

KAPITEL 4

Noah nahm einen Bissen von meinem Croissant, während ich versuchte, so viele Aufgaben wie möglich zu erledigen, bevor die Glocke zur ersten Stunde läutete.

Noch nie hatte ich Gottesdienste so sehr gehasst wie jetzt. Nicht, dass ich besonders darauf geachtet hätte, aber in dieser kalten Halle zu sitzen und der viel zu perfekten Penelope Arden zuzuhören, war für mich schon Elend genug. Oder vielleicht war ich auch nur ein bisschen neidisch, wer weiß ...

»Eine echte Arsch-Aktion von Mr. Preston, dir so viele Hausaufgaben zu geben. Es ist ja nicht so, dass du viel verpasst hättest«, sagte Leilah neben mir.

Ich zuckte nur mit den Schultern und blendete deren Gespräche fast völlig aus.

»Er hat eine Vorliebe dafür, Leute zu quälen«, mischte sich Noah ein, und Caleb warf ihm einen bösen Blick zu. Was hatte er damit gemeint? Ich blickte zum ersten Mal von meinem Notizblock auf und warf ihm einen fragenden Blick zu.

»Halt die Klappe, Noah, sonst hält Avery Mr. Preston für einen kaltblütigen Killer.« Sie sahen sich einen Moment lang an, bevor er lachte und das Thema fallen ließ.

Ich wollte gerade fragen, was sie mit ihren albernen Witzen meinten, aber da klingelte es schon und ich wurde gezwungen, meine Sachen zu packen und zum Unterricht zu gehen.

Ich hatte erwartet, dass wir noch viele weitere Klassen zusammen haben würden, aber so viel Glück war mir nicht vergönnt. Während die drei immer beieinander waren, musste ich meine Zeit mit Leuten totschlagen, die viel jünger waren als ich. Nicht gut fürs Ego.

Olivia, eine Klassenkameradin, die ich gestern besser kennengelernt hatte, ganz blass und mit dunklen Augenringen, setzte sich auf den freien Platz neben mir. Ihre vollen Wangen waren eingesunken und die süße Röte war verschwunden. Die Arme sah komplett erkältet aus und es wirkte nicht so, als ob sich jemand um ihr Wohlbefinden sorgte. Soweit ich mich erinnern konnte, war sie in der Cafeteria immer allein und sprach kaum mit Klassenkameraden. Jeder mied sie, vielleicht weil sie zu jung oder zu schüchtern war.

Olivia war heute besonders in sich gekehrt, bewegte sich fast schon auf Autopilot.

»Soll ich dich zur Krankenschwester begleiten?«, fragte ich besorgt.

Zuerst realisierte sie meine Frage nicht, doch dann

traf ihr Blick meinen. »Nein, alles in Ordnung, mir geht es gut. Ich bin nur ein bisschen krank.« Olivias Stimme war gebrochen, rau, als ob ihre Kehle staubtrocken war. Ihrem langen Schal und dem dicken Pullover nach zu urteilen, war ihr verdammt kalt. Es sah definitiv nicht nach einer leichten Grippe aus.

»Es macht mir nichts aus. Komm, lass uns gehen«, beharrte ich besorgt.

Als ich ihre Schulter berührte, durchlief mich ein Schauer, den ich so noch nie gespürt hatte. Mein ganzer Körper drängte mich, wegzulaufen, ihr den Rücken zu kehren. Es war fast so, als wäre mein Verstand auf eine nicht vorhandene Bedrohung fixiert worden. Was zur Hölle? Neben mir saß *Olivia*. Die kleine, kranke Olivia. Nicht der Teufel höchstpersönlich. Aber es fühlte sich trotzdem so an.

»Nein, es ist alles in Ordnung, mir geht es gut. Ich bin nur ein bisschen krank«, wiederholte sie wie ein Roboter, nur dieses Mal eindringlicher. Wieso verhielt sie sich so merkwürdig?

Ich ließ mich zurück in den Stuhl sinken und schuf so viel Platz zwischen uns, wie ich konnte. Bestrafen sie einen auch, wenn man krank ist? Anders konnte ich mir ihre Reaktion nicht erklären.

Mein Blick wanderte ein letztes Mal zu ihr, bevor ich mich abwandte und schweigend auf den Professor wartete.

Genervt machte ich mich auf den Weg ins Büro meines Lieblingsprofessors. Ich hatte meine kurze Pause damit verbracht, den Rest der nutzlosen Hausaufgaben zu erledigen und weil ich keine Zeit gehabt hatte zu essen, war ich entsprechend abgefuckt. Er würde alles abbekommen, also hatte das alles doch was Gutes.

Ich war unausstehlich, wenn ich hungrig war oder wenn mich jemand beim Essen störte. Wahrscheinlich war das auch nur das Raubtier in uns allen.

Ich klopfte einmal und wartete nicht auf eine Antwort, sondern trat direkt in den stickigen Raum.

Wieder empfing mich der Geruch von Whiskey und Zigaretten. Vielleicht würde mir Mr. Preston dieses Mal eine geben, in Anbetracht der Tatsache, dass ich alles getan hatte, was er von mir verlangt hatte. Zwar erwartete ich nicht so viel Güte, aber ein Mädchen konnte ja noch träumen.

Sein Haar war heute gekämmt, nicht mehr so wild wie gestern Nacht. Um ehrlich zu sein, bevorzugte ich die andere Frisur, sie ließ ihn jünger wirken. Nicht, dass er jetzt alt aussah. Ganz im Gegenteil. Leider.

»Setz dich.« Er deutete auf den Platz ihm gegenüber. Da war er wieder, dieser herrische Ton, den ich so hasste. Heute trug der Arsch ein ähnliches Outfit wie beim letzten Mal, nur dass seine Hose diesmal schwarz war und er sein Hemd gegen einen grauen, sicher sündhaft teuren Pullover getauscht hatte.

Ich kramte meine Hausaufgaben aus der Tasche und präsentierte sie ihm wie eine Trophäe, aber er schaute sie nicht einmal an. Ich rümpfte irritiert die Nase.

»Ich habe meine kostbare Zeit nicht damit verschwendet, diese Übungen zu machen, nur damit Sie sie sich nicht anschauen«, sagte ich zwischen zusammengebissenen Zähnen.

Hatte er sie mir nur aufgegeben, um mich zu quälen? Wahrscheinlich.

Genervt riss er mir das Papier aus der Hand, las sich ein paar Sätze durch und warf alles in den Müll. Mir fiel die Kinnlade runter. Hatte er wirklich ...

»Zufrieden?«

Ich ballte meine Hände zu Fäusten und hätte ihm dafür am liebsten den Kopf abgerissen. So viele Stunden für nichts. »Ich bin alles andere als zufrieden.«

Er schnaubte und setzte sich mir gegenüber. »Klingt nach deinem Problem, nicht meinem«, erwiderte er schließlich locker.

Ich verengte die Augen, kurz davor, meine Tasche zu packen und zu verschwinden. Aber er hatte mich in der Hand. Ich wusste nur nicht, wieso er mich so behandelte. Es war fast so, als ob er mich aus der Akademie raushaben wollte, obwohl ich ihm nichts getan habe.

Mein Professor lehnte sich zurück und beobachtete mich so intensiv, dass es mir fast unangenehm war. Es war, als könne er mit seinen blauen Augen direkt in meine Seele blicken, und ich hasste es.

»Soll ich etwa wieder nur hier sitzen und an die Decke starren?«, fragte ich ihn irritiert. Was hatte er davon, mich hier bei sich zu haben?

»Es ist mir eigentlich egal, was du tust.« Ich zog eine Augenbraue hoch. Ist das so?

»Gestern Abend hat es aber nicht so ausgesehen«, erwiderte ich trotzig und biss mir sofort auf die Zunge. *Er ist dein Professor, Avery*, zischte ich mich innerlich an, kein dahergelaufener Typ, der meine dummen Sprüche tolerieren würde. Ich bewegte mich auf dünnem Eis.

Er stützte seine Ellenbogen auf den Kirschholztisch und lehnte sich mir entgegen. Ein diabolisches Lächeln huschte über seine Lippen. »Sag mir, Ms. James, wie hat es gestern Abend ausgesehen?« Sein Gesicht, seine Stimme hatten etwas geradezu Hypnotisches an sich. Zuckersüß und fast magisch. Als ob er mir alle Geheimnisse entlocken konnte.

»Es schien fast so, als hätten Sie mich vermisst, bevor ich auch nur einen Schritt aus dem Schrank getan hatte.« Sobald diese Worte meinen Mund verließen, bedauerte ich sie. Wie hatte ich so etwas sagen können, vor allem zu einem Mann, der mich aus der Akademie schmeißen konnte, wann immer es ihm passte? Aber, fuck, es war fast so, als ob ich zu diesen Worten gezwungen worden war. *O Gott, Avery, du musst lernen, deine verdammte Klappe zu halten*, rief ich mir innerlich zu. Gestern hatte ich bestimmt halluziniert. Vielleicht machte mich diese gruselige Akademie einfach verrückt.

Anstatt dass er mich für diese Annahme zurechtwies, und ich wusste nicht, warum ich sie überhaupt getätigt hatte, lachte er. Er *lachte*. Es wirkte fast unnatürlich, als ob sein Gesicht für so etwas nicht geschaffen war.

»Mutig. Vielleicht hat diese langweilige Hülle doch

ein wenig Rückgrat«, gab er selbstgefällig zurück. *Langweilig?*

Gleich wirst du sehen, wie langweilig diese Fäuste sind, wenn sie dein ach so schönes Gesicht liebkosen. »Spiel etwas auf dem Klavier«, verlangte er aus heiterem Himmel.

Alles Leben wich aus meinem Gesicht. Ich konnte meinen Ohren kaum trauen. *Alles, aber nicht das*, dachte ich. Das wäre der Inbegriff der Qual. Aber das wusste er nicht. Oder standen meine ganze Vergangenheit, meine Therapiebesuche und die gescheiterten Versuche der Ärzte, mich zu *reparieren*, in meiner Akte? »Ich kann nicht.« *Bitte, zwingen Sie mich nicht*, flehte ich im Stillen.

»Meine Unterlagen sagen genau das Gegenteil.« Also doch ... Ich wagte einen Blick auf das elegante Klavier und schüttelte den Kopf. Niemals.

»Ihre idiotischen Unterlagen wissen nichts über mein Leben«, zischte ich. Alles, was da stand, konnte nicht einmal einen Bruchteil davon beschreiben, wie es mir ergangen war, seitdem ich nicht mehr spielen konnte.

Wie zur Bestätigung zuckten meine Finger – etwas, das Mr. Preston nicht entging. Sein Blick blieb auf meinen Händen haften, und ich verfluchte mich dafür, die Kontrolle über sie verloren zu haben. Aber ich konnte nichts dafür.

»Spiel etwas auf dem Klavier«, sagte er. Diesmal klang er dominanter, nutzte seine Autorität aus, wohl wissend, dass ich nicht konnte. Es war beschämend. Hätte mich Mr. Preston vor der ganzen Akademie geschlagen, wäre es weitaus weniger erniedrigend gewesen.

»Ich kann nicht«, zischte ich und hielt meine Hände zum Beweis in die Luft. »Sie sind kaputt, sie sind nicht mehr zu gebrauchen.« Mein Herz hämmerte vor Adrenalin, vor Angst, er würde auf seine Forderung beharren. »Wissen Sie, warum? Weil ich *einen* kleinen Fehler gemacht habe. Und ich werde für den Rest meines kunstlosen Lebens dafür bezahlen, also vergeben Sie mir, wenn mir nicht nach einem Privatkonzert ist.« Bei dem Gedanken an die Quelle meines Schmerzes fiel mir das Atmen viel zu schwer. Bekam ich gerade eine Panikattacke? Nein, bitte nicht in seiner Gegenwart ... Er würde sich für immer über mich lustig machen und meine Schwäche ausnutzen.

Der Teufel in Person kniff die Augen zusammen. »Selbstmitleid steht dir nicht.«

Ich schnaubte. Meine Gefühle waren für ihn nur ein Spiel. Wahrscheinlich genoss er das alles sogar. »Es geht nicht um *Selbstmitleid*. Es geht um meine Träume, meine Wünsche und Sehnsüchte. Es geht um die Zukunft, die ich hätte haben können, die ich mir selbst genommen habe.«

Sein Kiefer mahlte, doch er machte sich nicht die Mühe, auf meinen Schmerz einzugehen. Er konnte nicht nachempfinden, wie es war, die einzige Sache, die man liebte, für die man alles geben würde, zu verlieren. Ich war ein musikalisches Genie, bis ich es nicht mehr war ... Bis ich *nichts* mehr war. Und er verstand es nicht, weil er nur an sich selbst dachte, an seine Spielchen, die ich nicht verstand.

»Ich bin mir sicher, Sie haben keine Träume, Professor, also können Sie meinen Schmerz nicht verstehen. Sie sind verbittert und allein, haben niemanden, mit dem Sie Ihr erbärmliches Dasein teilen können«, sagte ich, ohne mit der Wimper zu zucken. »Vielleicht haben wir mehr gemeinsam, als ich dachte.«

Seinem Gesichtsausdruck nach zu urteilen, hatte ich ins Schwarze getroffen. Seine Maske bröckelte und ich sah den Verlust dahinter.

Ich wusste, dass ich das nicht hätte sagen sollen, dass meine Worte Konsequenzen haben würden. Aber er hatte einen wunden Punkt getroffen und das mit Absicht.

Ich wappnete mich für eine gehässige Bemerkung, aber sie kam nicht.

»Spiel.« Ohne darüber nachzudenken, schlug meine Faust gegen seinen Tisch und brachte das Glas darauf zum Klirren.

Er ließ sich von meinem Wutausbruch nicht beeindrucken, hielt meinem hasserfüllten Blick stand.

Ich konnte in seinen Augen sehen, dass er mit seiner Geduld am Ende war, auch wenn ein leichter Anflug von Belustigung mitschwang. Mr. Preston würde sicher nicht mit der Wimper zucken, wenn es darum ging, mich bei seiner Tante zu verpfeifen. Und der Schmerz in meiner Seele beim Gedanken an meine Finger auf dem Elfenbein war ihm gewiss egal.

Nein, er fand eine perverse Freude daran. Anders konnte ich mir nicht erklären, wieso er mich zwang, mich der Sache zu stellen, die mir am meisten Angst bereitete.

Ich atmete tief durch, stand auf und straffte meinen Rock. Das Klavier wartete auf mich wie ein Henker und verhöhnte mich mit jedem Schritt.

Mit zitternden Händen ließ ich mich auf der Bank nieder und spürte, wie sich die Augen meines Professors in mein Profil bohrten. »Los,« forderte er.

Ich strich über die staubigen Tasten und dachte unweigerlich an die Zeit zurück, in der ich vor Publikum gespielt hatte, wie sie meine Kunst bewundert hatten. *Kunst* – es war nichts mehr davon übrig, die Asche auf dem blutigen, nassen Asphalt verstreut.

Mit geschlossenen Augen und Scham in meinem Herzen schlug ich die ersten Töne an und versagte kläglich. Schrecklich, miserabel, eine Lachnummer. Es war fast so, als wollten mich meine Finger gerade jetzt in Verlegenheit bringen.

Den ganzen Tag hatten sie getan, was ich von ihnen verlangt hatte, aber wenn es darauf ankam, verrieten sie mich wie ein feiger Feind.

»Noch mal«, befahl mein Professor, und ich biss die Zähne zusammen.

Widerwillig tat ich, was er sagte ... und versagte erneut. Es klang, als ob ein Kind zum ersten Mal auf dem Klavier spielen würde. Vielleicht sogar noch schlimmer. Nein, das reicht.

Ich riss meine Hände vom Klavier, als ob es mich verbrannt hätte, und starrte auf meine Fingerkuppen, als ob sie die Antwort auf all meine Fragen bargen.

»Es war an einem Freitagabend«, begann ich. Ich wusste nicht, wieso ich den Drang bekam, mich ihm zu erklären. »Es hatte geschüttet. Man konnte kaum etwas auf der Straße sehen. Aber meine bekifften *Freundinnen* wollten unbedingt zur Tankstelle, um Snacks zu kaufen, also habe ich sie gefahren«, fuhr ich fort. Wahrscheinlich interessierte ihn meine Geschichte gar nicht, aber ich wollte sie ihm trotzdem erzählen. Vielleicht würde er mich dann besser verstehen. Oder es ließ mich noch erbärmlicher wirken. »Auf dem Rückweg bekam eine von ihnen einen Anruf, dass wir zu einer Party kommen sollten. Es war schon spät, und ich hatte am nächsten Morgen eine wichtige Probe für ein Konzert, also wollte ich nach Hause.«

Ich schloss die Augen und stellte mir die Nacht vor, als wäre sie gestern gewesen. »Sie waren mit meiner Antwort nicht besonders zufrieden. Eigentlich glaube ich, dass sie mich in Wahrheit nicht mal wirklich mochten. Wir fingen an zu streiten, und dann hat mir meine Beifahrerin ins Lenkrad gegriffen.« Alles nur, wegen einer verdammten *Party*.

Ich erinnerte mich an den Geruch von Rauch und Blut und musste fast würgen. »Ich kam von der Straße ab. Mein Auto überschlug sich, und wir landeten im Graben. Ich kann mich nur noch bruchstückhaft daran erinnern, was danach geschah. Aber ich weiß, dass sie mich zum Sterben zurückgelassen haben. Alle drei. Keine von ihnen hatte versucht, mich aus dem Auto zu ziehen.« Ich räusperte mich. »Sie sind weggelaufen.«

Ich drehte mich zu ihm um, meine Augen glasig. »Jedes Mal, wenn ich in den Spiegel schaue, werde ich daran erinnert, was ich nie haben werde.«

Seine Nägel gruben sich in das Leder des Stuhls, seine Augen ein Abgrund aus Hass und Verachtung.

Nur war er dieses Mal nicht an mich gerichtet. Er fuhr im Geiste meine Narbe nach. Sie stach nicht so stark heraus wie am Anfang, aber sie war ... da, und das reichte.

»Ruhm?«, fragte er, seine Stimme der Inbegriff purer Bedrohung.

Ein schwaches Lächeln umspielte meine Lippen. Wie falsch er doch lag. »Glück.«

Etwas in seinem Blick veränderte sich. Etwas, das ich nicht beschreiben konnte. Mein Professor räusperte sich und bedeutete mir, wieder vor ihm Platz zu nehmen. Ich dankte allen möglichen Göttern für diese Gnade.

»Mach den Rest deiner Hausaufgaben. Dann sind wir fertig für heute.«

Ich nickte erleichtert. Eine weitere Runde dieser Tortur hätte ich nicht ertragen. Das bittere Gefühl der Niederlage lauerte immer noch im letzten Winkel meines Herzens und der Geruch der Nutzlosigkeit umwehte meine Sinne – selbst als ich die letzte Aufgabe beendet hatte.

Gerade als ich mich von den vollgeschriebenen Seiten zurücklehnte, klopfte jemand an die Tür und ließ mich zusammenzucken. Mr. Preston bat den Gast herein, und ich verengte meine Augen. *Noah.*

»Ich bin hier, um Avery abzuholen. Die Nachhilfestunde ist jetzt vorbei, oder?«, fragte er und setzte sein charmantestes Lächeln auf. Ich konnte nicht anders, als es zu erwidern. Noah hatte einfach etwas an sich.

Mein Professor sah zwischen uns hin und her.

Irgendetwas missfiel ihm, aber er fasste sich schnell wieder.

»Geht.« Mit diesen Worten wurden wir entlassen. Ich packte schnell den Rest zusammen und folgte Noah, der die Tür für mich öffnete.

Doch bevor ich den Raum verließ, wandte ich mich ein letztes Mal an meinen Professor.

»Ich werde nie vergessen, dass Sie mich dazu gezwungen haben, Klavier zu spielen«, sagte ich mit tödlicher Ruhe. Die Worte schossen wie unsichtbare Giftpfeile aus mir heraus und unterstrichen den Hass, den ich in diesem Moment für ihn empfand.

»Ich bitte darum.« Sein schiefes Lächeln zeigte, dass er diese Szene gerade mehr als genoss.

Wie ein Gentleman hatte Noah so getan, als würde er unserem Gespräch keine Beachtung schenken, aber ich wusste genau, dass er alles mitbekommen hatte. Und um alles noch zu toppen, nahm er mir die schwere Tasche ab und warf sie sich selbst über die Schulter.

»Danke«, murmelte ich und ging voraus.

Es dauerte einige Augenblicke, bevor ich schließlich das Schweigen brach.

»Was machst du hier?« Die Gänge waren bereits leer. Nur die gelegentlichen Gemälde und Goblins leisteten uns Gesellschaft.

»Wonach sieht es denn aus?«, scherzte er. »Ich will Zeit mit dir verbringen. In den ersten Wochen sind die Leute hier ziemlich ... einsam.« Ich wusste nicht, was ich darauf antworten sollte. Er war attraktiv, sehr attraktiv sogar, aber ich wollte nicht, dass er sich zu viele Hoffnungen machte. Ich hatte noch nie eine

Beziehung gehabt, und ich hatte auch nicht vor, in diesem Jahr eine einzugehen. Es wäre zum Scheitern verurteilt.

Vielleicht reagierte ich aber auch nur über oder interpretierte zu viel in seine Geste hinein. Ja, das musste es sicherlich sein.

Wir schlenderten durch die schummrigen Flure, redeten über banale Dinge und lachten, bis mir der Bauch weh tat. Ich verstand, warum Noah so beliebt war. Er hatte eine gewisse Aura, die jeden in ihren Bann zog. Es war fast so, als wäre er dazu geschaffen, jeden um den Finger zu wickeln. Vielleicht, in einem anderen Leben, hätte *ich* ihn sogar gefragt, ob er mit mir ausgehen wollte.

»Du riechst sehr gut, weißt du das?«, fragte er und zupfte an einer meiner Locken.

»Ach ja? Nach was?«, fragte ich mit hochgezogener Augenbraue, überrascht, weil ich vergessen hatte, heute Parfüm aufzutragen.

»Ich kann es nicht beschreiben. Jeder riecht auf seine eigene Weise gut, aber für mich stichst du heraus.« Er zuckte mit den Schultern und ich konnte mir ein Grinsen nicht verkneifen.

»Vielleicht hast du einfach zu oft *Das Parfüm* geschaut«, scherzte ich.

Noah warf mir einen Blick zu, den ich nicht deuten konnte. »Vielleicht.«

Ich hatte gar nicht bemerkt, wie viel Zeit vergangen war, als wir endlich vor meinem Zimmer ankamen und die Sonne fast untergegangen war. Ihre goldenen Strahlen brachten den dunkelroten Wandteppich und die hölzernen Ornamente zum Glühen, ließen den Kronleuchter über uns funkeln, als bestünde er aus Millionen von Diamanten.

»Ich sollte jetzt gehen. Es war ein langer Tag. Danke für deine Hilfe«, sagte ich, nachdem er mir die Tasche wieder gereicht hatte.

Bevor ich mich umdrehen konnte, legte er mir die Hand auf die Schulter und hielt mich auf. Seine Berührung gab mir das gleiche Gefühl, welches ich heute bei Olivia hatte. Bizarr. Was war nur los mit mir? So schnell, wie er mich berührt hatte, zog er seine Hand wieder zurück.

Ich machte einen Schritt zurück, um genügend Abstand zwischen uns zu bringen.

»Wir haben in zwei Wochen frei. Lass uns in die Stadt gehen, vielleicht in eine Bar«, schlug er mit einem breiten Grinsen vor, das seine perfekten Zähne zur Geltung brachte.

Noah wirkte so selbstbewusst, so charmant und allesverzehrend, dass ich meine Bedenken von vorhin völlig vergaß.

»Okay«, hauchte ich. Was war das? Nein. Warum hatte ich das gesagt? Aus Angst, mich noch mehr in die Scheiße zu reiten, verschwand ich schließlich in mein Zimmer und ließ meinen Mitschüler im Flur stehen.

Ich schmiss die Umhängetasche auf den Boden, warf mich aufs Bett und rieb mir die Augen.

Was zum Teufel war gerade passiert? Nicht, dass ich etwas dagegen gehabt hätte, Zeit mit Noah zu verbringen, aber die Art und Weise, wie die Antwort aus meinem Mund gekommen war, als wäre es die natürlichste Sache der Welt, bereitete mir Gänsehaut.

Um ehrlich zu sein, bereitete mir alles an diesem Internat, das eher einem luxuriösen Schloss mit Internetzugang glich, Gänsehaut. Die Leute waren so seltsam, und die Professoren ...

Ich schüttelte den Kopf. Nur die Nerven, ein neuer Ort und neue Leute – das musste doch nichts bedeuten.

Trotzdem wurde ich das Gefühl nicht los, dass hier etwas nicht stimmte.

Der Wind zerzauste mein Haar und ließ mich zittern. Es war viel zu kalt für meinen Geschmack, als ich gedankenverloren durch die Gartenanlagen spazierte. Der Mond hatte sich gerade erst gezeigt, aber es war noch keine Nachtruhe, also nutzte ich die Zeit, um meine Gedanken zu sortieren und Abstand zu gewinnen. Ich vermisste mein Zimmer, das immer schon irgendwie karg ausgesehen hatte, und meinen Vater, mit dem ich jedes Wochenende Klassiker anschaute. Er war ganz allein und ich hasste mich dafür, ihn in diese Lage gebracht zu haben. Aber es musste sein, irgendwann würde er es verstehen.

Ich sog den erdigen Duft ein und starrte hinüber zum Wald, der das Gelände eingrenzte. Es war so verdammt still. Man konnte fast meinen, dass sich nicht einmal die Tiere hierher trauten. Ich konnte es ihnen nicht verübeln. Wie zur Bestätigung schlich sich der beißende Nachtwind unter meinen Mantel.

Wie sehr ich die Wärme vermisste, das Meer, das Segeln ... Mein Vater und ich waren immer segeln gegangen, nur wir beide. Die schönsten Erinnerungen, die wir hatten, waren auf einem Boot, umgeben von Blau und Türkis. *Dad ...*

Wird er mir jemals verzeihen? Ich seufzte und zwang mich, an etwas anderes zu denken. Unweigerlich schweiften meine Gedanken zu meinem Professor und der heutigen Nachhilfestunde. Zum ersten Mal seit einer Ewigkeit hatte ich an einem Klavier gesessen, und es hatte geschmerzt, so sehr geschmerzt. Die Wunden in meinem Herzen fühlten sich in solchen Momenten noch tiefer an als sonst.

Erbärmlich. Mit einem Schnauben wanderte ich weiter, ging an Bäumen und Büschen vorbei, bis die Lichter der Akademie in weite Ferne gerückt waren. Ich hatte nicht auf den Weg vor mir geachtet, als ich plötzlich über etwas Weiches stolperte und mir dabei die Handballen aufschürfte.

Irritiert und mit schmerzenden Knien blickte ich zurück, um zu sehen, worüber ich gestolpert war.

Ein entsetzter Schrei kam mir über die tauben Lippen, als ich in Olivias leblose Augen blickte. Dann übergab ich mich neben ihrer Leiche.

»Manchmal sind die Monster näher, als man denkt.«

KAPITEL 5

Ich wusste nicht, wie lange ich schon neben ihr gekniet hatte. Es kam mir wie Stunden vor. Jemand packte mich brüsk an der Schulter und ich zuckte zusammen.

Über mir thronte Mr. Preston, sein Haar zerzaust, als wäre er hergesprintet. Er sah entsetzt auf mich hinunter.

»Sie–sie ist tot. Ich bin nur hier herumgelaufen und da war sie«, stammelte ich, unfähig, klar zu denken. Vielleicht klapperten aber auch nur meine Zähne so heftig. Ich wusste es nicht, spürte meinen Körper nicht mehr. Meine Glieder waren taub, ob vor Schreck oder vor Kälte, wusste ich nicht.

Bevor er etwas sagen konnte, hörte ich Schritte, die immer näher auf uns zukamen. Aufgeregtes Gemurmel brach aus. Alles drehte sich.

»Keiner kommt näher!«, rief die Direktorin neben mir in die Menge. »Was ist passiert, Mädchen?«, zischte sie, als ob es meine Schuld wäre. Ich schüttelte den Kopf und eine Träne rann mir die Wange runter.

»Ich weiß es nicht, ich war das nicht. Das müssen Sie mir glauben«, krächzte ich beinahe panisch. Hoffentlich dachten sie nicht – nein. Ich ... Ich hyperventilierte.

Sie schnalzte mit der Zunge und sah an mir vorbei zu meinem Professor. »Bring sie zur Krankenschwester. Wenn sie wieder bei Sinnen ist, werde ich mit ihr reden.«

Ohne ein weiteres Wort zog er mich hoch, aber meine Beine gaben unter meinem Gewicht nach. Ich war wie eine leblose Puppe.

»Um Himmels willen, reiß dich zusammen«, knurrte er. Ich konnte mich kaum auf seine Worte konzentrieren. Es war fast so, als ob er aus der Ferne mit mir sprach.

»Ich habe noch nie eine Leiche gesehen«, murmelte ich abwesend, den Blick unwillkürlich auf meine Mitschüler gerichtet. Ihre Blicke gingen zwischen Olivia und mir hin und her.

Genervt atmete er langsam aus, packte mich erneut und warf mich über seine Schulter. Mit Mühe versuchte ich, mich von ihm wegzudrücken, aber einer seiner Arme drückte meine Oberschenkel fest gegen seine Brust.

»Lassen Sie mich runter. Ich hab mich eingekriegt, schauen Sie, ich hab mich eingekriegt. Ich bin ruhig«, stammelte ich panisch, hatte Angst, ihm gleich über die Schulter zu kotzen. Sein stählerner Griff wurde nur noch fester.

»Halt die Klappe und beweg dich nicht.« Seine Stimme ließ kein Aber zu.

Ich versuchte, meinen Rock zu richten, damit er nicht weiter hochrutschen konnte, aber er schlug meine Hand weg und tat es selbst. In diesem Moment verfluchte ich mich dafür, dass ich Leilah gebeten hatte, ihn für mich zu kürzen.

Seine Schulter drückte in meinen Bauch, aber ich wagte nicht, etwas zu sagen. Die Gefahr, die in diesem Moment von ihm ausging, war tödlich, und ich wollte seinen Zorn nicht auf mich ziehen – nicht noch mehr, als ich es bereits getan hatte.

Olivia, Olivia, Olivia. Selbst wenn ich meine Augen schloss, sah ich ihr blaues Gesicht. Purer Terror stand darin geschrieben.

Er trug mich den ganzen Weg zurück zum Internat, und ich musste mich wegen des unebenen Bodens und seiner schnellen Schritte fast übergeben. Schließlich erreichten wir einen hinteren Eingang und die eisige Luft wich einer wohligen Wärme. Aber es half nichts. In diesem Moment dachte ich mir, ich würde nie wieder Wärme spüren. Unmöglich.

Um mich herum breitete sich der verführerischste aller Düfte aus, und ich hatte Mühe, zu atmen. Ich wusste nicht, ob es an Mr. Preston oder an meinem Delirium lag, aber ich saugte den Duft in mich auf, wollte nichts davon verschwenden.

Er beschleunigte sein Tempo, und ich wurde mir seiner Hand nur allzu bewusst, die gefährlich weit nach oben gerutscht war. Seine Haut war heiß im Gegensatz zu meiner, und ich hasste mich dafür, dass mein Herz schneller schlug. Bevor ich etwas Dummes tun konnte, blieben wir stehen.

»Wir sind da«, sagte er und setzte mich ab. Meine Knie waren nicht mehr ganz so zittrig, aber trotzdem hatte ich Angst, jede Sekunde umzukippen. Ich wollte einfach nur weg, weg von der Akademie, von ihm, von Olivias ... Leiche. Aber Abhauen war unmöglich.

Vor uns befand sich eine weiße Doppeltür, elegant und sicher antik. Ich war schon an meinem ersten Tag hier gewesen, als sie meine Gesundheit in Augenschein genommen hatten. *Bring mich einfach nur auf mein Zimmer*, flehte ich innerlich.

Mr. Preston klopfte an, wartete aber nicht auf eine Antwort, sondern trat gleich ein. Anscheinend hatten wir die gleiche Angewohnheit. Ich folgte ihm, stolperte aber wegen meiner tauben Beine und prallte gegen seinen Rücken. »Pass auf, wo du hintrittst«, zischte er, und ich rollte mit den Augen. Er hatte kein bisschen Taktgefühl. Vielleicht sollte ich ihm wirklich auf seine Schuhe kotzen. Ein persönliches Souvenir.

Bevor ich weiter darüber nachdenken konnte, kam eine ältere Dame auf uns zu. Sie hatte ihr graues Haar zu einem Dutt gebunden und ihr weißes Schwesternkleid war ihr etwas zu groß.

»Oh, Alexander, ich habe gerade die Nachricht bekommen. Komm her, meine Liebe, du bist sicher völlig verängstigt.« Sie nahm mich an der Hand und führte mich zur Untersuchungsliege. Alles war spärlich zusammengeschustert. Die Schränke waren voller Gläser mit verschiedenfarbigen Tränken und Medikamenten, deren Etikette ich nicht lesen konnte.

Nicht, dass ich mich in diesem Moment auf *irgendwas* konzentrieren konnte.

Offenbar investierten die Prestons ihr Geld lieber in Gemälde und Büsten, als die medizinische Ausrüstung auf dem neuesten Stand zu halten. Nun, wir waren sowieso nur ein Haufen Krimineller, oder?

»Du kannst jetzt ruhig gehen. Avery und ich kommen schon zurecht.« Mr. Preston sah die Krankenschwester mit verengten Augen an. Sie stemmte die Hände in die Hüften und ließ sich von seinem stechenden Blick nicht beirren.

»Ich bleibe hier und warte, bis Ms. James untersucht ist.« Er ließ sich auf einen der klapprigen Stühle sinken und beobachtete jede ihrer Bewegungen, bis sogar ich mich unwohl fühlte. Wieso machte er das? In einem Moment war er so angepisst, dass ich Angst hatte, er würde mir den Kopf abreißen, und im nächsten vergewisserte er sich, dass sich jemand um mich kümmerte. Verdammter Mr. Preston, ich wurde nicht schlau aus ihm. Aber eines war gewiss – morgen würde er so tun, als ob es diesen Abend nie gegeben hätte. Er würde mich weiter mit meiner Unsicherheit quälen und ich musste es über mich ergehen lassen.

Von nun an gab es nur eine Reihe von standardisierten Fragen. Sie maß meinen Blutdruck und meine Temperatur und wickelte mich in eine kratzige Decke ein. Unterkühlung und Schock. Das hätte ich ihr auch vorher sagen können.

Schließlich gab sie mir etwas gegen meine pochenden Kopfschmerzen und verließ den Raum.

»Sie brauchen nicht auf mich zu warten. Ich bin

sicher, dass Sie müde sind. Es war ein langer Tag«, beschwichtigte ich ihn.

Mr. Preston schnalzte mit der Zunge. »Halt einfach die Klappe und wärm dich. Wir können bald los.«

Ich hatte keine Kraft, ihm zu widersprechen. Im Moment gingen mir tausend Fragen durch den Kopf, und ich bezweifelte, dass ich auch nur auf eine von ihnen eine plausible Antwort finden konnte.

Gott, den Anblick dieser Leiche würde ich wohl nie aus meinem Gedächtnis verbannen können. Ihr entsetzter Anblick war nicht von dieser Welt. Es war fast so, als ob sie ein Monster gejagt hatte. Eine Kreatur, der man nur in Horrorfilmen begegnete.

Ich schüttelte den Kopf. Ich hatte erst heute mit ihr gesprochen, als sie in der Klasse so krank ausgesehen hatte, und jetzt war sie tot. Wer könnte das getan haben? War ein Mörder auf freiem Fuß? *Ich meine, in dieser Schule ist das nicht einmal so weit hergeholt*, dachte ich.

Entschlossen streifte ich die Decke von mir ab und stand auf. Ich fühlte mich viel besser – zumindest körperlich – und wenn ich noch eine weitere Minute in diesem nach Desinfektionsmittel stinkenden Raum verbringen musste, würde ich verrückt werden.

»Wir gehen jetzt«, stellte ich nüchtern fest und ging an Mr. Preston vorbei in den Flur hinaus. Ich hörte seine Schritte hinter mir und war insgeheim froh, dass ich nicht allein auf mein Zimmer zurückgehen musste.

Stille trat zwischen uns. Unsere Schritte auf dem Steinboden waren die einzigen Geräusche. In diesem

Augenblick schien die Akademie dunkler, unheimlicher. Als ob die Gefahr noch lange nicht vorbei war.

»Was für ein Monster tötet ein junges, wehrloses Mädchen?«, murmelte ich mehr zu mir selbst, während ich meine Arme um meine Mitte schlang.

Das Zittern hatte aufgehört, aber die Kälte in meinem Herzen blieb. Olivia …

Sie war ein paar Jahre jünger als ich, hatte noch nicht einmal gelebt, konnte sich nie verlieben, nie alt werden. Ihre Eltern, falls sie überhaupt welche hatte, würden am Boden zerstört sein. Die Leiche eines geliebten Menschen zu sehen, damit könnte ich nicht leben.

Ich wischte mir unauffällig über die Wangen.

»Manchmal sind die Monster näher, als man denkt.«

Mein Blick schoss zu ihm, verwirrt von seinem finsteren Gesichtsausdruck.

»Glaubst du, wir leben hier auf einer glücklichen Farm und streicheln den ganzen Tag Ponys? Die Gefahr lauert hinter jeder Ecke. Vergiss das nie. Es könnte dich den Kopf kosten.«

Ich wusste nicht, was ich mit seinen kryptischen Worten anfangen sollte. Natürlich waren wir in einer Einrichtung für kriminelle Jugendliche, aber der Gedanke, dass hier Leute ermordet wurden?

»Glauben Sie wirklich, dass es einer der Schüler war?«

Er zuckte mit den Schultern, aber ich durchschaute diese Fassade der Gleichgültigkeit, spürte, dass er sie nur aufgesetzt hatte, um mich bei Verstand zu halten.

Das war das Selbstloseste, das er je für mich getan hatte, auch wenn seine Methoden makaber waren. »Ich bin nicht in der Lage, Anschuldigungen zu machen. Meine Tante wird sich darum kümmern.«

Ich strich mir die Haare aus dem Gesicht und nickte. »Werde ich Schwierigkeiten bekommen?« Nicht, dass ich etwas falsch gemacht habe, aber trotzdem. Mein Professor schüttelte den Kopf, und ich atmete beinahe erleichtert aus.

»Du hast bereits den Preis für deinen dummen Spaziergang bezahlt. Niemand wird dir etwas vorwerfen. Dafür werde ich schon sorgen.« Wieso machte mein Bauch dieses *Ding* bei seinem letzten Satz?

Ich konnte nicht anders, als ihn etwas zu lange anzusehen, ihn *wirklich* anzusehen. Sein Gesicht wirkte im Kerzenlicht noch markanter, Wangenknochen und Kiefer wie gemeißelt. Auf eine tödliche Art war Mr. Preston wunderschön. Zu gern hätte ich seine Züge nachgezeichnet, wäre durch seine Haare gefahren, nur um zu sehen, ob sie wirklich so weich waren, wie sie aussahen. Als er seinen Blick auf mich richtete und eine Augenbraue hob, sah ich weg. *Reiß dich zusammen* ... Langsam fragte ich mich, ob die Kälte mehr mit meinem Körper gemacht hatte als angenommen.

Zum Glück war meine Zimmertür schon in Sichtweite. Ich konnte es kaum erwarten, das ekelhafte Gefühl von mir abzuwaschen und dann einzuschlafen und alles zu vergessen – zumindest für ein paar Stunden.

Aber egal, wie viel ich schlafen würde, ich konnte

das seltsame Gefühl nicht verdrängen, dass hier etwas nicht stimmte. Mein Bauchgefühl schrie es mir förmlich zu.

»Was?«, fragte er verärgert und ich sah ihn fragend an. »Dein Gesichtsausdruck verrät dich.«

Ich seufzte. »Ich werde das Gefühl nicht los, dass hier etwas Seltsames vor sich geht.«

»Und was?« Wir waren angekommen, und ich schaute nach rechts und links, um sicherzugehen, dass keine neugierigen Ohren lauschten. Wahrscheinlich waren sie alle noch unten und starrten auf Olivias leblosen Körper.

»Spüren Sie manchmal eine Art Gefahr, die von Menschen ausgeht? Wie ein sechster Sinn? Als ich Olivia heute berührt habe, fühlte es sich ... falsch an. Mein ganzer Körper hat mir zugerufen, dass ich weglaufen soll, obwohl sie mir nichts getan hat. Etwas Merkwürdiges hat an ihr gehaftet. Ich weiß auch nicht. Aber es fühlte sich überirdisch an. O Gott, ich klinge vollkommen durchgedreht ...«

Ich konnte nicht glauben, dass das möglich war, aber er wurde noch blasser, als er ohnehin schon war.

»Was sagst du da?« Er trat einen Schritt näher.

»Ich glaube, Sie haben mich beim ersten Mal sehr gut verstanden.« Keine Chance, dass ich meine Einbildungen wiederholen würde. Beim zweiten Mal würden sie bestimmt noch verrückter klingen. Nein, danke.

Mr. Preston schüttelte nur den Kopf und massierte sich die Schläfen. Vielleicht hätte ich doch nicht so offen sprechen sollen.

»Geh einfach schlafen. Meine Tante wird morgen

mit dir reden. Aber ich würde dir davon abraten, weiter über deine *Theorien* zu philosophieren. Glaube mir, das ist besser so.« Was sollte das denn heißen?

Ohne Vorwarnung packte er mich an beiden Oberarmen und zwang mich, ihn anzuschauen. Sein Gesicht war so nah an meinem, dass ich seinen Atem auf meinen Lippen spüren konnte. Er bräuchte sich nur etwas nach vorn lehnen und ich müsste es ihm nur ein wenig gleichtun und –

»Und keine nächtlichen Spaziergänge mehr. Hast du mich verstanden?« Ich nickte, konnte mich aber nicht auf seine Worte konzentrieren. Er war so nah, *zu* nah. *Hör auf, dir vorzustellen, wie es wäre, wenn er noch näher wäre, Avery*, ermahnte ich mich. Nur der Schock …

Dankbar für diese Zusicherung ließ er von mir ab und verschwand ohne ein weiteres Wort in der Dunkelheit.

Umwickelt mit einem Handtuch und mit tropfendem Haar trat ich zurück ins Schlafzimmer. Leilah war wie üblich nicht da, und ich hätte mein gesamtes nicht vorhandenes Geld darauf verwettet, dass ihre Beine in diesem Moment um Calebs Hüfte geschlungen waren.

Gut für sie. Wenigstens hatte eine von uns Spaß.

Mein Tablet vibrierte, und ich schaute neugierig auf das Display. Wieder eine Nachricht um diese Uhrzeit?

UNBEKANNT:

Geht es dir gut? A.P.

Diese Frage hatte mich ziemlich überrumpelt, und ich musste mich erstmal sammeln. Machte sich Mr. Preston wirklich Sorgen um mich? Anscheinend …

AVERY JAMES:

Mir gehts gut. Es war nur viel heute.

Ich wartete auf seine nächste Nachricht und war gespannt, was er noch zu sagen hatte.

UNBEKANNT:

Du kannst dir morgen freinehmen. Ich werde mit deinen anderen Professoren sprechen.

Ich hob eine Augenbraue; so eine nette Geste hätte ich von ihm sicherlich nicht erwartet.

AVERY JAMES:

Haben Sie schon genug von mir?

Okay, diese Nachricht war ein bisschen riskant, aber was solls. Die Ablenkung tat gut, auch wenn sie von meinem Professor kam, der mir nur allzu deutlich zeigte, wie sehr er mich hasste. Ein paar Minuten vergingen, und ich hatte die Hoffnung auf eine neue Nachricht schon aufgegeben, als mein Tablet erneut vibrierte.

UNBEKANNT:

Noch nicht.

Ein unbekanntes Gefühl machte sich in meiner Brust breit. Ich wusste weder, woher es kam, noch, was es bedeutete.

AVERY JAMES:

Dann sehen wir uns morgen um die gleiche Zeit.

Warum war ich so dumm und lehnte einen freien Tag ab? Hatte mich dieser Abend mehr mitgenommen, als ich zugeben wollte?

UNBEKANNT:

Gute Nacht, Avery.

Und da es keine Rolle mehr spielte, tippte ich eine Antwort, die ich morgen vielleicht bereuen würde.

AVERY JAMES:

Gute Nacht, Alexander.

Ich warf das Tablet auf das Bett, als hätte es mich verbrannt. So schnell wie der Rausch gekommen war, kehrte ich zurück in die Realität. Der ganze Abend war ein einziger Horrorfilm gewesen, und ich brauchte Schlaf. Erst morgen würde ich wirklich begreifen können, was geschehen war, und ich musste mich auf die unvermeidliche Paranoia vorbereiten.

Der Albtraum kam, sobald ich meine Augen schloss. Ich lag in meinem eigenen Blut, umgeben von

Menschen, deren Gesichter mir so vertraut und dennoch nicht zu erkennen waren. Sie blickten mit solch einem Hass und Hunger auf mich herab, den ich bei Menschen noch nie gesehen hatte. Nein, diese Gestalten über mir waren keine Menschen. Sie waren etwas anderes. Nicht von dieser Welt.

In Panik versuchte ich, aufzustehen, aber unsichtbare Ketten hielten mich am Boden fest. Der Vollmond schien über mir, und ich betete, dass ich heute Nacht nicht sterben würde.

Aber eine Stimme tief in mir flüsterte, dass heute der Tag gekommen war. Dann stürzten sich die Monster auf mich.

»Schau mich nicht so an, Avery.«

KAPITEL 6

Ich saß in der Klasse mit Leilah zu meiner Linken und Noah zu meiner Rechten. Sie war gestern nicht zurückgekommen, und ihrem übermüdeten Gesichtsausdruck nach zu urteilen, hatte sie wenig Schlaf bekommen. Penelope Arden betrat das Klassenzimmer. Ihr Gang war stolz, das Haar perfekt geföhnt und die Haut makellos.

Ms. Ardens Blick fiel, wie der fast aller an diesem Morgen, auf mich. Ihre Augen, die normalerweise vor falscher Freude leuchteten, hatten heute eine gewisse Härte.

Vielleicht war auch sie noch von den Ereignissen der letzten Nacht gezeichnet. Die meisten meiner Klassenkameraden waren es auf jeden Fall. Ich konnte es in ihren Gesichtern sehen, ihre Angst praktisch riechen. Eines war sicher: An der Preston Academy fühlte sich niemand mehr sicher. Und manche dachten, ich würde dahinterstecken. Während der Mittagspause war ich von allen Seiten angestarrt worden. Einige hatten schamlos getuschelt und andere waren schnell an mir vorbeigegangen, aus Angst, ich würde sie in der Cafeteria zur Strecke bringen. Ich war vieles, aber gewiss keine Mörderin.

»Schlagt das Buch auf und holt eure Hausaufgaben heraus«, sagte unsere Professorin und riss mich damit aus meinen düsteren Gedanken.

Diese Frau hatte etwas Seltsames an sich, eine Kälte, die ich nicht beschreiben konnte.

Noah stupste mich mit dem Ellbogen an und zeigte auf die Seite, auf der sie beim letzten Mal stehen geblieben waren. Das meiste kannte ich noch aus der Highschool, also machte ich mir keine Sorgen, dass ich hinterherhängen würde.

»Habt ihr irgendwelche Neuigkeiten über Olivia?«, flüsterte ich Leilah zu.

Sie drehte ihren Kopf kaum merklich zu mir, wobei ihr schwarzes Haar einen Teil ihres Gesichts verdeckte. »Lass es sein, Avery.«

Ich runzelte die Stirn. Was sollte das bedeuten? Ich war buchstäblich über eine Leiche gestolpert. Wie könnte ich dieses Thema je sein lassen? »Gibt es in der Schule denn keine Trauerfeier?«

Meine Zimmergenossin sah mich an, als hätte ich gerade erklärt, die Erde sei flach. »Für die sind wir nur Kriminelle. Erwarte nie, dass sie dich als etwas anderes sehen als das.«

Ich klopfte kurz an Mr. Prestons Tür und wartete, wie üblich, nicht auf eine Antwort, sondern trat sofort ein.

Einen Schritt später blieb ich stehen, verwirrt von den anderen Personen im Raum – die Direktorin und zwei Polizisten.

»Guten Tag, Ms. James. Diese Herren sind hier, um Ihnen ein paar Fragen zu stellen. Mr. Preston war so freundlich, dafür einen Teil seiner Nachhilfestunden zu opfern«, sagte sie charmant, aber ich sah hinter ihre Fassade, sah die Frau, die wahrscheinlich keinen weiteren Gedanken an Olivia verschwendete.

»Sicher. Wie kann ich helfen?«, fragte ich, während ich meine Umhängetasche zu meinen Füßen fallen ließ und mich auf meinen üblichen Platz setzte.

Ein Polizist, klein und um die vierzig, räusperte sich, bevor er sprach. Er schien ein wenig nervös zu sein. Ich konnte es ihm nicht verübeln. Wahrscheinlich war in ihrer Stadt schon lange nichts Aufregendes mehr passiert, und jetzt wurden sie von einem Mord völlig überrumpelt.

»Wir wissen, dass Sie sich von dem gestrigen Schock noch nicht erholt haben, aber bitte erzählen Sie uns, was passiert ist, und lassen Sie keine Details aus.«

Ich schluckte, sah erst die Direktorin und dann Mr. Preston an, der wieder seine kalte, gleichgültige Maske aufgesetzt hatte. Distanziert betrachtete er das Geschehen, mischte sich aber nicht ein. Es war an der Zeit, meine beste Show abzuliefern. Normalerweise durchschauten mich die Leute, wenn ich log. Zumindest behauptete das mein Vater. Ich wollte nur nicht, dass sie dachten, ich sei verrückt geworden.

Ich erzählte den Polizisten, was gestern Abend passiert war, ließ aber die Sache mit der ausstrahlenden Gefahr und der unheimlichen Aura weg. Außerdem brauchten sie nichts von dem Gespräch zwischen meinem Professor und mir zu erfahren, in dem ich ihm meine Sorgen mitgeteilt hatte.

Währenddessen notierte sein Kollege alle Informationen und nickte bei den relevanten Stellen. Schließlich beendeten sie ihre Befragung, packten ihre Sachen und verließen den Raum mit einem besorgten Gesichtsausdruck.

»Nun gut. Zurück an die Arbeit. Ich erwarte von Ihnen die gleiche Leistung wie von allen anderen Schülern, Mord hin oder her«, sagte die Direktorin in einem hochnäsigen Ton. Ich zeigte ihr einen mentalen Mittelfinger.

Bevor sie wieder verschwand, blickte sie mich ein letztes Mal wachsam an. »Und Ms. James? Ich habe ein Auge auf Sie.«

Es kostete mich all meine Kraft, nicht mit den Augen zu rollen. Natürlich hatte sie ein Auge auf mich, auf uns alle, und sie ließ uns das jeden Tag spüren.

Mr. Preston setzte sich an seinen eleganten Schreibtisch und holte eine Schachtel Zigaretten aus der Schublade. Ich sah zu, wie er sich eine zwischen die Lippen steckte und sie anzündete. Einen tiefen Zug später erreichte der vertraute Duft meine Nase und ließ mich aufseufzen. Wieso sah er so gut beim Rauchen aus?

»Darf ich?«, fragte ich und erwartete eine genervte Abfuhr. Doch statt eines boshaften Kommentars reichte er mir seine Zigarette wie einen Joint. Ich streckte meine Hand danach aus und für einen Moment berührten sich unsere Finger. Ich spürte den elektrischen Schock durch meinen ganzen Körper fahren. Mr. Preston holte tief Luft, bevor er die Zigarette freigab.

Auf dem Stummel war noch ein Hauch von Feuchtigkeit und ich kam nicht umhin zu denken, dass unsere Lippen dieselbe Stelle berührt hatten. Fast ein Kuss. *Reiß dich zusammen, Avery*, ermahnte ich mich.

Er sah mich an, studierte meine Finger, die die Zigarette hielten, und mein erhitztes Gesicht, während ich einen weiteren gierigen Zug nahm. Ich hielt seinem intensiven Blick stand, wollte keine seiner raren Regungen verpassen. Aber sein Blick war undurchdringlich und ich fragte mich, was er in diesem Moment dachte.

Allzu bald nahm er mir die Zigarette wieder weg, und ich trauerte im Stillen um den Geschmack, aber ich durfte auch nicht protestieren. Vielleicht würde er mir nie wieder die Chance zum Rauchen geben.

Schließlich steckte er sie ein letztes Mal zwischen die Lippen und schloss seine Augen, genoss den Tabak, als ob es die köstlichste aller Delikatessen war. Ein kleiner, naiver Teil von mir bildete sich ein, er würde beim letzten Zug an meine Lippen denken.

»Setz dich ans Klavier und spiel.« Ich spürte förmlich, wie mein linkes Auge zuckte und verschränkte die Arme. Einmal konnte ich ihn mit anderen Augen betrachten und schon hatte er mich wieder auf den Boden der Tatsachen zurückgeholt.

»Ich wiederhole mich nur ungern, also tu, was ich sage.«

Die Hände zu Fäusten geballt, folgte ich seinem grausamen Befehl. Protestieren wäre zwecklos. Ich würde meinem Professor sogar zutrauen, mich an der Bank anzuketten, also ersparte ich mir die Widerworte.

Das staubige Klavier erwartete mich wie ein verhöhnender Tyrann. *Fick dich auch, alter Freund.*

Mit zitternden Händen stimmte ich die ersten Töne an und scheiterte, wie erwartet, kläglich. Ich versuchte es noch einmal, und noch einmal, und noch einmal. Meine Wut kochte über und ich schlug mit der Faust gegen die einst weißen Tasten, was dem Instrument einen tiefen Ton entlockte. Mein Professor sah mich amüsiert an, doch ich fand an dieser Situation nichts witzig. Es war beschämend, grausam. Genau das, was er wollte.

»Das klang furchtbar«, gab er zu, und ich konnte die Herausforderung in seinen Augen sehen. Wenigstens schmierte er mir kein Honig ums Maul.

»Ach ja? Dann machen Sie es besser«, erwiderte ich trotzig. Er wirkte nicht wie ein Mann, der viel auf Musik gab oder sie gar spielte, also war ich mir sicher, dass er einen Rückzieher machen würde.

Unerwartet erhob er sich von seinem Ledersessel und kam mit sicheren Schritten auf mich zu. Die Klavierbank bot kaum Platz für uns beide, sodass ich fast von der Kante fiel, als er sich neben mich setzte. Sein Bein war an meins gepresst, und ich spürte die Wärme, die von seinem Körper ausging.

Jeder meiner Sinne war alarmiert und ich musste

mit Entsetzen feststellen, dass mir seine Nähe nicht ganz so sauer aufstieß, wie es hätte tun müssen.

Mr. Preston überragte mich ein gutes Stück, und ich legte meinen Kopf in den Nacken, um zu ihm aufzuschauen. Ein herausfordernder Blick huschte über mein Gesicht und er schenkte mir ein selbstgefälliges Grinsen. *Dann zeig mal, was du drauf hast …*

Er berührte die Tasten, und mir blieb der Mund offen stehen. Gänsehaut breitete sich auf jedem Quadratzentimeter meines Körpers aus. Seine langen Finger brachten die süßeste aller Melodien hervor und spielten ein Lied, das herzzerreißend schön war. Das, was in diesem kleinen Raum widerhallte, klang nicht wie aus dieser Zeit, und ich beneidete ihn um die Fähigkeit, so exquisit spielen zu können. Ein wahres Talent, ein musikalisches Genie, saß neben mir, und ich war den Tränen nahe. In einem anderen Leben hätte er ausverkaufte Konzerte gehabt, hätte ganze Hallen gefüllt. Menschen wären ihm verfallen und er wäre in Geschichtsbücher eingegangen.

»Wie?« Das war alles, was ich herausbekam.

»Ich habe von der Besten gelernt. Spiel mit mir«, flüsterte er so verführerisch, dass ich dachte, ich hätte mich verhört.

Er nahm eine Hand weg, und ich ersetzte sie wie hypnotisiert. Ich hatte mir die Noten und den Rhythmus eingeprägt, als hätte ich dieses Lied mein ganzes Leben lang gespielt, als würde ich es auswendig kennen.

Zuerst glitten meine Finger zaghaft über die linke Hälfte des Klaviers. Dann wurde ich selbstbewusster, ehrgeiziger, verlor mich in der Musik. Neben Mr. Preston zu sitzen, zu wissen, was in ihm steckte und ein Teil seiner Melodie zu sein, war furchterregend und atemberaubend zugleich. Wir ergänzten uns, als wären wir Eins, als wäre das, was wir gerade machten, das Normalste der Welt.

Zumindest fühlte es sich für einen Augenblick so an. Ein Augenblick, egal wie verboten er war, der mir wieder Hoffnung schenkte.

Allzu bald wurde ich aus meinem Traum gerissen, als einer meiner Finger zuckte und ich das Lied und damit den Moment ruinierte.

»Es tut mir leid, ich–« Bevor ich noch etwas sagen konnte, brachte er mich zum Schweigen.

»Du brauchst dich nicht zu entschuldigen, nicht dafür.«

Mein Protest löste sich in Luft auf, als sein Zeigefinger meinen streifte und an Ort und Stelle verharrte. Wir sprachen kein Wort. Das war auch nicht nötig.

Nicht wirklich.

Meine Lippen öffneten sich leicht, und ich spürte seinen kühlen Atem auf meiner Stirn.

»Spiel weiter«, forderte Mr. Preston mit seiner schroffen Stimme und erhob sich ruckartig. Die Magie des Moments war vorbei und die Luft um mich herum fühlte sich plötzlich viel zu kalt an.

Es verging einige Zeit, in der ich uns beiden Ohrenschmerzen bereitete und meine Frustration überkochte. Schließlich sprach er die langersehnten Worte und entließ mich.

»Holt dich dein Freund heute nicht ab?«, fragte

mein Professor trocken, aber ich spürte, dass mehr dahintersteckte, und beschloss, es ein wenig weiterzutreiben.

»Nein, ich treffe ihn später bei mir.«

Er schnaubte. »Tust du nicht«, konterte mein Professor verächtlich. Als ob er die Kontrolle über meine Freizeit hätte.

»Und warum nicht?« Ich verschränkte die Arme.

»Weil ich es nicht will.« Er ahmte meine Haltung nach. War das jetzt sein Scheißernst? Er konnte mein nicht vorhandenes Liebesleben nicht kontrollieren. Wieso versuchte er es überhaupt? Es war ja nicht so, dass Mr. Preston eifersüchtig war.

»Was *wollen* Sie dann, Professor?« Ich schenkte ihm ein schiefes Lächeln und sah zu, wie seine Maske einen Moment lang bröckelte, bevor er sie wieder zurechtrückte. Bingo. Ich hatte ihn aufgerüttelt.

»Dass du nicht so viel reden würdest.« Damit entließ er mich und widmete sich wieder seinem Papierkram, doch in letzter Sekunde sah ich, wie er versuchte, ein Lächeln zu unterdrücken.

Die Bibliothek in diesem Internat hatte kein wirkliches System. Die Bücher waren weder alphabetisch noch nach Genre oder Verlag sortiert.

Ich drehte mich schon seit einigen Minuten im Kreis, weil ich immer noch nicht das richtige Buch für den Unterricht morgen gefunden hatte. Wir mussten noch ein paar Kapitel lesen, und ich hatte keine Lust, neben der Nachhilfe auch noch nachzusitzen.

Die letzten Schüler saßen noch in einer Ecke, waren über ihre Bücher gebeugt, flüsterten sich gegenseitig etwas zu oder tippten auf ihren Tablets. Ich fragte mich, wie jemand bei diesem beschissenen Licht überhaupt lesen konnte.

Nach einer weiteren Runde, in der ich nicht fand, wonach ich suchte, entdeckte ich das Buch ein paar Reihen weiter oben, außerhalb meiner Reichweite. Genervt schob ich meinen Rock ein wenig nach unten und stellte meine Füße auf die beiden untersten Regalbretter, um mich hochzuziehen. Wenn ich jetzt runterfallen würde, könnte ich mich für den Rest des Jahres nicht mehr blicken lassen.

Gerade als meine Finger den roten Ledereinband berühren wollten, packte mich jemand von hinten und ein schriller Laut entwich mir. Bevor meine Augen erkannten, wer hinter mir stand, nahm meine Nase den vertrauten, männlichen Geruch wahr – Mr. Preston. Er schob mich hoch, die Hände fest um meine Taille gelegt. Sein Körper klebte praktisch an meinem und ich konnte jeden seiner Muskeln spüren.

Mit zittrigen Fingern griff ich nach dem Buch und atmete erleichtert aus, als er mich wieder absetzte.

»Danke«, flüsterte ich, ohne mich zu bewegen, und spürte, wie sein Herz gegen meinen Rücken hämmerte.

Mein Professor beugte sich vor und ließ sein Kinn auf meiner Schulter ruhen. Ich erschauderte. »Pass das nächste Mal auf, sonst brichst du dir das Genick.«

Nur ein leises *Mhm* kam über meine Lippen.

Schließlich drehte ich mich um, um ihm in die Augen zu blicken. Sein Gesicht war mir viel zu nahe, und er machte keine Anstalten, einen Schritt zurückzutreten, also tat ich es stattdessen und stieß mit dem Rücken gegen das Regal. Shit. Mr. Preston kam näher, sodass uns nur noch ein paar Handbreit trennten. O Gott, wenn hier jemand vorbeilaufen würde, wäre ich geliefert … Aber wieso machte dieses Versteckspiel so viel Spaß?

Ich schaute an ihm herab, nahm ihn schamlos in Augenschein.

Ein goldener Schimmer umspielte Mr. Prestons schwarzes Haar und sein Hemd war legerer als das, das er im Unterricht getragen hatte. Das schwache Licht warf einen Schatten auf sein Gesicht und verbarg es vor der restlichen Welt, so dass nur ich es sehen konnte.

Unsere Augen trafen aufeinander, aber ich konnte seinen Blick nicht deuten.

»Schau mich nicht so an, Avery«, flüsterte er und sein heißer Atem kitzelte mein Ohr.

»Was meinen Sie?« In meinem Tonfall lag die Art Provokation, von der ich nicht wusste, dass sie existierte.

»Du weißt genau, was ich meine. Hör auf damit«, zischte er.

Ich wollte gerade protestieren, doch er wandte sich von mir ab und verschwand zu einem der Tische, deren Holz bereits gealtert und an einigen Stellen dunkler war.

Mein Blick fiel auf Penelope Arden, die sich neben ihn setzte und verführerisch ihr Haar zurückwarf, um ihre nackten Schultern freizulegen. Deshalb war er also hier. Er hatte ein Date.

Wie eine Verrückte beobachtete ich die beiden noch ein paar Augenblicke lang, bis ich schließlich wegtrat, der Bibliothekarin meinen Ausweis zeigte und diesen Ort verließ.

Leilah summte irgendeine Melodie aus ihrem Tablet mit, und ich versuchte, mich auf die letzten Seiten des Buches zu konzentrieren. Wir waren beide im Pyjama, denn wir hatten nicht vor, noch irgendwo hinzugehen. Nicht, solange ein Mörder auf freiem Fuß war.

»Was wirst du zu Halloween anziehen?«, fragte sie mich aus heiterem Himmel. Ich dachte darüber nach, konnte mich aber nicht für ein Outfit entscheiden.

»Ich weiß es noch nicht. Ich hatte gehofft, du könntest mir etwas Hübsches leihen.« Sie nickte fröhlich. »Ist dort Alkohol erlaubt?« Ein wenig Ablenkung würde uns allen gut tun.

»Nein, und das ist auch besser so, glaub mir. Die Dinge können ziemlich ... aus dem Ruder laufen, wenn man kriminelle Kids sich betrinken lässt.« Das klang ziemlich einleuchtend. Ich wollte auf keinen Fall mit jemandem aneinandergeraten und meinen Platz hier riskieren.

»Außerdem werden alle Lehrer anwesend sein. Es wird also sehr gesittet zugehen.« Sie zwinkerte mir zu, und ich konnte mir ein Grinsen nicht verkneifen.

»Penelope Arden auch? Sie scheint nicht die Art von Person zu sein, die gerne auf Partys geht.«

»Wenn Mr. Preston geht, geht sie auch«, erklärte sie achselzuckend.

Ich wurde misstrauisch.

»Warum?« Meine Frage sollte so beiläufig wie möglich klingen. Ehrlich gesagt, interessierte es mich auch nicht.

»Oh, das ist eine wirklich interessante Geschichte. Sie waren eine Zeit lang verlobt, bis er mit ihr Schluss gemacht hat.« Verlobt? Ich konnte meinen Ohren nicht trauen.

»Aber er ist doch erst ...« Um ehrlich zu sein, wusste ich nicht einmal genau, wie alt er war.

»27«, fügte Leilah hinzu. »Das ist eine Familiensache. Ihre Väter sind sehr ... konservativ, um es nett auszudrücken. Wie auch immer, sie ist noch nicht über ihn hinweg.«

Okay, klar, in dem Alter war man nicht zu jung zum Heiraten, aber irgendwie konnte ich mir Mr. Preston nicht als liebevollen Ehemann und Vater vorstellen.

Arme Penelope. Andererseits war sie mir auch ziemlich egal, genauso wie ich ihr egal war.

Leilahs Tablet vibrierte, und sie las die Nachricht mit einem gewissen Feuer in ihren Augen.

»Ich muss jetzt gehen. Außerdem bin ich hungrig.« Ich schaute sie verwirrt an.

»Erstens, haben wir gerade gegessen, und zweitens, bist du völlig irre? Da draußen könnte noch der Mörder frei herumlaufen.« Sie verdrehte spielerisch die Augen.

»Ich komme schon zurecht, versprochen. Und ich rede nicht vom Essen.«

Mit einem Luftkuss und einem neckischen Lächeln verschwand sie durch die Tür, bevor ich sie zum Bleiben überreden konnte.

Ich ließ mich zurückfallen und starrte an die Decke, das Holz dunkel und poliert. Mr. Preston hatte mir an diesem Abend keine Nachrichten mehr geschickt, und ich fragte mich, ob das mit unserer Begegnung in der Bibliothek zusammenhing.

KAPITEL 7

Mr. Preston war gestern nicht zu unserer Nachhilfestunde gekommen. Ich hatte gehört, dass er zusammen mit der Direktorin den Fall des toten Mädchens untersuchte. Wenigstens taten sie *etwas*.

Je mehr Zeit verging, desto unruhiger wurde ich. Die Flure wirkten unheimlicher und der Wald, der durch den ständigen Nebel die Erde in milchiges Weiß tauche, sah noch furchteinflößender aus. Irgendjemand hier hatte Blut an den Händen kleben. Vielleicht mein Sitznachbar in Mathe? Oder das Mädchen, das immer mit sich selbst sprach?

Jeder war ein Verdächtiger. Für viele sogar ich. Nur Leilah, Caleb und Noah hatten mich nie misstrauisch beäugt und nie wieder über diese Nacht gesprochen – zumindest nicht vor mir. Zum Glück hatten wir freitags immer früher Schluss, sodass ich noch ein paar Hausaufgaben nachholen konnte. Wie gerne hätte ich in einem süßen, kleinen Café gesessen und gelesen, Kakao mit Marshmallows getrunken und theatralisch aus dem Fenster geschaut.

Aber Rache schmeckte süßer als jede Schokolade der Welt. Und Gerechtigkeit auch.

»Kommt, gehen wir, ich habe eine Überraschung für uns«, drängte Leilah mit einem ihrer Lächeln, die normalerweise bedeuteten, dass sie etwas im Schilde führte.

Die Jungs folgten uns ins Zimmer, das viel zu unordentlich war, um Gäste zu empfangen. Aber im Endeffekt war es auch egal. Mein Blick schweifte über das Trio, das unterschiedlicher nicht sein konnte. Und doch passten sie zusammen. Ihre Freundschaft machte einfach Sinn.

Ich fühlte mich bei ihnen wohler, als ich es hätte tun sollen, wenn man bedachte, was das letzte Mal passiert war, als ich mich auf Freundschaften eingelassen hatte. Ich war im Krankenhaus aufgewacht und hatte mir beide Arme zerschmettert. Das war nicht gerade das, was ich unter einer tiefen Bindung verstand.

Mit diesen drei war es viel einfacher. Ich musste mich nicht verstellen oder ein Blatt vor den Mund nehmen. Es fühlte sich erfrischend an, neu und verdammt beängstigend.

Caleb warf sich auf Leilahs Bett und brachte die alten Federn zum Quietschen. Noah nahm an unserem Schreibtisch Platz und tippte auf seinem Tablet. Ich zog meine Schuhe aus und setzte mich im Schneidersitz auf den Rand des Bettes.

Skeptisch beobachtete ich, wie meine Zimmergenossin drei große, dunkle Glasflaschen unter ihrem Bett hervorholte und sie uns wie einen Preis präsentierte.

»Wo hast du die denn her?«, staunte Noah mit offenem Mund. Caleb hingegen sah sie besorgt an.

»Ich habe meine Quellen«, erwiderte sie schulterzuckend.

»Das sollten wir lieber lassen.« Calebs Stimme sank um eine Oktave und klang entschlossener. Zuerst sah er mich an, dann die Schwarzhaarige neben ihm. Sie winkte nur ab.

»Oh, sei kein Spielverderber. Sie kommt schon klar.« Verwirrt verfolgte ich ihr Gespräch. Ging es wirklich nur um Alkohol? Es war sicher nicht mein erstes Mal, dass mir Wein unter die Nase gehalten wurde, und es war nicht so, dass ich nach wenigen Schlucken bereits vergaß, wie ich hieß.

Schließlich verstummte er und ließ sie gewinnen.

Mit einem Plopp verschwand der Korken irgendwo auf dem Boden. Meine Zimmergenossin nahm den ersten Schluck und sie rümpfte die Nase. »Nicht der beste Wein, den ich je getrunken habe, aber süß.«

Ich nahm die Flasche etwas zögernd und erinnerte mich an die Zeiten, in denen ich eher zum Vergessen als zum Genießen getrunken hatte. Diese Erinnerungen waren eher verschwommen – zum Glück.

Noahs Blick folgte meinen Bewegungen. Immer mit einem Lächeln im Gesicht; ich bewunderte ihn für diese Positivität, die mir nicht zuteilgeworden war.

Ich nahm den ersten Schluck und musste dem

hyperaktiven Mädchen vor mir zustimmen. Der Wein schmeckte furchtbar und ließ mich fast würgen.

»Verdammt, Leilah. Hat den wer mit schimmligen Äpfeln und Klowasser hergestellt?«

Um mich zu vergewissern, nahm ich noch einen Schluck. Der Geschmack war erträglicher, aber trotzdem. Diese Plörre war ein stummer Vorbote dafür, dass ich heute kotzen würde. Nein, nicht mit mir.

»So was Ähnliches«, murmelte sie kaum hörbar und ich schüttelte den Kopf.

Noah streckte die Hand aus, und ich reichte ihm bereitwillig die Flasche.

»Lass uns ein Foto machen«, sagte Leilah, während sie wie ein aufgekratztes Kind in die Hände klatschte. »Wir sollten diesen Moment festhalten.«

Sie scheuchte beide Jungs auf mein Bett und quetschte sich zwischen uns. Noah bot sich an, das Tablet zu halten. »Jetzt setz dein sexy Lächeln auf, Avery«, scherzte sie. Ich unterdrückte ein Augenrollen und tat, was sie von mir verlangte. Sogar Caleb hatte seinen grüblerischen Blick zur Abwechslung mal abgelegt und wirkte fast freundlich.

»Fertig«, sagte der Fotograf und zeigte uns stolz das Bild.

»Perfekt.« Leilah reichte mir das Tablet und ich konnte mir ein Grinsen nicht verkneifen. Wir sahen aus wie echte *Freunde*. Nein, wir sahen nicht nur so aus. Wir waren es.

Nach einigen hitzigen Diskussionen und drei Flaschen des ekelhaftesten Weins meines Lebens merkte ich, wie mir der Alkohol zu Kopf gestiegen war. Der Raum drehte sich, und die Gesichter unserer Gäste waren ein wenig verschwommen. Vielleicht brauchte ich aber auch nur eine Brille.

Noah war der Erste, der ging. Überraschenderweise schien er nicht im Geringsten betrunken zu sein. Selbst Caleb und Leilah wirkten nüchterner als je zuvor. Wahrscheinlich hatte ich nur einen niedrigen Toleranzpegel oder nicht genug gegessen. Oder, was ich nicht glaubte, ich war ein ziemlicher Schwächling.

»Wir müssen gehen. Kann ich dich allein lassen?«, fragte sie und musterte mich besorgt von oben bis unten. Ich nickte.

»Geht ihr nur. Ich komme schon klar.« Caleb schien skeptisch zu sein, aber ich überzeugte ihn, dass ich sowieso bald schlafen gehen würde. Schließlich ließen sie locker und verschwanden lautlos durch die Tür.

Ich hatte meine unbequeme Schuluniform gegen meinen flauschigen, rosa Pyjama getauscht. Auf der Hose und dem langärmeligen Oberteil waren kleine Äpfel abgebildet, was wirklich süß aussah.

Es verging einige Zeit, in der ich einfach nur mit geschlossenen Lidern dalag und eine alte Melodie summte, eine Melodie aus meiner Kindheit, aus einer glücklicheren Zeit. Wie gern hätte ich einfach geschlafen, aber die Müdigkeit wollte einfach nicht einsetzen.

Allzu schnell schweiften meine Gedanken zu Mr. Preston – Alexander – und seiner unerträglichen, aber faszinierenden Art. *O Gott, wie sehr ich ihn hasse*, dachte ich, während ich mir seinen perfekten Körper vorstellte. Ich fragte mich, ob er die Stunde wegen mir abgesagt hatte. Nein, das konnte ich mir nicht vorstellen. Er liebte unsere Sticheleien viel zu sehr, als dass er sie verpassen würde.

Entweder war ich ein Idiot oder sehr gelangweilt, aber in einem schwachen Moment griff ich zu meinem Tablet und öffnete unseren Chat.

UNBEKANNT:

Warum sollte das mein Problem sein?

Arschloch.

AVERY JAMES:

Hat man Ihnen schon mal gesagt, was für ein Sonnenschein Sie sind?

UNBEKANNT:

Hat man dir schon mal gesagt, dass du zu viel redest?

Ich beschloss, ihn ein bisschen zu provozieren. Er war irgendwie witzig, wenn er wütend war. Vor allem, wenn *ich* der Grund dafür war.

AVERY JAMES:

Nein, Sie wären mein Erster.

*der Erste

UNBEKANNT:

Hast du darüber nachgedacht, wie es wäre, wenn ich dein Erster wäre, Avery?

Meine Kinnlade klappte auf. Hatte Alexander Preston versucht zu … *flirten?* Unmöglich. Ich war seine Schülerin. Tabu. Und doch kribbelte mein ganzer Körper bei dem Gedanken, wie er beim Schreiben dieser Nachricht ausgesehen haben musste. Na gut, Sie haben es so gewollt …

AVERY JAMES:

Lass uns ein Spiel spielen.

UNBEKANNT:

Ich mag keine Spiele.

AVERY JAMES:

Dieses wird Ihnen gefallen. Ich verstecke mich und wenn Sie mich finden, was ich bezweifle, können Sie mit mir machen, was auch immer Sie wollen.

Das war ein Angebot, das er nicht ablehnen konnte. Ich hoffte nur, dass ihm sein gesunder Menschenverstand nicht in die Quere kommen würde. Diese Aktion könnte uns beide alles kosten und doch konnte ich kaum erwarten, dass er mich durch die Gegend jagte.

UNBEKANNT:

Ich gebe dir 10 Minuten. Du wirst es bereuen.

Jackpot.

AVERY JAMES:

Ich weiß.

Purer Nervenkitzel strömte durch meinen Körper. Es war, als ob alle meine Sinne gleichzeitig alarmiert waren. Der Kick ließ mich fast wieder nüchtern werden, doch es gab jetzt kein Zurück. Ich würde nicht kehrtmachen. Nein, stattdessen zog ich meine Schuhe und meinen Mantel an. Lasset die Spiele beginnen. Der Einsatz – mein Körper.

Natürlich würde er mich im Gang in der Nähe meines Zimmers suchen, also kam das schon mal nicht infrage. Ich war ehrgeizig und wollte ihm diesen Sieg definitiv nicht gönnen. Mein Blick wanderte zum Fenster. Ich konnte ja nicht einfach zur Vordertür hinausgehen, also musste ich kreativ werden. Wir wohnten knapp über dem Erdgeschoss, und die Decken waren sehr niedrig, sodass der Sprung nicht allzu gefährlich wäre. Außerdem war die Außenfassade so uneben, dass meine Füße Halt finden konnten.

Scheiß drauf, dachte ich mir, ich würde schon irgendwie wieder reinkommen. Notfalls sah der Busch auch ziemlich gemütlich aus. Ich öffnete das Fenster und kletterte über die Fensterbank, das Tablet gut versteckt in meiner Manteltasche. Leilah würde mir zur Not aus der Scheiße helfen. Ich wagte einen Blick nach unten. Gut, in der Nacht sah es viel höher aus, aber davon ließ ich mich nicht abschrecken. Konzentriert setzte ich meine Füße in zwei Einkerbungen, krallte mich an zwei anderen Steinen fest und kletterte auf diese Weise hinunter. Das Gras würde meinen Sturz im Notfall abfedern, hoffte ich. Aber so weit kam es zum Glück nicht. Endlich hatte ich wieder festen Boden unter den Füßen. Die Luft war eisig um mein vor Vorfreude erhitztes Gesicht und ich musste unweigerlich grinsen. *O Gott, in was hast du dich da nur hineingeritten, Avery?*, fragte die vernünftige Stimme, doch ich blendete sie aus. Heute Nacht war ich nicht vernünftig, nicht bedacht oder achtsam. Nein, heute Nacht würde ich Spaß haben und mein Professor würde mir dabei helfen.

Ich holte mein Tablet heraus und schaute auf die Uhr. Noch zwei Minuten, also rannte ich los. Ich wusste nur noch nicht genau, wohin mit mir. Vielleicht geradeaus? Irgendwo würde ich schon ankommen. Der Sieg wäre mein, auch wenn ich mich die ganze Nacht verstecken musste.

Nur der Mond war ein stummer Zeuge meines idiotischen und halsbrecherischen Plans. Wenn ein Mörder meinen Weg kreuzen würde, wäre mein Tod allein meine Schuld. Aber ich konnte nicht anders. Seit langem hatte ich mich nicht mehr so lebendig gefühlt.

Meine Beine brannten vom Sprinten und meine Lungen drohten zu platzen, aber es war mir egal. Es fühlte sich unglaublich an. Meine Schritte waren beinahe lautlos, als ich über den dunklen Campus lief, um ein gutes Versteck zu finden.

Die Wälder taten sich vor mir auf und schrien, ich solle wegbleiben, heimgehen und nie wieder in ihre Nähe kommen.

Ich blendete die imaginäre Warnung aus, und ehe ich mich versah, war ich von Bäumen, deren Arten mir unbekannt waren, umgeben. Der moosige Duft stieg mir in die Nase, und ich sog ihn gierig ein. Perfekt.

Ich bewegte mich nicht weit ins Dickicht, nur ein

paar Schritte – mehr war auch nicht nötig. Nie im Leben würde er mich hier finden. Unmöglich.

Außer Atem ließ ich mich auf einen der Baumstümpfe nieder und drückte den Mantel fester an meinen Körper. Vielleicht hätte ich doch auch einen Schal mitnehmen sollen. Wie auch immer, ich hatte schon gewonnen. Das war es wert. Auch wenn ich von Sekunde zu Sekunde immer paranoider wurde. Ich fühlte mich nicht beobachtet, und doch lag eine unangenehme Schwere in der Luft. Unnatürlich, abstoßend. Der Wind wirbelte mein Haar auf und ließ mich zittern.

Ein umliegender Ast knackte, und ich zuckte zusammen. *Nur ein Tier*, beruhigte ich mich, *kein Grund zur Panik*. Ich war schließlich in einem Wald. Da liefen alle möglichen Kreaturen herum – die meisten unbedenklich. Doch das Knacken wurde immer lauter, als ob jemand auf mich zurennen würde. Mein Herz hämmerte. Was zur Hölle?

Ich erhob mich und machte mich bereit, zu verschwinden, meine Glieder halb erfroren. Nicht heute, Satan. Ich hatte vor, noch ein paar Jahre auf diesem Planeten zu verbringen.

Gerade als ich den ersten Schritt Richtung Akademie machen wollte, brachte mich jemand zum Stolpern und drückte mich auf den kalten Boden. Ein Schrei kam mir über die Lippen und ich versuchte, den Angreifer von mir zu stoßen, aber er hielt meine Arme über meinem Kopf fest.

Erst als ich das vertraute, aber etwas verschwommene Gesicht erkannte, beruhigte ich mich wieder, doch das Adrenalin hörte nicht auf, durch meinen Körper zu pumpen. Ganz im Gegenteil. Alles um mich wurde intensiver. Ich spürte sein Gewicht auf mir, seinen Atem, der sich mit meinen vermischte und seine Hüften, die sich besitzergreifend gegen meine pressten.

»Du magst es also im Dreck, kleine Göre?«, flüsterte mir mein Professor ins Ohr. Unmöglich. Wie hat er mich nur so schnell finden können?

Sein Oberschenkel drückte sich zwischen meine Beine und entfachte eine Wärme in mir, die ich so nicht kannte. Ich war mitten in der Nacht im Wald, mein Professor auf mir, als ob er nur darauf gewartet hatte. Und ich war ihm komplett ausgeliefert.

Er verlagerte sein Gewicht, rieb sich an mir und das Gefühl war wie die süßeste, verbotenste aller Früchte. »Sag mir, was willst du, dass ich mit dir mache?« Ich schluckte und spürte sein viel zu schnell pochendes Herz an meiner Brust.

»Was willst *du* mit mir machen?«

Ich spürte sein Lächeln an meiner Kehle und erschauderte. Die Zeit für Förmlichkeiten war vorbei. »Die Liste ist lang, und die Nacht ist zu kurz für das, was ich mit dir vorhabe.« Alexander atmete heftig, während er mich noch immer in den Dreck presste.

Mein Körper schmiegte sich an seinen, suchte seine Wärme, seine Nähe. Und in diesem Moment spürte ich, wie hart er war. Ich öffnete mich Alexander weiter, wollte alles von ihm spüren.

Er sah das als Einladung, meine Handgelenke zu befreien, damit seine Hand erst unter meinen Mantel und dann unter mein Shirt wandern konnte.

Ich erschauderte. Seine Finger waren eiskalt, aber meine Haut brannte unter seiner Berührung. Ich brauchte mehr, viel mehr.

»Willst du, dass ich dich berühre?«, fragte Alexander mit heiserer Stimme, seine Lippen an meinem Hals.

Ich nickte, aber das genügte ihm nicht. »Sag es.« Unweigerlich spürte ich, wie mir die Röte ins Gesicht kroch. Obwohl er es sicher nicht sehen konnte, war es mir peinlich. So etwas hatte ich noch nie ausgesprochen.

»Bitte, Professor, berühre mich.« Nicht, dass höfliche Anreden noch angebracht waren, aber es hatte einen ganz anderen Reiz, ihn in diesem Moment so zu nennen. Vor allem, wenn ich seine Länge an meinem Bauch spürte. Alexanders Hand wanderte hinauf und seine Finger strichen fast über meine Brust.

Ich brauchte ihn, wie ich noch nie einen Mann gebraucht hatte.

»Darf ich *dich* berühren?« Meine Worte waren kaum ein Flüstern, und ich war mir nicht einmal sicher, ob er sie überhaupt gehört hatte. Aber das Vibrieren seiner Brust erzählte eine andere Geschichte, während er mich mit seinen Hüften an Ort und Stelle pinnte. Als ob ich weglaufen konnte, *wollte*. Absurd.

»Du willst mich berühren?«, fragte er selbstgefällig. Ich nickte, sein Gesicht viel zu nah an meinem und doch nicht nah genug. »Dann berühre mich, Avery.«

Meine Hand wanderte von seiner Wange über seinen markanten Kiefer bis zu seinem Hals. Ich genoss jeden Zentimeter, wollte ihn ganz fühlen.

Gierig strich ich über seine Brust, verharrte an der Stelle über seinem Herzen und fühlte seine Aufregung. Sogar durch den Hoodie konnte ich spüren, wie definiert seine Muskeln waren. Ich strich über seine Taille und er erschauderte über mir. Ein Lächeln kam über meine Lippen.

»Schüchtern?«, fragte ich und hob eine Augenbraue. Als Antwort rieb er seine Härte an meiner Mitte. Gott, wie konnte ich für *so* einen Mann so verdammt feucht sein?

»Fühlst sich so etwa *schüchtern* an, kleines Monster?«, erwiderte er und packte mich an der Kehle. »Sicherlich nicht. Und jetzt berühre mich weiter.« Ich biss mir auf die Unterlippe. Normalerweise verabscheute ich seinen herrischen Ton, doch hier, *jetzt*, machte es mich mehr als an. Ich bahnte mir einen Weg von seiner Taille abwärts und drückte meine Hand zwischen unsere Körper. Sein Atem beschleunigte sich. Vielleicht ging ich ihm mehr unter die Haut, als ihm lieb war.

Schließlich fand ich, was ich suchte, als meine Finger seine Härte durch die weiche Jogginghose streiften und ihm ein rauchiges Stöhnen entlockten. »Noch mal«, flüsterte ich an seiner Schläfe und fühlte mich mächtig, verführerisch. Dieser Moment war ein Wendepunkt – das stand fest. Aber ob er uns irgendwohin bringen würde, war ungewiss. Ehe ich mich versah, umschloss er eine meiner Brüste und spielte mit meinem Nippel. *Alexander Preston ist dein Professor!*, schrie mein Gewissen, aber in diesem Moment war mir alles egal. Jegliche Konsequenz war unwichtig, solange ich ihn auf mir spüren konnte.

Ich konnte mir ein Stöhnen nicht verkneifen, mein Mund nur Zentimeter von seinem entfernt. Wir schmeckten praktisch dieselbe Luft. Es wäre ein Leichtes gewesen, seine Lippen zu beanspruchen, aber ich tat es nicht.

»So weiche Haut«, murmelte Alexander, mehr zu sich selbst.

Er verlagerte ein letztes Mal sein Gewicht und brachte damit dieses Verlangen zwischen meinen Beinen auf ein ganz neues Level. Fuck, er machte das so, so gut. Seine Härte an meiner empfindlichsten Stelle war ein Gefühl, das ich nie wieder missen wollte. Wusste er überhaupt, wie verdammt feucht mich das machte? Mit Sicherheit.

Bevor ich mich noch länger diesem Gefühl hingeben konnte, löste er sich von mir und erhob sich elegant. Meine Haut schrie nach seiner Berührung, mein Geist nach seinem Duft. Warum hatte er aufgehört? Nein ...

»Mein Preis ist es, dich so heiß und willig zu sehen und dir trotzdem nicht das zu geben, wonach du mich geradezu anflehst.«

Mir blieb der Mund offen stehen. Ich fühlte mich verraten. Dieses Arschloch hatte nur mit mir gespielt, mir weiß gemacht, dass er mich in diesem Moment auch begehrte. Doch der Beweis in seiner Hose verriet mir, dass sein kleines Spiel ihm mehr unter die Haut gegangen war, als er erwartet hatte.

»Das war das letzte Mal«, zischte ich. Die Wut, die

sich in meinem Körper ausbreitete, ließ mein Blut kochen. Er war ein arroganter Bastard, ein verfi–

»Gut. Jetzt steh auf und geh zurück auf dein Zimmer, bevor ich dich von der Akademie schmeiße.«

Das Feuer in seinen Augen, die Zärtlichkeit in seiner Berührung waren verschwunden. Alles, was blieb, war die unausstehliche Fassade, die ich so sehr hasste.

Mit steifen Beinen stand ich auf und klopfte mir die Blätter und den Schmutz vom Mantel. Nur das Knacken der Äste durchbrach die Stille zwischen uns. Die ganze Zeit über sah er mich mit diesem überheblichen Blick an, und in diesem Moment hätte ich ihm am liebsten die Augen ausgekratzt.

Ohne meinen Professor eines weiteren Blickes zu würdigen, ging ich an ihm vorbei, stieß als Abschiedsgeschenk so hart mit meiner Schulter gegen seinen Arm, dass ich morgen sicher einen blauen Fleck davontragen würde.

Das wirst du noch bereuen.

»Hör auf, so auszusehen.«

KAPITEL 8

Gestern war ich mit pochenden Kopfschmerzen aufgewacht. Nur allzu schnell spielten sich die Bilder meiner Begegnung mit Mr. Preston vor meinem geistigen Auge ab.

Fuck. Warum hatte ich mich so angreifbar gemacht? Er hatte sich einen Scherz mit meiner Schwäche erlaubt, und dafür musste er büßen. Heute würde der erste Tag sein. Es würde ihm leidtun, dass er sich mit mir angelegt hatte. Es war nicht schön, mich als Feind zu haben.

Ich zog meine Uniform an und knöpfte meine Bluse weiter auf, als ich es sonst tat. Mein Make-up war heute etwas stärker aufgetragen, und ich bändigte meine Locken gründlicher, sodass sie mir in wilden Wellen den Rücken hinunterflossen. Außerdem stahl ich zwei Spritzer von Leilahs Parfüm, das göttlich gut nach Blumen, Gewürzen und etwas vollkommen Weiblichem roch.

Mit stolzem Gang schritt ich die Flure hinunter zum großen Gemeinschaftsraum, in dem sich bereits mehrere Schüler versammelt hatten und in Gruppen Kartenspiele spielten oder lautstark über einen schmutzigen Witz lachten. Voller Vorfreude hielt ich Ausschau nach dem Trio, das mir inzwischen ein bisschen zu lieb geworden war.

Meine Zimmergenossin winkte mich zu sich, und ich ging an einer ganzen Reihe von Schülern vorbei, die ich bestimmt schon einmal im Unterricht gesehen hatte. Inzwischen war mein Name auf ihrer sozialen Plattform nicht mehr in aller Munde und die Leute hatten bereits anderen Gossip gefunden, über den sie reden konnten.

Es war ziemlich traurig, wie schnell die Leute den Tod einer Klassenkameradin vergessen hatten. Ich jedenfalls hatte fast jede Nacht von ihr geträumt. Und dann diese seltsamen Fetzen, an die ich mich am nächsten Morgen kaum noch erinnern konnte ... Ich schüttelte den Kopf. Nicht jetzt.

»Was ist das für ein Parfüm?«, fragte Noah, als er näher an meinen Hals herantrat und noch einmal roch.

»Gefällt es dir nicht?« Ich setzte einen Schmollmund auf, und er rümpfte scherzhaft die Nase.

»Es ist meins, du Arschloch. Und es riecht fantastisch. Hör nicht auf ihn«, mischte sich Leilah ein.

»Ich mag deinen natürlichen Duft lieber«, gab er augenzwinkernd zu, und Caleb sah ihn mahnend an.

»Was ist der Anlass?«, fragte der gut aussehende

Typ mit dem hellen Haar, während er mich musterte. Ich zuckte mit den Schultern.

»Darf ein Mädchen sich nicht mehr hübsch machen?« Leilah schaute genervt zwischen den beiden hin und her, und ich hielt mich aus der Diskussion raus.

Die Jungs führten uns zu einem Billardtisch, an dem bereits Kugeln und Queues bereitlagen.

»Lust auf eine Runde?«, fragte Caleb. Ich hatte schon lange nicht mehr gespielt, aber es war wie Fahrradfahren, oder? Noah und ich bildeten ein Team, und er tat mir jetzt schon leid, weil wir mit großer Sicherheit verlieren würden.

»Du schuldest mir einen Drink, wenn ich den beiden den Sieg überlassen muss.«

Ich kicherte, aufrichtig amüsiert über seine unbeschwerte Art.

Die Flammen im Kamin warfen einen rötlichen Schimmer auf seine Haut und brachten sie zum Glühen. Er war wirklich nicht schlecht anzusehen, vor allem mit seinem Hemd, das sich perfekt um seinen Bizeps spannte.

Noah schnippte mir vors Gesicht, was mich aus meinen Gedanken riss. »Fertig mit Anstarren?« Ich rollte mit den Augen und konzentrierte mich auf das Spiel.

Zwei Niederlagen später war ich schon so sauer, dass ich das Handtuch warf. Entweder waren die anderen viel zu gut oder ich war miserabel. Vielleicht auch beides.

Leilah hatte immer wieder Fotos von uns und unseren wütenden Gesichtern gemacht, und wie ich sie kannte, hatte sie sie schon längst gepostet. Ich schaute auf mein Tablet und scrollte durch meinen Feed.

Ihre Beweise für unser Versagen tauchten auf, und bei manchen musste ich grinsen. Eines stach mir besonders ins Auge: Ich stand mit dem Queue in der Hand neben dem Billardtisch und schaute Noah spielerisch über die Schulter an. Er hingegen schenkte mir ein charmantes Lächeln und zupfte dabei an einer meiner Locken.

Es sah süß aus, also lud ich das Bild herunter und stellte es zusammen mit anderen lustigen Fotos auf mein Profil. Wenigstens wirkte es jetzt nicht mehr so leer.

Aus dem Augenwinkel sah ich einen Mann mit schwarzem, wildem Haar, der eilig den Gang der Galerie über uns entlang lief. Auf halbem Weg drehte sich sein Gesicht kaum merklich in meine Richtung, und ich wusste, dass er mich gesehen hatte. Ich hielt seinem Blick stand, knickte nicht ein.

Vielleicht hatte ich es mir nur eingebildet, aber ich hätte schwören können, dass sein Kiefer gefährlich fest mahlte, bevor er sein Gesicht abwandte.

Wir verbrachten noch gut zwei Stunden im Gemeinschaftsraum, als plötzlich mein Tablet vibrierte. Ich starrte auf die kurze Nachricht von *Unbekannt* und verengte die Augen.

UNBEKANNT:

Was zur Hölle glaubst du, was du da tust?

Was war sein verdammtes Problem? Es juckte mich in den Fingern, ihm einen blöden Kommentar zu schicken, aber ich riss mich im letzten Moment zusammen.

Nein, er verdiente meine Aufmerksamkeit nicht – noch nicht. Es würde ihn nur noch wütender machen, wenn ich seine Nachricht ignorierte, also steckte ich das Tablet wieder in den Bund meines Rocks.

»Ist etwas passiert?«, fragte Leilah besorgt, aber ich versicherte ihr, dass alles in Ordnung sei.

»Lass uns gehen, ich bin am Verhungern«, verkündete Noah, und ich konnte ihm nur zustimmen. Ich hatte den ganzen Tag noch nichts gegessen und die Sonne würde bald untergehen. »Ich muss aber erst noch zur Krankenschwester.« Ich schaute ihn verwirrt an. Er schien überhaupt nicht krank zu sein.

»Grippe?«, fragte ich, aber er schüttelte den Kopf.

»Nein, es ist nichts. Ich muss nur etwas abholen.« Ich ging nicht weiter darauf ein. Offensichtlich wollte er nicht darüber reden, und ich ließ ihm seinen Freiraum.

Wir gingen alle zusammen zur Krankenschwester, die mich damals auch behandelt hatte. Vor uns legte

Caleb seinen Arm um Leilahs Schultern, und sie schmiegte sich an ihn.

Ein kleines Lächeln breitete sich auf meinen Lippen aus, als ich sie so zusammen sah. Vielleicht trauten sie sich jetzt, einander offen und laut zu lieben. Ich wünschte mir dieses Glück für sie.

Ich erinnerte mich an eine Zeit, in der ich ebenfalls verliebt war. Das war lange her, und die Geschichte nahm, gelinde gesagt, kein gutes Ende. Jetzt war ich über ihn hinweg, aber die Leere in meiner Brust war immer noch da.

Die Tür zum Schwesternzimmer öffnete sich, bevor wir überhaupt klopfen mussten. Die drei traten ein und ließen mich auf dem Gang stehen. Ich solle einfach hier warten, hatten sie gesagt. Na gut. Trotzdem war es merkwürdig.

Mein Tablet vibrierte wieder, und ich wusste, wer es war, noch bevor ich die Nachricht gelesen hatte. Mr. Preston hatte mir das Bild von Noah und mir weitergeleitet und eine ziemlich schroffe Nachricht darunter geschrieben.

UNBEKANNT:

-Bild-

Ist das dein fucking Ernst?

Wieder ignorierte ich seine Nachricht und lehnte mich gegen die kühle Steinwand. Es war leicht, ihm die kalte Schulter zu zeigen, vor allem, wenn ich wusste, dass es ihn in den Wahnsinn trieb. Ich fragte mich, wie weit ich mit ihm gehen konnte, wie lange er noch mitspielen würde. Vielleicht stürzte ich mich auch kopfüber in etwas, von dem es kein Zurück mehr gab. Aber meine Rache würde er noch deutlich zu spüren bekommen.

Ich schreckte auf, als die Tür aufgerissen wurde und Leilah, Caleb und Noah hinaustraten. Die drei wirkten hibbeliger als den ganzen Tag über.

Wer weiß, was für Drogen sie sich da reingezogen hatten. Die wichtigere Frage aber war, was ich tun musste, um die gleichen zu bekommen.

»Und jetzt gehen wir essen«, sagte sie und hakte sich bei mir ein.

Ich lackierte meine Fingernägel, während Leilah auf ihrem Tablet scrollte. Manchmal schnaubte sie oder rollte mit den Augen, und ich musste jedes Mal lächeln.

»Du und Caleb, seid ihr zusammen?«, fragte ich schamlos. Meine Neugier hatte mich übermannt, und ich hatte schon ewig nicht mehr so einen Girlstalk gehabt.

»Unsere … Beziehung ist sehr kompliziert. Es ist schwer zu erklären.« Sie wirkte hin und her gerissen, wog wahrscheinlich ab, wie viel sie mir erzählen konnte.

Ich nahm es ihr nicht übel. Sie kannte mich kaum, und ich erwartete nicht, dass sie mit ihrem gesamten Liebesleben herausrückte. »Unsere Verbindung wird von meinen Eltern nicht akzeptiert und von meinem Bruder noch weniger.«

»Wenn es das ist, was dich zurückhält, dann habe ich dich für stärker gehalten, als du wirklich bist«, antwortete ich bitter und konnte die Traurigkeit nicht unterdrücken, die sich bei ihren Worten in mein Herz schlich.

Leilah schenkte mir ein betrübtes Lächeln. »Verwechsle mein Auftreten nicht mit meinem Inneren. Meine Welt ist so viel anders als deine.« Ich schüttelte den Kopf.

»Wir atmen dieselbe Luft und weinen dieselben Tränen. Unsere Welt ist gar nicht so verschieden, wie du vielleicht denkst.« Ihre Augen verrieten mir, dass sie anderer Meinung war, wenn auch unfreiwillig.

Wir verbrachten einige Zeit schweigend und genossen einfach die Gesellschaft der anderen. Leilah legte sich auf den Rücken, die Hände hinter dem Kopf. »Danke.« Diese Bemerkung hatte mich überrumpelt.

»Für was?« Ich stützte eine Wange auf aufs Knie und betrachtete sie.

»Dafür, dass du mir das Gefühl gibst, ein Mensch zu sein.«

Danke, dass du mir das Gefühl gibst, eine Freundin zu haben.

Leilah war bereits eingeschlafen; nur ihr leises Schnarchen vertrieb die Stille im Zimmer. Ich hatte meine Nachttischlampe noch an und sah mir gerade die neuesten Beiträge auf unserer sozialen Plattform an, als mir etwas in den Sinn kam.

Auf Zehenspitzen schlich ich mich zu unserem Kleiderschrank und holte ein knappes Top heraus. Kurzerhand wechselte ich mein Pyjamahemd gegen das schwarze, seidige Spitzenteil. Es konnte nicht schaden, Mr. Preston ein Foto zu schicken, nachdem ich seine Nachrichten den ganzen Tag über ignoriert hatte.

Ohne viel Lärm zu machen, stieg ich zurück in das viel zu harte Bett und posierte im gedämpften Licht, bis ich mit einem Bild zufrieden war.

Zum Glück hatte ich vergessen, mich abzuschminken, sonst hätten mich die dunklen Ringe wie einen schlafberaubten Panda aussehen lassen.

AVERY JAMES:

-Bild-

Gute Nacht.

Ich brauchte nicht lange auf eine Antwort zu warten. Kurz darauf vibrierte mein Tablet, und ich las amüsiert seine Nachricht.

UNBEKANNT:

Fuck, wieso machst du sowas?

Um dich zu verwirren, Arschloch. Warum sonst sollte ich dir mitten in der Nacht ein provokantes Bild schicken?

AVERY JAMES:

Was meinst du?

UNBEKANNT:

Du weißt genau, was ich meine. Hör auf, so auszusehen.

Da kann wohl jemand nicht mit seiner Frustration umgehen, dachte ich mir. Heiß. Apropos heiß …

AVERY JAMES:

Aber gestern hat dir mein Aussehen ziemlich gut gefallen. Du weißt schon, damals, als du so hart warst, nur weil du mich einen Augenblick lang unter dir hattest.

UNBEKANNT:

Wäre ich ein schwächerer Mann gewesen, hätte ich dich auf der Stelle gefickt. Aber dich so scharf und fallen gelassen zu sehen, war Befriedigung genug.

Wärme breitete sich in meiner Mitte aus, als ich diese Worte las. Unweigerlich erinnerte ich mich daran, wie er sich auf mir angefühlt hatte, wie heftig er gegen meine Kehle geatmet hatte. *Nein, Avery, konzentriere dich.*

AVERY JAMES:

Wer sagt denn, dass ich dich gelassen hätte?

UNBEKANNT:

Du hast dich so hart gegen meinen Schwanz gepresst, das war die offensichtlichste aller Einladungen.

Ohne es zu wollen, presste ich meine Schenkel zusammen und dachte daran, wie er sich an mir gerieben hatte. Dieses Gefühl hallte noch immer wie ein Echo in meinem Kopf nach.

Aber ich konnte nicht nachgeben, konnte ihn nicht sehen lassen, dass Freitagnacht mich mehr mitgenommen hatte, als mir lieb war.

AVERY JAMES:

Das ist nicht wahr.

UNBEKANNT:

Doch, das ist es. Ich wette, du bist allein bei dem Gedanken an uns gestern feucht.

Oh, wenn er nur wüsste ... Warum sollte ich nicht noch einen Schritt weiter gehen?

AVERY JAMES:

Komm und fühl selbst.

UNBEKANNT:

Ist das eine Einladung?

Er würde sowieso nicht kommen, da war ich mir sicher. Mr. Preston hatte allzu deutlich gemacht, dass er mich nur quälen wollte.

AVERY JAMES:

Ja, Professor.

UNBEKANNT:

10 Minuten, dann komm raus.

Meinte er das ernst oder war das ein weiterer Test, wie weit ich gehen würde? Ich würde nicht noch einmal auf ihn hereinfallen.

AVERY JAMES:

Und wenn ich nicht will?

UNBEKANNT:

Dann werde ich reinkommen und deiner Mitbewohnerin eine Show bieten, die sie so schnell nicht mehr vergessen wird. Sag, ist das dein Ding?

Meine Kehle fühlte sich plötzlich viel zu trocken an. Langsam bekam ich das Gefühl, dass er wirklich erwartete, dass ich in wenigen Augenblicken rauskommen würde. Ich konnte mir auch sehr gut vorstellen, dass er so verrückt war, einfach hier reinzuplatzen.

Bevor ich mich ihm stellen musste, wollte ich mir noch eine kurze Hose anziehen. Wenn ich ihn schon in Versuchung bringen wollte, dann wenigstens mit einem anständigen Outfit. Passend zu meinem Oberteil schlüpfte ich in die schwarzen Seidenshorts, die zum Set gehörten.

Mit rasendem Puls schaute ich ein letztes Mal in den Spiegel, bevor ich die Tür so leise wie möglich hinter mir schloss und tief einatmete. Leilah würde sicher nicht mal aufwachen, wenn das ganze Gebäude bebte.

Ich war mir nicht sicher, wohin ich gehen sollte, also bog ich einfach links ab und ging geradeaus, immer den Kerzenhaltern an den Wänden entlang.

Der Schein der Flammen erhellte kaum den Gang und warf einen gruseligen Schatten auf die Gemälde. Bei jedem Flackern sah es so aus, als würden sich die Personen darin bewegen.

Meine Plüschpantoffeln waren so leise, dass ich nicht gefunden werden konnte, wenn man nicht gezielt nach mir suchen würde.

Ich fragte mich, ob Mr. Preston schon unterwegs war oder ob er gerade in seinem Bett lag und sich über meine Naivität lustig machte. Zutrauen würde ich es ihm.

Die kühle Luft verursachte eine Gänsehaut, und ich rieb mir die nackten Oberarme, um mich wenigstens ein bisschen zu wärmen.

Noch bevor ich mich umdrehte, spürte ich ein Kribbeln in meinem Nacken. Vielleicht war es nur das Adrenalin oder die Ungewissheit, was als Nächstes passieren würde. Ich hörte keine Schritte, hatte mir das Gefühl, beobachtet zu werden, sicher nur eingebildet. Aber da ... Ein Luftzug hinter mir.

Ich fuhr herum, aber es war niemand da. *Reiß dich zusammen*, dachte ich, und ging weiter.

Ein bestimmtes Gemälde zu meiner Linken stach mir ins Auge. Der Rahmen hob sich deutlich von der schwarzen Tapete ab und sah ziemlich antik aus.

Eine schöne Frau mit schwarzen Locken starrte mich an, ihr Kleid wie aus einer anderen Zeit. Die Seide und das Chiffon schmiegten sich an ihre Kurven wie eisblaues Wasser und brachten ihre Augen zur Geltung. Sie lächelte nicht.

Nein, sie blickte auf einen herab wie die Königin, die sie wahrscheinlich auch gewesen war.

Eine raue Hand schloss sich um meine Kehle und zog mich zurück, sodass ich gegen eine harte Brust prallte. »Da bist du ja.«

KAPITEL 9

Seine andere Hand schlängelte sich um meinen Bauch und drückte mich näher an sich.

»Ich hatte schon fast gedacht, du hättest Angst bekommen«, sagte ich spöttisch.

»Oh, hast du das, ja?« Sein Atem war warm an meinem Ohr, während sich seine Finger fester in meine Haut gruben und mich wimmern ließen.

Mr. Preston sog den Geruch meines Haares ein, und ich spürte, wie seine Lippen meinen Hinterkopf streiften. »Warum hast du ihn dein Haar anfassen lassen?«

Es dauerte einen Moment, bis ich verstand, wovon er sprach – das Foto mit Noah und mir.

»Weil es süß war.« Ich hörte meine eigenen Worte kaum noch, und mein Herz klopfte so wild, dass ich Angst hatte, es würde gleich aus meiner Brust springen.

Er schnaubte. Die andere Hand lag immer noch um meine Kehle, der Griff gerade fest genug, dass die

Angst ein ständiger Begleiter war, aber nicht so fest, dass er mir die Luft abschnitt.

»Süß ist nicht dein Ding, Avery«, erwiderte mein Professor, seine Stimme tief und bedrohlich. Ich spürte seinen starken Körper überall, nahm jeden Muskel wahr.

Seine Finger wanderten unter mein Oberteil, streichelten meine Haut und hinterließen Flammen des Verlangens. Wieso machte er das, wieso spielte er mit mir nur, um mich dann fallen zu lassen? Ich hasste es. Ich hasste *ihn* dafür.

»Und was ist mein Ding?«, fragte ich, während ich meinen Kopf an seine Brust lehnte.

»Du magst es, wie eine Göttin verehrt zu werden, du magst es, wenn man deinen Körper verschlingt, dich Zentimeter für Zentimeter küsst und dich so hart fickt, wie du es verdienst.« Mir blieb der Mund offen stehen. Ich konnte meinen Ohren nicht trauen. Das war nicht Mr. Preston, der mit mir sprach. Das war Alexander.

»Noah würde so etwas nie sagen.« Sein Griff um meine Kehle wurde fester, als seine Hand an meinem Bauchnabel vorbeifuhr und nach unten wanderte. *Noch ein Stück*, flehte ich innerlich.

»Natürlich nicht. Und ich wette, du magst es, wie ich rede.«

Ich spürte sein Lächeln auf meiner Haut, als er sich vorbeugte und mit seinen Lippen meinen Hals entlang strich.

»Alexander ...«, murmelte ich atemlos. Meine Nippel wurden hart, bettelten darum, berührt zu werden.

»Ich mag es, wie es klingt, wenn du meinen Namen sagst.« Er hielt kurz inne, bevor seine Finger den Bund meines Slips erreichten. Ich wölbte meinen Rücken. Mein Hintern drückte gegen seine Härte, und er presste sich fester an mich.

»Nächstes Mal sollte er seine verfickten Finger von dir lassen, sonst hat er keine mehr, wenn du ihn wiedersiehst.«

War er immer noch so angepisst wegen eines dummen Fotos?

»Noah tut nichts.« Ich lächelte und fügte hinzu: »Noch nicht.«

Schneller als es möglich war, drehte er mich herum und drückte mich gegen die Wand. Seine Finger waren in mein Haar gekrallt, die andere Hand ruhte über meinem Kopf.

Das schwache Kerzenlicht warf einen Schatten auf eine Gesichtshälfte, wodurch seine markanten Züge noch stärker zur Geltung kamen. Wie gern hätte ich seine Wangenknochen mit meinen Fingern entlanggefahren, seine Lippen berührt, doch ich hielt mich zurück.

»Und das wird er auch nicht«, knurrte er. »Niemals. Dafür werde ich sorgen.«

Ich lehnte meinen Kopf zurück, um ihm in die Augen sehen zu können. Das Adrenalin strömte durch meinen Körper und ließ mich an all die verbotenen Sachen denken, die ich mit ihm hier gegen diese Wand anstellen könnte.

»Also darf mich niemand berühren, nur weil du es so willst?«, fragte ich irritiert.

»Genau, kleines Monster.« Ein arrogantes Lächeln breitete sich auf seinem Gesicht aus und enthüllte seine perfekten Zähne.

»Du bist nicht mein Wärter und das hier ist kein Gefängnis«, erwiderte ich und sein Griff um mein Haar wurde fester, bis es fast wehtat. *Fuck, wieso fühlte sich das so gut an …*

»Oh, aber ich weiß, wie gerne du es hättest, wenn ich dich einsperren und die ganze Nacht lang ficken würde.« Ich presste meine Schenkel zusammen und stellte mir seine Stöße vor, seinen Geschmack. »Woran denkst du, Avery?«

»An nichts.« sagte ich und versuchte, meine Augen von ihm abzuwenden, aber sein Blick brannte mit einer Intensität, wie ich sie noch nie gesehen hatte. Alexander genoss dieses Spiel. Mehr als er sollte.

Mr. Prestons Hand fand ihren Weg unter mein Oberteil, wanderte von meiner Taille immer weiter nach oben, bis er meine Brust umfasste und mit seinem Daumen kleine Kreise auf meinen Nippel zeichnete. Ein heiseres Stöhnen kam von meinen Lippen, was ihn anspornte, noch mehr Druck auszuüben.

»Was machen wir hier, Professor?« In solchen Momenten vergaß ich, wer vor mir stand, und ich war mir sicher, ihm ging es genauso. Aber warum fühlte es sich so verdammt gut an?

»Ich weiß es nicht«, war seine einzige Antwort.

Bevor ich etwas anderes sagen konnte, hob er mich hoch, und ich schlang meine Beine um seine Hüften. Wir waren nur durch den Stoff seiner Jogginghose und die dünne Seidenschicht an mir getrennt.

Mr. Preston umfasste meinen Arsch und, da meine Shorts hochgerutscht waren, lagen seine Finger auf meiner nackten Haut.

Ich spürte, wie hart er zwischen meinen Beinen war und presste mich ihm entgegen. Ein tiefes Knurren entwich ihm, als er mich auf und ab bewegte, mich an ihm rieb.

»Das ist so falsch«, war das Einzige, was ich rausbekam, und seine bittersüßen Bewegungen brachten mich fast um den Verstand.

»So falsch«, hauchte er gegen mein Ohr.

Aber er hörte nicht auf, und ich protestierte nicht. Wir beide nahmen die Gefahr dieses Augenblicks in Kauf, eine Gefahr, die mich ins Gefängnis bringen könnte.

Wieder griff er in mein Haar und zog meinen Kopf zur Seite, sodass meine Kehle entblößt war. Meine Kopfhaut brannte, doch ich genoss den Schmerz – er zeigte mir, dass das alles hier nicht nur ein Fiebertraum war.

Seine Lippen fanden meine Haut, und die Wärme seiner Zunge umspielte die empfindliche Stelle zwischen meinem Ohr und dem Kiefer, was mich vor Lust stöhnen ließ.

Er kitzelte mich mit seinen Zähnen, biss in die Haut über meinem Puls. Ich fragte mich, wie er wohl schmecken würde, wie sich seine Zunge um meine anfühlen würde.

Entschlossen nahm ich sein Kinn zwischen Daumen und Zeigefinger, wollte seinen Mund zu meinem führen, aber er zog seinen Kopf in letzter

Sekunde zurück. War das wieder eines seiner kleinen Spielchen?

»Was?«, fragte ich skeptisch.

»Dafür«, drückte er mich ein letztes Mal an sich, seine Länge noch härter als zuvor, »bin ich nur ein Mann.« Ich wimmerte vor Verlangen, bei dem Gefühl von ihm zwischen meinen Beinen.

»Aber dafür«, er strich mit dem Daumen über meine Unterlippe, »dafür bin ich noch immer dein Professor.«

Enttäuschung machte sich in mir breit. Ganz gleich, wie wahr seine Worte waren, sie waren wie ein Schlag ins Gesicht. In einem klaren Moment besann ich mich jedoch und riss mich von ihm los. *Professor. Avery, er ist dein Professor.*

Alexander sah mich mit einer Mischung von Resignation und Sehnsucht an, als ob er diesen Moment erwartet hätte, aber noch hinauszögern wollte. Egal ob Spiel oder Realität, das Feuer würde uns nur verbrennen und bloß unsere Asche zurücklassen. All das hier stand unter keinem guten Stern und vielleicht war es auch besser so. Manche Sachen durften einfach nicht sein. Einen Professor zu küssen, stand ganz oben auf der Liste.

»Das war ein Fehler.« Ich löste meine zitternden Beine von seinen Hüften, und er ließ mich herunter. Sein Gesicht wurde wieder zu der eisigen Maske, die er nur abnahm, wenn er dachte, ich würde nicht hinsehen.

»Das war es.« Er trat einen Schritt zurück und musterte mich von Kopf bis Fuß. »Geh zurück auf dein Zimmer, Avery.«

Mit diesen Worten drehte er mir den Rücken zu und verschwand in der Dunkelheit. Es war fast so, als wäre er nie da gewesen.

Selbst sein verführerischer Duft verweilte nicht mehr in der Luft, wie er es sonst tat.

»Redest du auch so mit Frauen im Bett?«

KAPITEL 10

In diesem Gottesdienst sprachen sie zum ersten Mal über Olivia und zollten ihr endlich den Respekt, den sie verdiente.

Es machte mich wütend, dass alle hier solche Heuchler waren. Besonders Ms. Arden mit ihrem falschen Lächeln. Als ob sie sich für das tote Mädchen interessierte.

»Reiß dich zusammen«, zischte Leilah, aus Angst, den Zorn der Direktorin auf uns zu ziehen. »Sogar ich kann deine unsichtbaren Giftpfeile sehen.« Ich schnaubte verächtlich.

»Sie werden nicht mehr so unsichtbar sein, wenn ich mir diesen Scheiß noch länger anhören muss.«

Sie rollte nur mit den Augen und ging nicht auf meine Bemerkung ein.

»Seid versichert, dass wir alles in unserer Macht Stehende tun, um die Person zu finden, die ein solch abscheuliches Verbrechen begangen hat. Wir werden nicht aufhören, bis Olivia Gerechtigkeit widerfährt«, sagte Ms. Arden streng. Ich schnaubte. »Habt Ihr noch Fragen?« Bevor Leilah mich aufhalten konnte, schoss meine Hand nach oben. Einige Köpfe drehten sich in meine Richtung, andere flüsterten aufgeregt.

»Ja?« Die Blondine machte eine Handbewegung in meine Richtung.

»Da Sie alles tun, was in Ihrer Macht steht, haben Sie sicher schon einige Hinweise. Wer ist der Mörder, Ms. Arden?«

Sie räusperte sich, behielt aber ihre elegante Fassade bei. Nur ihre Augen zeugten davon, dass ich sie irritiert hatte.

»Dank der Hilfe unserer engagierten Polizisten konnten wir den Abend rekonstruieren und einige Spuren am Tatort sichern. Natürlich können wir keine Details preisgeben, denn das würde die Ermittlungen gefährden.« Bullshit. Sie hatten nichts. Penelope schaute mir in die Augen. »Aber ich bin sicher, dass es in dieser Akademie einige gibt, die zu einem Mord fähig wären.«

»Also verdächtigen Dumm und Dümmer jemanden von uns?«, bohrte ich nach.

Leilah zerrte an meinem Rock, damit ich mich wieder hinsetzte, aber ich beachtete sie nicht.

»Nur ein Idiot würde euch nicht verdächtigen.« Mit diesen Worten wandte sie sich ab.

Der Gottesdienst war vorbei.

»Das war uncool«, hörte ich meine Zimmergenossin zu meiner Linken murmeln.

»Es hat Spaß gemacht«, konterte ich. Zu meiner Rechten kicherte Noah.

Wenigstens hatte jemandem die Show gefallen.

Ich hatte mich gerade von dem Trio verabschiedet und war auf dem Weg zur Nachhilfestunde, als ich zwei bekannte Stimmen hörte. Eine Abzweigung weiter flüsterten die Frauen, ihre Worte kaum hörbar.

Ich konnte ihre Gesichter nicht sehen, wusste aber mit Sicherheit, dass es Penelope Arden und die Direktorin waren. Ich schlich mich auf Zehenspitzen zur Ecke und drückte mich an die Wand.

Der Flur war kaum beleuchtet, was mir half, verborgen zu bleiben. So konnten sie nie im Leben herausfinden, dass ich gerade lauschte.

»Du kannst ihn nicht ewig beschützen. Eure Eltern werden es erfahren«, stellte die Direktorin fest.

»Er hat die Kontrolle verloren. Das ist uns allen irgendwann schon mal passiert«, antwortete Ms. Arden.

»Es steht einfach mehr für ihn auf dem Spiel als für jeden von uns. Du wolltest an seiner Seite sein. Du hast gesagt, er würde sich beherrschen, wenn du bei ihm bist. Der Tod dieses Mädchens geht auf deine Kappe, Penelope.« Eine von ihnen wich zurück. Ich verstand nicht …

»Wirst du es meinem Vater sagen?«, fragte Ms.

Arden, ihre Stimme voll Angst. Es entstand eine lange Pause.

Adrenalin hatte mich im Griff. Wenn die wüssten, dass ich gerade zuhörte, wäre ich am Arsch. Vielleicht sogar auf direktem Weg ins Gefängnis.

»Natürlich nicht.« Die Direktorin schnaubte. »Aber es ist nur eine Frage der Zeit, bis er es herausfindet. Dann wird ihn auch deine Liebe nicht mehr retten.«

Mir fiel die Kinnlade herunter. Wen beschützen? Warum sollte einer von uns vorher die *Kontrolle verloren* haben? Und wen meinten sie mit *ihm*?

Bevor ich noch mehr hören konnte, gingen die Frauen in verschiedene Richtungen und ließen mich mit Dutzenden von Fragen zurück.

Die beiden wussten mehr, als sie zugeben wollten, sie kannten Olivias Mörder und deckten ihn. Aber wer war ihnen wichtig genug, um ihn nicht bei der Polizei zu melden? Die schreckliche Erkenntnis kam schneller als erwartet – Mr. Preston, der ehemalige Verlobte von Penelope und Neffe der Direktorin.

War mein Professor ein kaltblütiger Killer? Hatte er das tote Mädchen auf dem Gewissen?

Mr. Preston hatte mich mit denselben Händen berührt, mit denen er vielleicht auch Olivia getötet hatte. Er hatte mit mir gespielt, ich hatte mich ihm fast hingegeben – einem Psychopathen.

Aber welchen Grund sollte mein Professor gehabt haben? Hatte *er* die *Kontrolle verloren*, und wenn ja, worüber? Ich war mir sicher, dass ich nicht einmal auf eine dieser Fragen eine Antwort finden würde.

Gewiss war jedoch, dass ich mich umso mehr in Gefahr begab, je mehr Zeit ich in seiner Nähe verbrachte. Wenn mein Professor Schüler tötete, weil er die *Kontrolle verlor*, dann war er eine tickende Zeitbombe, und ich würde neben ihm stehen, wenn der Countdown abläuft, würde von der ewigen Dunkelheit verschluckt werden, bis nichts mehr von mir übrig war.

Mit einem mulmigen Gefühl und tausenden von Fragen, die mir durch den Kopf gingen, stieg ich die letzten Stufen hinauf, bog ab und stand bald vor Mr. Prestons Bürotür.

Mein Herz hämmerte wie verrückt, und ich war kurz davor, mich umzudrehen und krankzumelden. Nein, das wäre viel zu offensichtlich, zumal man mich heute gesund und munter in der Klasse gesehen hatte.

Eine leichte Brise wirbelte ein paar meiner Locken auf, als würde sie mich auffordern, endlich einzutreten. *Du kannst es*, dachte ich, *verhalte dich nur nicht auffällig*.

Ich klopfte und betrat den Raum. Mein Professor war in die Unterlagen auf seinem Schreibtisch vertieft und schenkte mir keine Beachtung. Er blickte nicht einmal zu mir auf, als ich mich in den bequemen Ledersessel setzte und auf eine Reaktion von ihm wartete.

»Mach deine Hausaufgaben.« Ich überschlug die Beine.

Ich hatte ihn schon oft beobachtet, und doch schien

es, als säße ein neuer, gefährlicherer Mann vor mir. Die Kälte um ihn herum war in diesem Moment noch deutlicher, seine Aura unheimlicher.

»Schon erledigt.« Vielleicht würde Mr. Preston mich einfach gehen lassen.

Er sah zum ersten Mal zu mir auf, sein Gesichtsausdruck ein Abbild der Gleichgültigkeit. Es war, als ob er mich überhaupt nicht kennen würde. In Anbetracht des gestrigen Abends schien es fast so, als zeigte er mir die kalte Schulter. Aber warum? Weil ich gesagt hatte, dass es ein Fehler war? Ja, das war es, egal wie gut es sich angefühlt hatte, wie perfekt sich sein Körper an meinen geschmiegt hatte.

Wir hatten eine Grenze überschritten, einem Verlangen nachgegeben, das uns irgendwann zerstört, verzehrt hätte.

»Zeig sie mir«, forderte er, und ich folgte seinem Befehl.

Genervt riss er mir die Blätter aus der Hand und las den Aufsatz. Ich hatte meine freie Zeit zwischen dem Unterricht und der Nachhilfestunde damit verbracht, schnell fertig zu werden, damit ich am Abend nichts zu tun hatte.

Ich traute meinen Augen nicht, als er meine Hausaufgaben in zwei Teile riss und die Seiten in den Müll warf.

»Machs noch mal.« Zuerst war ich schockiert, aber nur allzu schnell ersetzte Wut meine Fassungslosigkeit.

»Bist du verrückt?«, fragte ich, während mein Blut zu kochen drohte.

Das *Sie* konnte er sich abschminken.

»Manchmal, aber nicht heute. Jetzt tu, was ich dir sage.« Ich starrte ihn mit geballten Fäusten an, hielt seinem arroganten Blick stand und wünschte, ich hätte ihm die Augen auskratzen können.

»Redest du auch so mit Frauen im Bett? Bist du da auch so ein selbstgefälliges Arschloch?«, erwiderte ich und verfluchte mich im selben Moment für meine dummen Worte.

Ich bin nicht nur meinen Professor angegangen, nein, ich hatte auch einen potentiellen Mörder beleidigt. Mein Gehirn hatte einfach noch nicht begriffen, wer da vor mir stand, welche Gefahr in diesem Raum lauerte.

Mein Selbsterhaltungstrieb war schon immer miserabel gewesen. Ich zog Bedrohungen fast magisch an, und doch biss ich mir auf die Wange und war kurz davor, mich bei dieser Spermaverschwendung zu entschuldigen.

»Genau. Und doch kommen sie immer wieder zurück und betteln um mehr.« Ein teuflisches Grinsen huschte über seine Lippen, die einzige Emotion, die er heute gezeigt hatte. »Wenn ich ihnen sage, sie sollen sich setzen, setzen sie sich. Wenn ich ihnen sage, sie sollen sich ausziehen, ziehen sie sich aus. Und wenn ich ihnen sage, sie sollen mich ficken, bis ich meinen Namen vergesse, dann tun sie es. Mit Vergnügen.«

»Und dann bezahlst du sie und ihr geht eurer Wege«, erwiderte ich mit einer hochgezogenen Augenbraue und sah, wie er versuchte, ein Lachen zu unterdrücken.

»Ich werde mich nicht wiederholen. Aufsatz. Jetzt.«

Fick dich.

Angespannt reichte ich Mr. Preston meinen neuen, polierten Aufsatz, und ich musste zähneknirschend zugeben, dass dieser viel besser klang als der vorherige. »Nicht mehr ganz so miserabel«, war das Einzige, was er dazu sagte. »Du weißt sicher, was als Nächstes kommt.« Meine Kehle schnürte sich zu, als ich an seine Folter dachte.

»Warum tust du das?«, platzte es aus mir heraus. Ich dachte, wir hätten die Schikanen hinter uns gelassen.

Mr. Preston lehnte sich zurück und verschränkte die Arme. »Was meinst du?«

Ich tat es ihm gleich und durchbohrte ihn mit meinem Blick.

»Stell dich nicht dümmer als du bist. Das passt nicht zu dir.« Amüsiert schüttelte er den Kopf.

»Ich will dich aus deinem elenden Loch des Selbstmitleids herausholen, dir zeigen, dass du immer noch spielen kannst. Oder *könntest*, wenn du dich endlich anstrengen würdest.« Seine Worte hatten mich überrumpelt. Das konnte nicht sein Ernst sein.

»Und wenn es nichts gibt, wofür sich die Anstrengung lohnt?« Mein Professor schüttelte den Kopf.

»Jeder hat Wünsche und Ziele«, sagte er trocken.

»Meine Wünsche und Ziele sind in diesem Graben gestorben. Aber ich werde schon überleben, das tue ich immer. Auch ohne Musik.«

»Aber deine Seele wird es nicht.« Eine Weile sahen wir uns nur an, seine blauen Augen, ein Meer aus Geheimnissen, waren auf mich gerichtet. Konnte dieser Mann, der über das Verwelken der Seele eines Künstlers sprach, wirklich ein Mörder sein?

Ohne auf seinen Kommentar zu antworten, richtete ich mich auf und ging zum Klavier. »Spiel so, als wäre ich nicht hier«, flüsterte er, und seine Stimme klang etwas mitfühlender. »Spiel für Größe, Avery.«

Aber mein Ziel war nicht Größe, mein Ziel war es, eine Melodie zu spielen, ohne dass meine Finger unkontrolliert zuckten und sie somit verstümmelten. Ich sog tief die Luft ein und strich mir eine Locke aus dem Gesicht. Auf eine neue Runde der Erniedrigung.

Wie erwartet, spielte ich wie ein Anfänger, aber anstatt durchzudrehen, knirschte ich mit den Zähnen und begann von vorn, wieder und wieder.

Nach drei, vier Liedern hatten sich meine Finger langsam entspannt und ich konnte Mr. Preston völlig ausblenden. Er saß einfach nur schweigend da; es war fast so, als ob er nicht einmal atmen würde. *Eine willkommene Abwechslung*, dachte ich.

Ich verlor mich in den Elfenbeintasten und tauchte in das Herz des Instruments ein. Es fühlte sich nicht an wie das Hochgefühl, das ich auf der Bühne erlebt hatte. Nein, dieser Moment war viel intimer, viel intensiver.

Ich konnte immer noch nicht spielen, und es klang nicht mehr so wie früher, aber ein Teil meiner Angst war verschwunden, als die Töne verklungen – fürs Erste.

Aus dem Augenwinkel sah ich, wie sich mein Professor eine Zigarette anzündete und einen tiefen Zug nahm. Oh, wie gerne hätte ich nach der Schachtel gegriffen, aber er hätte mir wahrscheinlich die Finger dafür abgeschnitten.

»Denk nicht einmal daran«, sagte er gefährlich leise, als er sah, wie ich den Rauch anstarrte.

Ich hob abwehrend die Hände und unterdrückte ein Grinsen. Gerade als er etwas hinzufügen wollte, klopfte jemand an die Tür und trat ein.

Noah lächelte, als er mich am Klavier sitzen sah, wohl wissend, dass ich schon lange nicht mehr gespielt hatte.

»Bist du fertig oder störe ich?«, fragte er, seine Augen auf mich gerichtet, während Mr. Prestons auf ihm lagen. Wenn Blicke töten könnten, wäre Noah schon tausend Tode gestorben.

»Nein, du störst nicht. Lass uns gehen. Ich bin für heute fertig.« Froh, jemanden im Raum zu haben, den ich nicht des Mordes verdächtigte, stand ich auf und strich meinen Rock glatt. Er nahm meine Tasche, wie schon beim letzten Mal, und hielt mir die Tür auf. Ein Gentleman, ganz und gar das Gegenteil von Mr. Preston.

Ich warf einen flüchtigen Blick über die Schulter und sah in die intensiven Augen meines Professors, bevor Noah die Tür schloss und mir auf den Flur folgte.

»Kommt dir Mr. Preston auch manchmal seltsam vor?«, fragte ich meinen Begleiter unverblümt, als wir an einer Gruppe von Studenten vorbeigingen.

»Was meinst du?« Er runzelte die Stirn.

»Ich weiß nicht. Sein ganzes Verhalten ist so ... widersprüchlich. Ihm ist offensichtlich alles egal, und doch gibt es Momente ...« Ich schüttelte den Kopf und wollte mich davon abhalten, Dinge zu sagen, die mich oder ihn in Schwierigkeiten bringen könnten.

Man sollte nicht vorschnell urteilen, und um ehrlich zu sein, konnte ich mir nicht vorstellen, dass er jemanden ernsthaft verletzen könnte, aber dieser kleine Keim des Zweifels war nun in meinem Gehirn gepflanzt, das Unkraut bereits gesprießt.

»Er kann ein echtes Arschloch sein, aber wenn du seinen Vater kennen würdest, würdest du verstehen, warum er so abgefuckt ist. Der Apfel fällt nicht weit vom faulen Stamm.«

»Du kennst seinen Vater?« Ich konnte nicht anders, als ein wenig Mitleid mit Mr. Preston zu haben. Wer wusste schon, was für eine Scheiße er mit so einem Vater durchmachen musste.

Noah überlegte, wie viel er mir sagen sollte, und ich fühlte mich durch seine Verschwiegenheit ein wenig verletzt. Ich war gut darin, Geheimnisse für mich zu behalten.

»Einige von uns kennen seine Familie. Und seine Familie kennt einige von uns. Unsere ... Kreise sind sehr traditionsorientiert, fast fanatisch. Vor allem einflussreiche und mächtige Familien sind brutal in ihren Erziehungsmethoden und in ihrer Denkweise. Du kannst dir vorstellen, was das mit dir macht.«

»Es erstickt.« Ich strich mir übers Gesicht, ließ mir die Worte durch den Kopf gehen, bis sich vor meinem geistigen Auge schreckliche Bilder abspielten.

Wie gerne hätte ich auch das Haus seines Vaters in Brand gesteckt, bis es nur noch Asche auf verkohlter Erde war.

»Ja, manchmal vergisst man, was Menschlichkeit ist. Besonders in unseren Familien.« Ich hatte das Gefühl, dass wir nicht mehr ausschließlich über Mr. Preston sprachen, sondern dass Noah von seiner eigenen Kindheit erzählte. Es muss hart gewesen sein, und er tat mir ernsthaft leid. Ich konnte mir nicht vorstellen, wie es war, so kontrolliert zu werden. Die ganze Gehirnwäsche, die Versagensangst ... Ich schüttelte den Kopf und Noah stieß seine Schulter spielerisch gegen meine, gab mir ein Zeichen, mich zu beeilen.

»Ich bin sicher, dass du nie vergessen wirst, wer du wirklich bist.« Ich schenkte ihm ein Lächeln, ein Ehrliches, Unverdorbenes, das nur wenige sahen.

Er erwiderte es nicht.

»Und ich bin sicher, dass dieser Ort nichts für dich ist.«

Ich hatte kaum meine Schuhe ausgezogen und meine schwere Umhängetasche auf das Bett geworfen, als mein Tablet klingelte. Wer würde mich anrufen? Es war nicht besonders spät, die Sonne war kaum untergegangen, aber trotzdem. Mein Blick blieb an der vertrauten Telefonnummer hängen, und es fühlte sich an, als wäre alles Leben aus mir gewichen.

Dad.

Ich hatte seine Stimme schon so lange nicht mehr gehört und ihn so sehr vermisst, dass es wehtat.

Ich drückte schnell auf Annehmen, brachte aber kein Wort heraus, konnte noch immer nicht realisieren, dass mein Vater mit mir sprechen wollte. Vor allem nach dem ganzen Kummer, den ich ihm bereitet hatte. Ich hatte ihn im Stich gelassen, ihn allein gelassen.

»Hallo, Avery, hier ist Dad«, sagte er mit zitternder Stimme. Ich konnte den Kloß in meinem Hals nicht hinunterschlucken.

»He–hey«, stammelte ich, »wie geht es dir?« Er räusperte sich, als ob er mein Ringen ebenfalls spürte.

»Ich komme gerade von deiner Großmutter, du weißt ja, wie sie ist. Sie hat mir gesagt, ich soll dich grüßen und …« Er verstummte, und ich las zwischen den Zeilen, dass seine Mutter die treibende Kraft unseres Gesprächs war. »Avery, ich weiß, dass unser Leben nicht immer einfach war, dass ich deine Mutter nie ersetzen konnte. Ich war nie in der Lage, die Leere in deinem Leben zu füllen, und manchmal denke ich, dass ich versagt habe. Dass ich dir nie das bieten konnte, was du brauchst.« Meine Augen füllten sich mit Tränen, als ich den gequälten Worten meines Vaters lauschte. »Aber du sollst wissen, dass ich dich immer lieben werde, dass ich immer an deiner Seite sein werde, egal wie viele Pseudo-Akademien zwischen uns liegen. Und ich bin mir sicher, dass deine Mutter die gleichen Worte gesprochen hätte. Sie war immer viel sanftmütiger als ich. Manche hätten das vielleicht als Schwäche gesehen, aber ich wusste, wie stark sie das machte. Du bist ihr so ähnlich und trotzdem kommst du nach mir, stur, hitzköpfig«, sagte er lachend, und doch hörte ich seine Stimme brechen, konnte praktisch die Tränen auf seinen Wangen sehen.

»Es tut mir so leid, dass ich dich enttäuscht habe.« Das war alles, was ich herausbekam. Es war die Wahrheit. Ich hatte den einzigen Menschen verletzt, der alles für mich gegeben hat. Der für mich sterben würde.

»Ich muss nur eines wissen: Hattest du einen guten Grund?«

Ich wischte mir die Tränen weg und räusperte mich, wollte ihm nicht zeigen, wie es in mir aussah, wollte ihm keine Sorgen bereiten.

»Viele, viele sehr gute Gründe. Du hättest an meiner Stelle dasselbe getan, vielleicht sogar Schlimmeres.« Schweigen. Keiner von uns sagte etwas, und ich befürchtete schon, er hätte mir nicht zugehört, doch dann ergriff er wieder das Wort.

»Dann vertraue ich auf dein Urteilsvermögen, und wenn wir uns wiedersehen, will ich die ganze Geschichte wissen, jedes Detail.« Ich nickte, wohl wissend, dass er es nicht sehen würde.

»Ich vermisse dich«, flüsterte ich.

»Ich vermisse dich auch, Kleines. Es ist so still im

Haus ohne dich«, scherzte er. Jetzt gab es niemanden mehr, der ihn mit den schlimmsten Hits der letzten Jahrzehnte quälen konnte. »Sind sie nett zu dir?« Die Ernsthaftigkeit in seinem Ton kehrte zurück, die Besorgnis war unüberhörbar.

»Ja«, antwortete ich aufrichtig glücklich, »ich habe mich sogar ... mit drei von ihnen angefreundet.« Es fiel mir schwer, diese Worte auszusprechen, aber ich konnte nicht umhin als zuzugeben, dass Leilah, Caleb und Noah mir ans Herz gewachsen waren – mehr als mir lieb war.

»Ich freue mich für dich. Sie können sich glücklich schätzen, dich in ihrem Leben zu haben«, antwortete er, und ich konnte sein Grinsen durch das Tablet spüren. Nach dem, was damals passiert war, hatte ich das Wort *Freunde* nie wieder in den Mund genommen.

»Und Dad?« Ich wusste nicht, wie er die nächste Neuigkeit aufnehmen würde.

»Ja, Schätzchen?«

»Ich habe wieder gespielt«, flüsterte ich.

Es wurde totenstill am anderen Ende; man konnte fast eine Stecknadel fallen hören. Ich war mir nicht einmal sicher, ob er meine leisen Worte verstanden hatte, bis ich sein Schluchzen hörte. Mein Vater, ein harter Kerl, den ich noch nie weinen gesehen hatte, tat es zum ersten Mal, als er hörte, dass ich mich wieder an ein Klavier gesetzt hatte.

»Ich bin stolz auf dich. Werde es immer sein.« Ich hatte nicht gewusst, wie sehr ich diese Worte hören wollte, wie sehr ich sie hören *musste*. Sie fühlten sich an wie Wasser in der Wüste, wie eine warme Mahlzeit für einen Verhungernden.

»Das bin ich auch.« Für viele mag das ein unbedeutender Schritt gewesen sein, aber für mich war es ein Schritt aus der Dunkelheit.

KAPITEL 11

Nachdem ich die verbleibenden Minuten genutzt hatte, um meinem Vater von der Akademie und dem Unterricht zu erzählen, wurde die Leitung schließlich unterbrochen. Wir hatten nur dreißig Minuten Zeit, aber diese dreißig Minuten hatten gereicht, um mein Herz ein wenig leichter zu machen.

»Ich habe Lust auf etwas Süßes, vielleicht Kuchen«, sagte Leilah, als sie aus dem Bad kam und mich aufschreckte.

»Da kann ich dir nicht helfen«, erwiderte ich.

»Wir holen uns etwas.«

Ich hob eine Augenbraue. »Woher denn? Die Cafeteria ist schon längst geschlossen.«

Sie zuckte nur mit den Schultern. »Ich kenne einen Weg, und du kommst mit.« Wie gern hätte ich jetzt Kuchen gegessen, aber die Angst, erwischt zu werden, überwog. Außerdem hatte Mr. Preston gesagt, ich solle nachts nicht herumwandern. Andererseits fragte ich mich, seit wann ich auf einen Mann hörte, der nicht mein Vater war. Scheiß auf Mr. Preston und seine schwachsinnigen Regeln. Es war ja nicht so, dass er überall Augen und Ohren hatte. Die Chance, erwischt zu werden, war gering.

»Ich bin dabei.«

Meine Zimmergenossin sah mich mit einem teuflischen Lächeln an. »Dann zieh dir deine Schuhe und eine Jacke an. Es wird kalt werden.« Ich konnte nicht anders, als ihr Lächeln zu erwidern. Leilahs Tonfall nach zu urteilen, war ihr Plan ziemlich riskant, und ich freute mich schon.

Fünf Minuten später hingen wir bereits aus dem Fenster und ließen uns auf die gefrorene Erde fallen, während der Mond bereits hoch über uns stand. Ein schwacher Nebel kräuselte sich um unsere Knöchel und ließ die Landschaft fast surreal erscheinen. Egal wie elegant dieser Ort bei Tag war, bei Nacht entsprang die Szenerie einem Horrorfilm. Wortwörtlich.

Leilah kannte angeblich einen Hintereingang zur Küche, aber ich befürchtete, dass wir ihn heute Nacht bei dieser Finsternis nicht finden würden. Ihrem gehetzten Blick nach zu urteilen, wusste sie, dass diese Aktion uns das Genick brechen könnte, und trotzdem lief sie immer weiter.

»Beeil dich«, drängte sie, und ich zeigte ihr im Geiste den Mittelfinger.

Ich war nicht für Sport gemacht, schon gar nicht in

meinem Pyjama in der eisigen Kälte. Meine protestierenden Oberschenkel waren der Beweis dafür.

Zwei Abbiegungen später kamen wir endlich an und ich konnte wieder ausatmen. Fuck. Das war das letzte Mal, dass ich Leilah bei irgendetwas Halsbrecherischem begleiten würde.

Vor uns befand sich ein abgelegenes Gebäude, dessen Fassade keine Tür hatte. Nur das tief liegende, zerbrochene Fenster bot eine Möglichkeit zum Eintreten.

Moment mal, sie hatte nicht etwa vor ... Nein, keine Chance. Ich war nicht lebensmüde.

»Jetzt schau mich nicht so an und hilf mir hoch.«

Ich kniff die Augen zusammen. »Ist das dein Ernst?«

Leilah deutete mir an, ihr aufzuhelfen, und mit einem genervten Seufzer gab ich schließlich nach und tat widerwillig, was sie verlangte. *Nie wieder*, sagte ich mir immer wieder im Geiste. Sie war vollkommen verrückt geworden.

»Warum muss ich dich hochdrücken und nicht umgekehrt?«

Leilah kicherte, als sie ihren Fuß auf meine verschränkten Finger stellte. »Damit ich, wenn jemand oben ist, als Erste erwischt werde und du abhauen kannst, du Idiot.«

Okay, das war ziemlich süß von ihr, aber trotzdem ...

»Also gut, aber mach schnell. Wenn wir hier zusammen geschnappt werden, ziehe ich dich mit mir runter und wir können uns eine Zelle teilen.«

Sie murmelte etwas Unverständliches und machte sich an die Arbeit. Ich hatte mich überschätzt und keuchte bei dem plötzlichen Gewicht auf meinen Händen auf. Meine Finger brannten unter ihren Schuhen, und ich ließ sie fast fallen, als sie plötzlich Halt am Fensterbrett fand.

»Gut so. Und jetzt drück mich hoch.« Ich stöhnte auf, als ich das letzte bisschen Kraft aufbrachte. *Verdammt, ich sollte echt mal ins Fitnessstudio*, dachte ich. Meine Performance war erbärmlich.

Leilah zog sich mühelos nach oben. Offenbar waren ihre schlanken Arme stärker, als ich dachte. Mit Leichtigkeit schwang sie erst das eine und dann das andere Bein über die Fensterbank und verschwand hinein.

Einen Moment später streckte sie den Kopf heraus und hielt mir eine Hand hin.

»Das klappt sicher nicht. Du hast nicht genug Kraft, um mich hochzuziehen.«

Sie überlegte kurz. »Benutze die Einbuchtungen, um dich hochzuschieben. Wir schaffen das schon.« Sie konnte leicht reden. Raufklettern war definitiv schwerer als runter.

Skeptisch folgte ich ihrer Anweisung, ergriff ihre schwitzige Hand und tat, was sie befahl. Ich stöhnte bei der Kraft, die ich ausüben musste, um mich hochdrücken. »Siehst du?«, sagte sie, als sie mich mit Leichtigkeit das letzte Stück hochzog. Mann, die Frau hatte Kraft. Egal, was sie aß, ich wollte das Gleiche. Meine Hand berührte schließlich die modrige Fensterbank, wo überall Glasscherben verstreut waren. Wir waren anscheinend nicht die Einzigen gewesen, die einen kleinen Mitternachtssnack wollten. Vor meinem geistigen Auge spielten sich bereits ein Dutzend Szenarien ab, was von jetzt an passieren könnte und was es für meine Zukunft bedeuten würde. Sicher musste uns jemand gehört haben, so laut wie wir gewesen waren. Anders ging es nicht.

»Keine Sorge, ich werde uns da rausreden, wenn was passiert. Du weißt ja, dass ich den Charme dazu habe und alles«, versicherte mir meine Zimmergenossin kichernd, weil sie meine Bedenken sicher durchschaut hatte.

»Jaja«, murmelte ich, nicht wirklich überzeugt von ihren Worten. Die Direktorin hatte mich sowiso schon im Visier.

Mein Hintern schmerzte schon von der kurzen Zeit, die ich so rittlings auf der Fensterbank saß. »Rutsch rüber, ich steige jetzt runter.«

Sie trat einen Schritt zurück, und ich wollte mich gerade aufrichten, als ein stechender Schmerz durch meine Handfläche fuhr. Ich holte scharf Luft. Verdammt. Ich hob meine Hand und sah auf das Blut, das an meinem Handgelenk herunterlief. Eine große Glasscherbe steckte in meinem Fleisch, und ich konnte mich kaum zurückhalten, laut aufzuschreien. Entsetzen machte sich in mir breit und schon bald spürte ich den Schmerz überall.

Leilahs Gesichtsausdruck veränderte sich. Der sarkastische Blick war verschwunden. Stattdessen schlich sich etwas anderes, etwas Dunkles in ihre Züge. Sie trat einen weiteren Schritt zurück und krallte sich an einem Stuhl hinter ihr fest. Mein Kiefer mahlte vor Schmerzen, mein Arm brannte.

»Leuchte mal auf meine Hand. Ich will sehen, wie tief die Wunde ist. Fuck, das tut weh. Steh nicht nur so da, hilf mir.«

Aber Leilah bewegte sich nicht. Konnte sie Blut nicht sehen? Wurde ihr schlecht? Mir für meinen Teil wurde auf jeden Fall schlecht, als ich die Handfläche und das ganze Blut betrachtete. »Leilah?« Sie antwortete nicht.

Mit wackeligen Beinen trat ich näher an meine Zimmergenossin, die wie eine Statue dastand, ihr Gesicht fast maskenhaft.

»Komm nicht näher«, zischte sie zwischen zusammengebissenen Zähnen. Ihr scharfer Ton, der so gar nicht zu ihrer Art passte, irritierte mich.

Ich versuchte, das Tablet aus meiner Jackentasche zu fischen und es zu entsperren, was mit einer Hand nur schwer möglich war. Meine Handfläche pochte, und der Schmerz war fast unerträglich, aber irgendwie schaltete ich die Taschenlampenfunktion ein und hielt das grelle Licht auf die verletzte Stelle.

Es sah definitiv so schlimm aus, wie es sich anfühlte. Der Saum meines Ärmels war bereits dunkelrot gefärbt, und der winzige Raum war von dem metallischen Geruch erfüllt. Das war ernst, sehr ernst sogar. *Fuck*. Ich leuchtete mit dem Licht auf Leilahs Gesicht, um zu sehen, ob es ihr gut ging. Mir blieb das Herz stehen.

Ihr Anblick ließ mir das Blut in den Adern gefrieren. Ihre hungrigen Augen waren schwarz, und die

Haut darunter war von dunklen Adern durchzogen. Sie wirkte blasser als sonst, ihr Blick starrer.

Einen Moment später war ihr Gesicht wieder normal, und ich zweifelte an meinem Verstand. Hatte ich so viel Blut verloren, dass ich bereits halluzinierte? So musste es sein. Meine Lippen und Fingerkuppen kribbelten – kein gutes Zeichen. Ich musste sofort zur Krankenschwester.

Doch bevor ich meine Gedanken in die Tat umsetzen konnte, taumelte ich zur Seite und schaffte es gerade noch, mich an einem kleinen Tisch abzustützen. Die Scherbe bohrte sich noch tiefer ins Fleisch und ich schrie gequält auf.

Leilah war sofort an meiner Seite, legte ihren Arm schützend um mich, aber sie sprach kein einziges Wort. Es war fast so, als würde sie nicht einmal atmen.

»Ich muss zur Krankenschwester«, stammelte ich.

»Der Weg dorthin ist zu weit. Ich kann nicht …«, stammelte sie hektisch. Was konnte sie nicht? Mich begleiten? Mir helfen?

»Scheiße, willst du, dass ich verblute? Ich gehe allein.« Ich riss mich von ihr los, kam sogar ein paar Schritte weit, bevor mir schwarz vor Augen wurde und ich mich an einer Wand festhalten musste.

»Ich–ich werde Hilfe holen. Warte hier«, sagte sie hastig, aber in ihrem Ton schwang noch etwas anderes mit. Furcht? Nein, ich konnte es nicht benennen.

Bevor ich blinzeln konnte, war sie weg, und ich blieb allein zurück. Meine Gedanken überschlugen sich und mein Herz hämmerte gegen meine Brust.

Verdrängte Bilder tauchten vor meinem geistigen

Auge auf. *Nein, es ist nicht dasselbe*, sagte ich mir immer wieder. Aber egal, wie oft ich diesen Satz wiederholte, das aufsteigende Gefühl der Panik ließ nicht nach.

Ich konnte nicht mehr atmen, und es fühlte sich an, als ob tonnenschwere Gewichte auf meine Brust drückten. Meine Beine gaben unter mir nach, und ich ließ mich an der Wand hinabgleiten. *Sie wird zurückkommen, sie wird zurückkommen, sie wird zurückkommen.* Leilah würde mich nicht allein lassen.

Meine Finger wurden taub. Ich wollte nur noch für eine Minute die Augen schließen, nur eine Minute. Dann würde ich aufstehen und alleine zur Krankenschwester gehen. Ja, das würde ich tun. In einer Minute.

Meine Augen wurden schwerer und schwerer, und bevor ich mich fangen konnte, sackte ich zur Seite.

Raue Hände packten mich an den Oberarmen und schüttelten mich.

»Nein, sie kommt zurück. Leilah wird mich nicht zurücklassen«, krächzte ich, während ich wild um mich schlug, den Eindringling abwehrte und meine Hand noch mehr verletzte.

»Ich bins, Alexander, beruhige dich«, ertönte eine tiefe, bedrohliche Stimme. Sie hätte genauso gut aus meinem Unterbewusstsein oder meiner Fantasie stammen können.

Ich öffnete meine Augen einen Spalt und sah schwarzes Haar, das an den Spitzen ein wenig gelockt war. Ich hätte es überall wiedererkennen können. »Gib mir deine Hand. Nein, die verletzte, kleines Monster.«

Ich tat, was er verlangte, und ehe ich mich versah, durchzuckte mich ein höllischer Schmerz, der mich aufschreien ließ. Ich blickte nach unten und sah, dass er die große Glasscherbe aus mir herausgezogen hatte.

Sein Blick verfinsterte sich, als er auf das ganze Blut hinunterblickte, seine Augen loderten mit ... Mit was? Ich hatte keine Zeit zu überlegen, da drückte er schon einen Stofffetzen auf die tiefe Wunde.

Unerträgliche Flammen sickerten in mein Fleisch und zerrten an meiner Haut.

Womit hatte er den Stoff getränkt? Batteriesäure? Allzu bald wurde der quälende Schmerz durch pures Adrenalin ersetzt. Ein leises Stöhnen entkam meinen Lippen, als schiere Ekstase durch meine Adern raste.

Ich klammerte mich an dieses Gefühl, wollte mich darin verlieren, von ihm besessen sein. Der Schmerz war verschwunden. Mein Körper ritt auf der Welle der Lust, der Euphorie. Doch allzu plötzlich hörte es auf und ich strebte bereits den nächsten Kick an.

Ich blickte an mir herunter. Die Blutung hatte aufgehört. Nur mein klitschnasser Ärmel zeugte von dem, was vor wenigen Augenblicken mit mir geschehen war.

»Ich kann nicht hierbleiben, es tut mir leid«, flüsterte eine Frauenstimme hinter Mr. Preston. Leilah. Sie war zurückgekommen. Für mich.

»Geh. Wir reden morgen«, entgegnete er in einem

Ton, der verriet, dass morgen nicht ihr Lieblingstag sein würde. Und auch nicht meiner.

Ich war noch viel zu benommen, um zu verstehen, was gerade passiert war, wusste nur, dass der Schmerz in meinem Arm völlig abgeklungen war.

Ich richtete mich auf und blickte in seine funkelnden Augen. Trotz seiner Sorge sah ich die Wut über unsere Achtlosigkeit in seinem Blick. Er hockte in seiner schwarzen Jogginghose und dem dunklen Kapuzenpulli neben mir und sah mit seinem wilden Haar nicht wie ein Professor aus, sondern eher wie die Versuchung der Hölle selbst. Aber da war auch diese Stimme in meinem Hinterkopf, die mich anschrie, wegzulaufen, ihn nie wieder in meine Nähe zu lassen. Diese Warnung war wie eine ständige Präsenz in meinem Unterbewusstsein. Was zum Teufel?

Fühlte ich so, weil ich das Gespräch zwischen den beiden Frauen mitgehört hatte, oder kam diese Angst, dieser Urinstinkt, aus meinem Inneren, tiefer begraben als banales Misstrauen?

»Wenn Leilah nur ein paar Augenblicke später gekommen wäre, wärst du jetzt tot. Sei froh, dass sie in guter Verfassung war«, zischte er.

In guter Verfassung? Was meinte er damit? Bevor ich fragen konnte, richtete er sich auf und zog mich mit sich.

»Du musst dieses blutgetränkte Ding ausziehen, bevor wir gehen.« Er deutete auf mein Pyjamaoberteil.

Was war das Problem damit? Um diese Uhrzeit würden mich doch keine Leute sehen. Er muss meinen fragenden Blick bemerkt haben, denn er fügte hinzu:

»Glaub mir. Du ziehst besser nicht die falsche Aufmerksamkeit auf dich.«

»Ich habe hier nicht gerade viele Optionen«, erwiderte ich. Meine Kehle schmerzte. »Oder soll ich oben ohne durch die Schule laufen?« Er schnaubte frustriert.

»Natürlich nicht.« Sein Ton war um eine Oktave gesunken. Ich hatte keine Zeit zu protestieren, bevor er sich den Kapuzenpulli über den Kopf zog und makellose Haut entblößte, Brust und Bauch definiert.

Ich konnte meinen Blick nicht von ihm abwenden. »Jetzt zieh dich auch aus«, fügte er genervt hinzu, als er sah, dass ich keine Anstalten machte.

»Dreh dich um«, brachte ich schließlich hervor und zwang mich, in eine andere Richtung zu schauen. Er hob die Augenbrauen.

»Als ob ich das nicht schon gesehen hätte, und noch viel mehr. Sei nicht so prüde.« Wollte er mich gerade testen? War das wieder eines seiner verdrehten Spiele?

»Dreh dich um. Sofort.«

Endlich folgte er meinem Befehl, aber ich hörte ihn immer noch murmeln: »So herrisch.«

Mit zitternden Händen zog ich meine schmutzige Jacke und mein Hemd aus, und die kalte Luft küsste meine nackte Haut. Offenbar gab es in diesem gottverlassenen Gebäude keine verdammte Heizung.

Gänsehaut breitete sich auf meiner Brust aus. Aber vielleicht lag das auch nur daran, dass ich die Anwesenheit meines Professors nur allzu deutlich vor mir wahrnahm. Er schaute nicht zurück, und doch spürte ich seinen Blick auf mir.

Mr. Preston reichte mir seinen Kapuzenpulli, und

ich zog ihn an, der Stoff wie eine warme Umarmung. Sein unverwechselbarer Duft stieg mir in die Nase, umhüllte mich, und ich hasste mich dafür, dass ich tiefer einatmete.

Ich war allein mit ihm, einem potenziellen Mörder, und was tat ich? Ich genoss seinen Duft. Was war nur los mit mir? War ich so verkorkst?

»Bist du endlich fertig?«, fragte er gereizt.

»Ja, du kannst dich wieder umdrehen.« Er nahm meine Jacke und mein Oberteil und zerknüllte sie zu einem Bündel, damit man das Blut nicht sehen konnte. »Ich gehe besser zurück in mein Zimmer. Du kannst mich morgen anschreien, aber im Moment bin ich zu erschöpft.«

Mr. Prestons Augen verengten sich. »Du kannst heute Nacht nicht zurückgehen.« Seine Stimme war entschlossen, fast bedrohlich. Hatte ich ihn richtig verstanden?

»Was meinst du?«

Mein Professor sah mich an, als ob ich die dümmste Frage aller Zeiten gestellt hätte. Eine Pause entstand, in der er sicher seine Worte abwog. »Du bist dort nicht sicher, glaub mir. Der letzte Ort, an dem du jetzt sein willst, ist in deinem Zimmer.«

Ich verschränkte die Arme und beobachtete ihn, seine Haltung, seinen Gesichtsausdruck.

»Und wo soll ich heute Nacht schlafen, Professor?«

»Bei mir.«

KAPITEL 12

Widerwillig schlich ich durch die endlos scheinenden Gänge, keine Menschenseele in Sicht.

Ich sah nach links und betrachtete Alexander. Sein Kiefer mahlte und nur eine Seite seines Körpers wurde von den Kerzen beleuchtet. Ich verstand nicht, warum ich nicht einfach in mein Zimmer zurückgehen konnte, und er wich meinen Fragen mit kryptischen Antworten aus.

Eine Nacht allein mit ihm? Anstelle des Nervenkitzels machte sich Angst in mir breit. Eine Angst, die tiefer ging, eine Warnung meines Urinstinkts. Es konnte so viel passieren, und doch konnte ich ihm meine Bedenken nicht zeigen. Wer wusste schon, was ihm gerade durch den Kopf ging, ob er etwas plante, mich in Sicherheit wiegte, nur um mir das Genick zu brechen. Nein, das konnte nicht sein.

Oder doch?

Er hatte seinen Unmut über meinen Aufenthalt hier mehr als deutlich gemacht, aber das bedeutet noch lange nicht, dass er mich einfach umbringen würde. Das hoffte ich zumindest.

Eine Abzweigung weiter erreichten wir den Fakultätsflügel, ebenso schlecht beleuchtet und in gewisser Weise noch düsterer. Es war fast noch kälter als bei uns, oder war das mein in den Adern erstarrtes Blut?

»Wir sind da. Sei bloß leise«, flüsterte er, kaum hörbar. Wirklich, Sherlock? Ich war mitten in der Nacht allein mit einem Professor und trug seinen Hoodie. Ich wäre nicht so hirntot, um mich erwischen zu lassen.

Zum Glück hatte er mich nicht dabei erwischt, wie ich mit den Augen rollte. Er öffnete die quietschende Tür und knipste eine kleine Lampe am Eingang an. Mit großen Augen schaute ich mich um, eingeschüchtert von der Heimeligkeit. Es sah wie ein richtiges Zuhause aus, keine Spur von der Fremdartigkeit, die unsere Räumlichkeiten prägte. Nein, hier *lebte* Mr. Preston.

Sein großes Bett stand auf der rechten Seite, das Kopfteil an der Wand. Es sah geräumig genug für zwei Personen aus. Im Gegensatz zu uns hatte er höchstwahrscheinlich kein Problem damit, seine Beine auszustrecken. Nicht, dass ich mich beschwerte. Ein Bett in einer versifften Zelle war weitaus unbequemer als das, was wir hier hatten. Vom Fenster aus hatte man einen unglaublichen Blick auf den dichten Wald und den Vollmond. Davor stand ein schwarzes Klavier, nicht so elegant wie das in seinem Büro, aber trotzdem perfekt.

Ob er hier seine eigenen, kleinen Konzerte abhielt, wenn keiner hinhörte? Ich malte mir aus, wie Alexander wohl mit nassem, welligem Haar und bloß in einer Pyjamahose dort sitzend aussehen würde. Sicher wie die Inkarnation Apollos, nur noch schöner.

Das Holz im Kamin auf der linken Seite des Raums brannte kaum und die Glut warf einen goldenen Schein auf die antiken Möbel, die irgendwie perfekt zu ihm passten. Mein Professor hatte nichts Modernes an sich. Er war vielmehr einer anderen Zeit entsprungen, gezwungen, hier zu leben, obwohl es nicht seine Welt war.

Überall lagen Bücher verstreut, offenbar ohne System, und ich fragte mich, was er so in seiner Freizeit las. Wahrscheinlich nur langweiliges Schulzeug. Oder vielleicht war er mehr der prätentiöse Klassiker-Typ.

Auf dem kleinen Kaffeetisch vor dem Kamin standen eine Flasche Whiskey und ein halbvolles Glas. Es schien, als hätte er nicht geschlafen, bevor Leilah ihn zu mir geschleppt hatte. Aber warum ausgerechnet Mr. Preston? Nun, er war mir lieber als jeder andere Professor oder, Gott bewahre, die Direktorin. Aber trotzdem ... In der Klasse war er nicht besonders für seine Einfühlsamkeit und Diskretion bekannt. Im Gegenteil. Er war unausstehlich.

»Da ist die Dusche.« Er deutete mit dem Finger auf die gegenüberliegende Tür, und mir wurde nur allzu bewusst, wie sehr ich in seine Privatsphäre eingedrungen war. »Ich gebe dir etwas von mir zum Schlafen. Geh, ich such was raus.«

Mit einem Nicken verschwand ich durch die

schmale Tür und landete in einem Badezimmer, das viel moderner und geräumiger war als unseres. Die Regendusche war von zwei Glaswänden umrahmt, sodass jeder hineinsehen konnte. Gegenüber befand sich ein Waschbecken aus schwarzem Naturstein. Es war merkwürdig, hier zu stehen, als ob es das Normalste der Welt war. Als ob ich hierher gehörte. Nein, gerade fühlte ich mich mehr fehl am Platz als irgendwo sonst. Aber es ging nicht anders. Ich hatte einen Fehler gemacht und musste ihn jetzt ausbaden.

Ich zog mich aus, meine Haut so erhitzt, dass ich nicht mehr fror. Daran konnte auch das zunächst kühle Wasser nichts ändern. Ich war nackt, mein Professor nur ein paar Schritte entfernt. Auch wenn er nicht hier drinnen war, spürte ich seine Präsenz überall.

Ich wusste nicht, wie lange ich einfach nur dagestanden hatte, das Glas längst völlig beschlagen. Meine Gedanken kreisten um den Vorfall mit Leilah und den schrecklichen Schmerz, den ich noch vor kurzem verspürt hatte. Und dann die Ekstase, die fast schon überirdisch gewesen war.

Ich schaute auf meine Handfläche, wo sich die Wunde bereits geschlossen hatte. Wie war das möglich? Ein so tiefer Schnitt konnte doch nicht so schnell heilen. Ich wusste es aus Erfahrung. Hier stimmte etwas nicht.

Hatte ich Halluzinationen? Hatte er das Stück Stoff in eine neuartige Droge getaucht? Ich musste verrückt geworden sein.

So vieles passte einfach nicht zusammen, und ich

fand nicht mal annähernd eine plausible Erklärung für eines dieser seltsamen Ereignisse. Die Leute waren so merkwürdig, so anders ... Diese Akademie barg Geheimnisse, das stand fest.

Ich trug eine noch ein Mal Duschgel auf, das ein wenig nach Mr. Preston roch, wusch es ab und trat hinaus. Auf einer Kommode lag ein Stapel Handtücher, und ich schnappte mir eines. Um Zeit zu schinden, rieb ich mich fast wund. Aber wovor rannte ich davon? Ich saß bereits in der Falle. Wenn schon nicht in der eines Mörders, aber in der eines Mannes, der mich gern quälte und mir dann die kalte Schulter zeigte.

Aus dem Augenwinkel sah ich frische Kleidung, was bedeutete, dass er hier drin gewesen war, während ich nicht auf die Tür geachtet hatte. Hatte Alexander mich nackt gesehen, mich beim Duschen beobachtet? Nein, unmöglich. Der Beschlag auf dem Glas hatte mich vor neugierigen Blicken geschützt und doch kribbelte meine Haut bei dem Gedanken, wie er hart wurde, während er jede meiner Bewegungen in sich sog. Ich schüttelte den Kopf. Nein, diesen Anblick verdiente er nicht.

Ich zog das lange T-Shirt und die Jogginghose an. Da es hier keinen Fön gab, blieb mir nichts anderes übrig, als das Bad mit nassen Haaren zu verlassen.

Mr. Preston saß in einem Sessel vor dem Kamin und nippte am Whiskey, bis seine Augen meine trafen.

»Geh schlafen, Avery«, befahl er, aber ich rührte mich nicht, würde nicht locker lassen.

»Wir müssen über heute Abend reden.«

Er sah mich skeptisch an. »Da gibt es nichts zu reden.«

Ich hob meine Hand und zeigte ihm meine verheilte Handfläche. Nur eine dünne Narbe würde übrig bleiben, ein Souvenir meiner Dummheit. »Und was ist das?«, fragte ich besorgt. Wenn er verwundert war, so zeigte er es nicht.

»Was ist damit?« Wollte er dieses Spiel wirklich spielen?

»Die Wunde ist fast verheilt. Das ist unmöglich«, zischte ich und merkte, wie mein Blut zu kochen begann. Nein, er konnte mich nicht abspeisen. Nicht, wenn der Beweis seiner Geheimnisse auf meiner Haut war.

»Sie war nicht tief. Ich habe eine Tinktur draufgetan, ein Familienrezept«, erwiderte mein Professor nüchtern und zuckte mit den Schultern.

Nicht tief? Bullshit. Mein Ärmel war blutgetränkt gewesen. Ich schüttelte ungläubig den Kopf. »Das ist nicht wahr. Außerdem, was ist mit Leilah? Warum konnte ich nicht zu ihr zurückkehren? Sie macht sich bestimmt Sorgen.« Ihre Augen kamen mir wieder in den Sinn, der furchteinflößende Ausdruck in ihnen. Egal, was vorgefallen war, es war nicht normal gewesen, nicht natürlich. Aber ich hatte noch nicht den Mut, ihn nach diesem Detail zu fragen.

Mr. Preston trank den letzten Schluck des Alkohols aus, stellte das Glas auf den Boden und verringerte den Abstand zwischen uns, seine Schritte eleganter als die einer Katze. »Deiner Freundin geht es nicht gut. Sie kann kein Blut sehen. Das ist alles. Du interpretierst zu viel in triviale Dinge hinein.« Mr. Preston stand so nah vor mir, dass sich unsere Körperwärme vermischte und ich konnte den warnenden Ausdruck in seinem Gesicht sehen.

Er wollte mir den Mund verbieten, aber da hatte er die Rechnung mit der falschen Person gemacht. Ich hielt sicher nicht meine Klappe, nur weil ihm nicht passte, was daraus kam.

»Bullshit. Außerdem habe ich jetzt kein Blut mehr an mir, also wäre es kein Problem, zurückzugehen. Sag mir, was los ist«, forderte ich, während meine Wut langsam Überhand gewann. Musste ich ernsthaft auf ihn losgehen, bevor er mir etwas Brauchbares anvertraute?

»Du stellst zu viele Fragen, deren Antworten dich den Kopf kosten könnten, kleines Monster.«

Irritiert schaute ich ihm in die Augen, die etwas dunkler wirkten als sonst. »Und du sprichst in zu vielen Rätseln, die mir den letzten Nerv rauben. Ich habe genug von deinen Spielchen«, entgegnete ich mit tödlicher Ruhe.

Er schnaubte. »Du denkst, das alles ist ein Spiel?« Er deutete quer durch sein Zimmer. »Nichts hier ist ein Spiel, vergiss das nicht. Gefahr lauert hinter jeder Ecke dieser gottverlassenen Akademie. Abgefuckte Leute, die abgefuckte Sachen machen, du hast ja gar keine Ahnung …«

Ich legte den Kopf schief und verschränkte die Arme. »Dich eingeschlossen?«

»Besonders mich.« Das hatte mich überrumpelt.

Waren meine Vermutungen also richtig, oder meinte er etwas anderes?

»Warum bringst du mich dann in Gefahr?« Er trat einen Schritt näher, packte mich an den Haaren und riss meinen Kopf nach hinten, damit er auf mich herabsehen konnte.

Es tat nicht weh, und doch brannte meine Kopfhaut unter seiner Berührung.

»Weil du es liebst.« Alexanders Griff wurde fester. »Und weil ich nicht anders kann.« Meine Lippen öffneten sich leicht. Sein Gesicht näherte sich meinem, unsere Münder nur Zentimeter voneinander entfernt. »Und jetzt leg dich ins Bett. Das Verhör ist vorbei.«

»Und wo schläfst du?« Mein Blick wanderte zu dem Bett, das groß genug für beide war.

»Ich komme klar.« Er machte eine Kopfbewegung in Richtung des Sessels, und ich rollte mit den Augen.

Ich war nicht hier, um sein Zimmer einzunehmen, und da er darauf bestand, dass ich heute Nacht nicht zurückkehren konnte, würde ich das Bett mit ihm teilen müssen, ob es mir nun gefiel oder nicht. Das war nur fair.

»Komm, schlaf mit mir«, war das Einzige, was ich erwiderte. Das schiefe Lächeln, das ich so sehr hasste und doch ein wenig liebte, kam wieder zum Vorschein.

»Du willst, dass ich mit dir schlafe, kleines Monster?«

Ich seufzte genervt. Musste er alles verdrehen? »*Neben* mir.« Mit diesen Worten drehte ich mich um und legte mich in sein Bett, das viel weicher war als meines.

Seine Bettwäsche roch nach ihm, und das Kissen schmiegte sich perfekt an meinen Hinterkopf. Es war fast so, als wäre es für mich gemacht worden.

Langsam ging mein Professor auf die andere Seite und behielt mich dabei die ganze Zeit im Auge. Er zog die Decke zur Seite und legte sich in gebührendem Abstand zu mir hin. Auch wenn er weit weg war, spürte ich ihn ganz nah bei mir.

Ich konnte nicht anders, als mich auf die Seite zu drehen und ihn anzusehen, während er das Gleiche tat. Ein Moment der Stille entstand, in dem wir uns einfach nur betrachteten, die Luft wie elektrisiert. Ich zeichnete seine Konturen mit den Augen nach, prägte mir jeden perfekten Schwung ein.

»Sieh mich nicht mit diesem Blick an, Avery.« Seine Stimme war tief, bedrohlich, wie die Warnung eines Raubtiers. Keine Bitte, sondern ein Befehl.

Ich blinzelte. »Was meinst du?«, flüsterte ich.

»Du weißt genau, was ich meine. Ich bin dein *Professor.*«

»Ich weiß«, erwiderte ich kaum hörbar.

Er schüttelte den Kopf. »Nein, tust du nicht.«

Ich rückte näher, kaum ein paar Zentimeter, und doch fühlte es sich nach viel mehr an. »Dann erwidere ihn nicht, *Professor.*«

Alexander streckte seine Hand aus und strich mir eine Locke aus dem Gesicht. »Ich kann nicht.« Ein Feuer, nicht aus Verlangen, sondern aus etwas, das ich nicht beschreiben konnte, brannte in seinen außergewöhnlichen Augen. Sehnsucht, vielleicht. Aber ich war hier, ich war bei ihm. Er konnte mich nicht vermissen, wenn ich doch direkt neben ihm lag. Alexanders Blick wanderte zu meinen Lippen und verharrte dort. Als ob auf ihnen all die Antworten zu finden waren, nach denen er sein Leben lang gesucht hatte.

»Willst du mich küssen?«, fragte ich, meine Worte kaum ein Flüstern.

»Nein.« Seine Antwort war fest, definitiv und ich biss mir auf die Lippe.

»Warum nicht?« Wir hatten bereits mehrere Grenzen überschritten. Diese würde auch keinen Unterschied mehr machen.

»Weil ich dann nicht mehr aufhören könnte.« Meine Mund öffnete sich, aber ich war unfähig, etwas Schlaues zu erwidern. »Es ist kein Spiel mehr, Avery.«

Nein, das war es nicht. Sticheleien und private Nachrichten waren eine Sache, das hier war etwas anderes, ein Abgrund, dem ich mich nicht nähern konnte.

Ich schloss meine Augen und atmete langsam aus. »Gute Nacht.«

Er antwortete nicht. Ich spürte nur, wie er sein Gewicht verlagerte, aber ich wagte nicht, die Augen zu öffnen, aus Angst, mein Professor würde erfahren, nach was ich mich am meisten sehnte.

Die Wärme seines Körpers war intensiver und sein Duft lullte mich in den Schlaf, bis ich in die unendliche Dunkelheit abdriftete.

Ich lag auf dem Boden und der Schlamm war in meine Kleidung eingedrungen. Es war kalt, so verdammt kalt. Die umliegenden Bäume beugten sich dem unnachgiebigen Wind, der in dieser Nacht wie verrückt wehte.

Ich blickte auf und sah in Leilahs Gesicht, in ihre Augen. Sie waren unmenschlich, schwarz. Dunkle Adern schlängelten sich um sie bis zu den Wangen.

Sie leckte sich über ihre spitzen Eckzähne, bereit, mich anzugreifen. Nein, das war nicht Leilah, meine Freundin. Ein blutrünstiges Monster bäumte sich über mir auf.

Ich versuchte, mich mit den Füßen abzustoßen, um ihr zu entkommen – vergeblich. Meine Hand streifte etwas Hartes, und ich schaute nach rechts, sah Olivias verfaultes Gesicht neben mir. Erst dann konnte ich schreien, konnte wüten und mit den Händen um mich schlagen. Galle stieg meinen Hals hoch und verursachte einen nicht unterdrückbaren Würgereiz. Sie lachte, ein teuflisches Lachen, das so gar nicht zu ihrem Charakter passte. Dann stürzte sich das Ungeheuer auf mich und …

»Wach auf!«, rief jemand und schüttelte mich bei den Schultern. Ich öffnete meine Augen und sah in das besorgte Gesicht meines Professors, der über mir kniete.

»Olivia … Leilah«, war alles, was ich herausbekam. Er legte sich wieder neben mich, diesmal ganz nah, sein Körper an meinen gepresst, und ich spürte, wie sich mein Herzschlag langsam beruhigte. Es fühlte sich gut an, ihn so dicht neben mir zu haben. Viel zu gut.

»Nur ein Albtraum«, versicherte er mir. Aber ich

konnte die Bilder, die sich vor meinem geistigen Auge abspielten, nicht unterdrücken. Wieder und wieder sah ich Leilahs Augen, ihren gierigen Blick. Warum hatte mein Unterbewusstsein Angst vor ihr, meiner einzigen Freundin?

Meine Atmung ging flach und meine Finger zitterten. Bekam ich eine Panikattacke? *Nein, nicht hier, bitte, nicht hier,* wiederholte ich immer wieder im Geiste.

Er richtete sich auf, damit wir uns ansehen konnten.

»Ich habe Angst«, flüsterte ich.

Es war die Wahrheit, die ich mir selbst nicht eingestehen wollte. Und ich meinte nicht nur die Nacht und den Albtraum.

Nein, es war etwas Tieferes als das. Ich hatte Angst, dass ich nie wieder zu mir selbst finden würde, nie wieder reines Glück empfinden könnte. Ich hatte Angst, meinen Vater zu enttäuschen, mich selbst zu enttäuschen. Ich hatte Angst vor meiner Vergangenheit, ich hatte Angst vor der Gegenwart und ich hatte Angst vor der Zukunft, vor meinem Versagen.

Aber vor allem hatte ich Angst vor ihm, vor dem, was er in mir auslösen konnte, vielleicht schon ausgelöst hatte.

Sein Blick veränderte sich, wurde weicher, und doch war da eine gewisse Härte in seinen Zügen, die er nie ganz abschütteln konnte.

»Ich habe auch Angst.« Irgendetwas sagte mir, dass diese Worte Alexander mehr Überwindung gekostet hatten, als er je zugeben würde.

Ich hob meine Hand und strich über seinen Kiefer, seine Wange, und er tat etwas, was ich nicht erwartet hatte – er schloss die Augen und lehnte sich in meine Berührung. War er genauso einsam wie ich?

Ja, ja, das war er.

»Willst du mich jetzt küssen?«, flüsterte ich erneut. Er wartete, kämpfte eine innere Schlacht, die nur er allein gewinnen konnte.

»Ja«, hauchte er, die Augen noch immer geschlossen.

»Dann küss mich.«

Alexander atmete langsam aus und beugte sich vor. Seine Lippen auf meine.

Es war keiner dieser hektischen Küsse, die nach purem Verlangen schreien, sondern einer, der die Seele offenlegte und das Herz füllte.

Seine Lippen waren weich, viel zu weich, wenn man sein Auftreten bedachte. Er fuhr mit seiner Zunge über meine Unterlippe. Ein raues, tiefes Knurren entkam ihm, das mir eine Gänsehaut verursachte. Besitzergreifend beanspruchte er meinen Mund, verbannte all die Küsse, die ich vor diesem hier hatte. Alexander brandmarkte mich und ich ließ es zu. Unsere Küsse wurden wilder, leidenschaftlicher.

Er krallte eine Hand in mein Haar und zog daran, was mich zum Stöhnen brachte. Ich spürte sein Lächeln, ehe sich seine Lippen einen Weg zu der empfindlichen Stelle zwischen meinem Ohr und meinem Kiefer bahnten. Ich öffnete mich weiter, um ihm einen besseren Zugriff zu ermöglichen, und er ließ seine Zähne über meine erhitzte Haut wandern, bis es fast wehtat. Aber ich genoss es, genoss den Schmerz. Weil er von ihm kam.

Sein Mund fand wieder meinen, und es war fast so, als würde ich seine Lippen zum ersten Mal schmecken. Der leichte Whiskeygeschmack haftete noch immer an seiner Zunge, und ich hatte noch nie etwas Süßeres gekostet.

Alexander verlagerte sein Gewicht, schob einen Arm unter meinen Kopf, während seine andere Hand unter mein Shirt zu meinen Brüsten wanderte.

Ich zitterte unter seinen kalten Fingern, wölbte mich ihm aber entgegen, bis er mit seinem Daumen meinen Nippel massierte. Es fühlte sich so gut, so richtig an.

Ich griff nach seiner Länge und fühlte, wie hart er bloß von unseren Küssen war. Aber allzu schnell schob er meine Hand weg.

Perplex hielt ich inne.

»Heute Abend geht es nicht um mich«, flüsterte er mir ins Ohr.

Bevor ich es realisieren konnte, was er meinte, wanderte seine Hand zum Bund meiner Jogginghose und hielt dort inne. Seine Finger fuhren entlang der Haut darunter.

Fuck, ich war schon von diesen kleinen Berührungen klatschnass, wie wäre es dann, wenn ...

»Spreiz deine Beine für mich, Avie.«

Ich erstarrte. Das hatte noch nie jemand von mir verlangt, geschweige denn mich *da* berührt. Aber ich wollte es, wollte so sehr, dass *er* es tat.

Meine Küsse wurden fordernder, stürmischer, und

ich ließ es geschehen, öffnete mich ihm. Alexander verschwendete keine Zeit. Stattdessen fanden seine Finger genau die Stelle, an der ich sie am meisten brauchte.

Sein Mittelfinger entlockte mir ein heiseres Stöhnen, was ihn nur noch mehr motivierte, den Druck zu erhöhen.

Ich wölbte meine Hüften, unfähig zu warten, und er verstand. Sein Finger fand meinen Eingang, aber er ließ ihn nicht hineingleiten. Noch nicht. Erst wollte er mit mir spielen, mich quälen, wie er es immer tat.

»So feucht für mich«, flüsterte mein Professor, seine Stimme weich wie Butter.

Ich öffnete mich ihm weiter und mein Oberschenkel presste sich gegen seine Härte.I ch sog scharf die Luft ein, als ich seinen Finger in mir spürte. Es war so ungewohnt, so intensiv, und ich wollte mehr. Viel mehr.

Alexander ließ ihn rein- und rausgleiten, wurde mit jedem Stoß gieriger. Sein Daumen umkreiste meine sensibelste Stelle und brachte mich um den Verstand. Mein Atem beschleunigte sich, bis sich der Höhepunkt wie ein Vorbote der Ekstase näherte.

»Komm für mich, kleines Monster.« Er nahm seinen Ringfinger dazu und massierte einen Punkt, der meine Lust ins Unermessliche trieb.

Gott, er war so gut darin.

Seine Stöße wurden schneller, das Kribbeln in meiner Mitte stärker. »Ja«, hauchte ich.

Alexander

Avery fühlte sich so eng, so perfekt an, ihr Stöhnen die süßeste Melodie.

Das kleine Monster drückte ihren Schenkel gegen meinen Schwanz und rieb ihn bei jeder Bewegung, die sie machte. Wenn ich weniger Selbstbeherrschung gehabt hätte, wäre ich schon längst gekommen. Eigentlich hatte ich überhaupt keine Selbstbeherrschung. Sie war für mich tabu, und doch lag ich da und lauschte ihrem Stöhnen, genoss ihre Erregung an meinen Fingern und flüsterte ihren Namen.

Meine andere Hand umklammerte ihre braunen Locken, und ich zog an ihnen, genau wie sie es mochte. Sie brauchte das, sie brauchte mich, und ich musste sie spüren. *Nur einmal*, sagte ich mir, *dann werden wir für immer aufhören.*

Ich stieß meine Finger tiefer in sie hinein, massierte die Stelle, die sie in den Wahnsinn treiben würde. So wie ich sie damals im Wald in den Wahnsinn getrieben hatte, als sie das Raubtier in mir geweckt hatte, mich dazu gebracht hatte, meinen Urinstinkten nachzugeben und sie zu jagen. Und es hatte sich so verdammt gut angefühlt.

Oder als ich sie aus dem Zimmer gelockt hatte, um mit ihr zu spielen. Ich hätte sie an Ort und Stelle haben können, und doch hatte ich mich zurückgehalten, weil ich damals schon Angst vor ihren dunkelgrünen Augen und deren Wirkung auf mich hatte. Ihre Fingernägel krallten sich in meinen Bizeps, als sie so laut kam, dass ich Angst hatte, jemand hätte uns gehört. Ihre Muskeln spannten sich an, umklammerten meine Finger, und ich versenkte sie erneut, ließ sie auf dieser Welle reiten.

»Braves Mädchen«, hauchte ich und zog meine Finger heraus, meine Stirn an ihre gepresst.

Sie entspannte sich in meinem Arm, sank tiefer in das Kissen, und ich sah auf sie hinab, prägte mir ihren befriedigten Gesichtsausdruck ein, denn ich würde ihn zum letzten Mal sehen. »Und jetzt schlaf ein.«

Avery

Ich war noch nie in meinem Leben so heftig gekommen. Es war fast wie Magie, seine Berührung der stärkste Zauber. Und wir mussten damit aufhören, um meinetwillen und um seinetwillen. Es war zum Scheitern verurteilt, und doch schmiegte ich mich enger an ihn und genoss diesen Moment des Glücks.

Ich war nicht dumm, wusste genau, dass morgen alles wieder so sein würde wie vorher. Er würde sich zurückhalten und ich würde ihn ziehen lassen, weil es so sein musste.

Aber diese Nacht hatte sich in mein Gehirn gebrannt, hatte eine Erinnerung des intensivsten Moments, den ich je erlebt hatte, geschaffen.

»Gute Nacht, Alexander.« Ich schmiegte mich an

seine Brust, sein Körper wie geschaffen für meinen. Oder eher andersrum. Nicht, dass es ab morgen einen Unterschied machen würde.

Das war das letzte Mal, dass ich meinen Professor auf diese Weise spüren würde. Mein Herz musste es nur noch begreifen.

KAPITEL 13

Die Sonne war noch nicht einmal aufgegangen, als ich nach einem albtraumlosen Schlaf die Augen öffnete.

Der Platz neben mir war leer. Ich strich mit der Hand darüber und spürte, dass die Laken kalt waren. Entweder war Alexander schon vor einiger Zeit gegangen oder er ging mir aus dem Weg. Mir war beides recht, es ersparte uns das unangenehme Schweigen am Morgen, den Abschied.

Ich stieg aus dem Bett, zog meine Schuhe an und machte mir nicht einmal die Mühe, mein Haar zu entknoten. Um diese Zeit würde niemand auf den Fluren sein. Zumindest hoffte ich das.

Meine alten Kleider konnte ich nirgends finden, aber ich hatte auch nicht vor, sie anzuziehen, wollte Leilah nicht noch mehr Probleme bereiten. Vielleicht hatte Mr. Preston sie ja gestern verbrannt.

Mit einem letzten Blick über die Schulter schloss ich die Tür und machte mich auf den Weg in mein Zimmer, wo ich mit meiner Freundin reden musste. Sie hatte mir einiges zu erklären.

Leilah spielte gerade ein Spiel auf ihrem Tablet, als ich übermüdet und mit fast lautlosen Schritten ins Zimmer trat. Zum Glück hatte ich keinen Mitschüler auf meinem Walk of Shame getroffen. Es wäre sonst mehr als peinlich gewesen, weil man überdeutlich sah, dass die Sachen, die ich trug, nicht meine waren.

Meine Zimmergenossin blickte mit besorgter Miene auf und musterte mein erhitztes Gesicht.

Schneller als erwartet, richtete sie sich auf und schlang ihre Arme um mich. Ich gab ihr einen kleinen Kuss auf die Schläfe, als ich bemerkte, dass sie schluchzte.

»Warum weinst du denn? Hey, es ist doch alles gut«, beruhigte ich Leilah, doch sie schüttelte nur den Kopf.

»Es war furchtbar. Es tut mir so leid, ich habe dich im Stich gelassen«, murmelte sie mit zittriger Stimme. Ich hätte beinahe gelacht.

»Du hast mich nicht im Stich gelassen. Du bist zurückgekommen. Das war mehr, als meine früheren Freundinnen je für mich getan hatten.« Aber sie ließ nicht locker.

»Ich hätte fast die Kontrolle verloren. Ich bin so

jung, bitte, es tut mir leid«, sagte sie und wiederholte den letzten Teil immer und immer wieder. Was meinte sie damit? Jung? Eine merkwürdige Wortwahl ...

»Ich versteh nicht«, entgegnete ich verwirrt.

Leilah schüttelte nur den Kopf. »Sei dankbar, dass du es nicht tust.« Ich schob Leilah von mir weg und musterte sie, während sie mit dem Ärmel über ihr Gesicht strich.

Sie sah aus wie immer, keine Spur mehr von den furchterregenden Zügen von früher. Vielleicht waren sie auch nie da gewesen ... Ich muss verrückt geworden sein. Ja, ganz bestimmt.

»Was?«, fragte sie, als sie meinen skeptischen Blick bemerkte. Ich ließ sie los und sie deutete mir, mich mit ihr auf das Bett zu setzen.

»Dieser Ort, er fickt meinen Kopf«, gab ich resigniert zu. Ihre Augen wurden misstrauisch, und doch wirkten sie sanft, verständnisvoll. Genau die Leilah, die ich kannte und doch irgendwie anders.

»Nicht nur deinen«, erwiderte sie seufzend. Ich fixierte sie mit meinem ernsten Blick. Keine Spielchen, keine Rätsel. Die Wahrheit.

Ich hob meine Hand und berührte Leilahs feine Haut unter den Augen. Genau da, wo die schwarzen Venen hätten sein sollen. Sie ließ mich gewähren, wich nicht zurück.

»Habe ich mir das eingebildet, Leilah?« Meine Stimme, auch wenn entschlossen, bebte leicht.

Allein die Tatsache, dass ich diese Worte aussprach, war wahnsinnig. Ich machte mich auf das

Gelächter gefasst, aber sie hielt meinem Blick mit angespannten Zügen stand.

»Willst du sterben?« Es war eine ernst gemeinte Frage.

Ich legte den Kopf schief und antwortete zögerlich. »Nein.«

Meine Freundin schenkte mir ein Lächeln, das ihre Augen nicht erreichte. »Dann darfst du das nie wieder fragen.«

Ich lag in meinem Bett und starrte an die Decke. Meine Gedanken waren völlig wirr, aber sie landeten immer am selben Punkt: die Geheimnisse der Preston Academy.

»Warum hast du ausgerechnet Mr. Preston um Hilfe gebeten?«, fragte ich schließlich.

»Ich wusste genau, dass er uns nicht verraten würde.« Ich sah sie an, ein verschmitztes Grinsen auf ihren Lippen.

»Und wieso warst du dir so sicher?«

»Weil wir verwandt sind«, antwortete sie amüsiert, als ob die Tatsache, dass sie dasselbe Blut teilten, lustig wäre. »Na ja, um hundert Ecken, aber doch. Nicht, dass wir zusammen in den Urlaub fahren oder er uns hässliche Weihnachtskarten schickt. Er kommt nicht einmal zu Familienfeiern. Ich habe ihn nur ein paar Mal außerhalb der Akademie gesehen.«

»Ich habe gehört, dass seine Familie nicht die angenehmste Gesellschaft ist.«

Leilah schnaubte. »Sein Vater, er heißt auch Alexander«, sagte sie und kicherte, »ist die personifizierte Hölle. Ich frage mich, warum sein Sohn nicht noch verkorkster ist. Ich für meinen Teil wäre es mit Sicherheit.« Von Story zu Story wurde mir seine Familie, seine Kreise, immer unsympathischer.

War er nicht einer von ihnen? Immerhin war er mit ihren Traditionen aufgewachsen. »Aber sicher kennst du ihn besser, so viel Zeit, wie ihr zusammen verbringt.« Sie drehte sich auf die Seite und legte den Kopf auf die Handfläche.

»Ich kenne ihn nicht. Nicht so, wie du denkst.« Ich versuchte, selbstbewusst und entschlossen zu klingen – vergeblich. Leilah warf mir einen unbeeindruckten Blick zu.

»Wenigstens hat er dir geholfen, dich anzuziehen. Ich bezweifle, dass diese Männerklamotten von dir sind.« Der weiche Stoff seines T-Shirts schmiegte sich an meine Haut und roch noch immer nach ihm.

»Er hat mir weder beim Aus- noch Anziehen geholfen«, erwiderte ich und rollte mit den Augen. Nein, er hat mich nur so heftig zum Kommen gebracht, dass mir schwindelig geworden war.

»Deine Sache, aber du spielst mit dem Feuer, Avery, ihr beide. Passt auf. Er hat Feinde.« Feinde? Das war ein bisschen dramatisch, selbst für ihre Verhältnisse. Der einzige Feind, den er hatte, war ich; zumindest, wenn er weiterhin so ein Arschloch blieb.

»Es gibt kein Feuer. Für keinen von uns.« Ich zog

die Decke noch fester an meinen Körper und schloss die Augen. *Kein. Feuer.*

Leilah murmelte nur ein zweifelndes *Mhm* und drehte sich auf die andere Seite, sicher todmüde. Ein Feuer würde uns nur ausbrennen.

KAPITEL 14

Ich schleppte mich aus der Klasse, die eigentlich von Mr. Preston unterrichtet werden sollte. Er war nicht da, ging mir aus dem Weg oder hatte etwas Besseres zu tun. Vielleicht bearbeiteten er und seine Tante den Mordfall. *Seinen* Mordfall?

Zieh keine voreiligen Schlüsse, Avery, mahnte ich mich selbst, konnte aber nicht umhin, diesen kleinen Keim des Zweifels zu nähren.

Meine Augen klebten an dem schwarzen Tablet, auf dem ich die letzten Beiträge las. Offenbar hatten einige Leute bemerkt, dass es in einem Teil der Schule ungewöhnlich nach Blut roch, und wieder einmal kamen Dutzende von Gerüchten auf.

Ich schaute auf meine ehemals verwundete Handfläche. Nur eine zarte Narbe zierte die blasse Haut.

Willst du sterben?

Leilahs Worte gingen mir wieder durch den Kopf. Die Frage war einfach zu merkwürdig. Wenn man ihrer

Logik folgte, dann würde mich die Wahrheit töten. Das würde nur bedeuten, dass die Wahrheit so makaber war, dass Außenstehende sie unter keinen Umständen erfahren durften.

Eine Schulter prallte gegen meine, und ich stolperte zwei Schritte zurück. Angepisst blickte ich auf; ein Schüler, wahrscheinlich um die vierzehn, sah mich mit leerem Blick an.

»Pass auf, wo du hintrittst«, sagte er knapp.

Ich kannte ihn von irgendwoher, hatte sein dunkelblondes Haar schon einmal auf dem Gang gesehen. Er saß immer in der ersten Reihe beim Gottesdienst, seine Gesichtszüge eine Mischung aus gequält und zu Tode gelangweilt. Ich konnte es ihm nicht verübeln.

»Entschuldigung«, erwiderte ich und wollte gerade an ihm vorbeigehen, als er einen Schritt näher kam.

In diesem Moment spürte ich es: die Gefahr, das ekelhafte Gefühl, das ich schon mehrmals in dieser Akademie wahrgenommen hatte. Mein Körper schrie danach, zu rennen, so viel Abstand wie möglich zwischen uns zu bringen.

»Avery, stimmts?« Ich hatte nicht vor, ihm zu antworten. Nein, ich wollte mich nur aus dieser Situation befreien.

Ohne es zu wollen, öffnete ich meinen Mund. Es war fast so, als würde mein Körper mir nicht mehr gehorchen. »Ja«, erwiderte ich zwischen zusammengebissenen Zähnen.

»Ich leiste dir ein wenig Gesellschaft.« Ein Grinsen, das alles andere als charmant war, umspielte seine Lippen. *Nein, ganz bestimmt nicht.*

»Okay, da lang.« *Was zum Teufel ist los mit dir, Avery?*

Ich musste ein paar Unterlagen aus meinem Zimmer holen, bevor ich zu meiner Nachhilfestunde ging. *Alleine.* Trotzdem verfolgte dieser Widerling jeden meiner Schritte.

»Willst du nicht wissen, wie ich heiße?«, fragte er mit leerem Blick, kein Funken Leben in den Augen.

»Nein.« Die Antwort kam schärfer heraus als beabsichtigt, aber das war mir relativ egal.

Er war derjenige, der sich an mich geklammert hatte wie ein Blutegel. War er so gelangweilt oder einfach nur einsam?

»Flavian.« *Okay, Flavian, verpiss dich.* »Flavian *Arden*«, fügte er hinzu, und ich dachte, ich hätte mich verhört.

Arden wie in Penelope Arden? Eine Verwandte? Sie hatten die gleiche Haarfarbe, sogar die aristokratischen Züge.

Ich antwortete nicht. Wenn dieser Kerl herumerzählen würde, dass ich ihm gegenüber respektlos gewesen wäre, könnte ich meinen Platz hier vergessen.

»Dein Haar riecht so ... *männlich.* Welches Shampoo benutzt du?« Ich wusste nicht, ob er scherzte oder ob er sich ernsthaft für meine Pflegeprodukte interessierte. Oder besser gesagt, für Mr. Prestons Pflegeprodukte.

Seine Mundwinkel zuckten – die einzige Regung, die ich bei ihm vernahm.

»Ich kann mich nicht erinnern.« Das war keine Lüge.

»Es kommt mir fast so vor, als hätte ich es schon einmal gerochen.« Kann dieser Typ endlich die Klappe halten?

»Ich schicke dir ein Foto von der Flasche«, gab ich trocken zurück.

»Ich bestehe darauf.« *Ja, bestehe lieber darauf, dass du dich endlich verpisst.*

Er hatte den Charme eines überfahrenen Eichhörnchens und war aufdringlich wie ein Spendensammler in der Fußgängerzone. Keine wünschenswerte Kombination.

Eine Abzweigung später, der Flur nun weniger gut beleuchtet, kam mein Zimmer in Sicht, und ich atmete erleichtert aus. Bald war ich diesen seltsamen Typen los.

Er sagte nichts, und ich war nicht darauf erpicht, Konversation zu betreiben. Seine Aura war einfach zu abstoßend.

»Ich muss jetzt gehen.« Ich wollte mich gerade von ihm abwenden, als er mich an der Schulter packte.

Das gleiche Gefühl, das ich bei Olivia hatte, überkam mich. Mit weit aufgerissenen Augen und rasendem Puls trat ich einen Schritt zurück. Die Kampf-oder-Flucht-Reaktion setzte ein, aber etwas hielt mich davon ab, zu schreien und wegzulaufen.

»Lässt du mich rein?« Er kam auf mich zu und fixierte mich mit seinem starren Blick. *Nein, nein, ich lasse dich nicht rein.*

Ich presste meine Lippen aufeinander und versuchte, nichts zu sagen. Mein Körper würde mich verraten, das wusste ich. »Mach den Mund auf, Avery.«

Ich schüttelte den Kopf. *Nicht heute, Satan, nicht heute.*

Ein weiterer Schritt und unsere Schuhspitzen berührten sich. Er roch nach... Dunkelheit. Ich erschauderte. »Ich zähle bis drei.« Weiter konnte er wahrscheinlich sowieso nicht. Ich schüttelte innerlich den Kopf.

Kein guter Zeitpunkt, um Witze über ihn zu reißen. Nicht, wenn dieser Junge mich mehr verstörte als der brutalste Horrorfilm.

»Eins ...« Meine Kehle schnürte sich zu. Was zur Hölle? Ich konnte nicht atmen, griff mir an die Kehle, spürte aber keine fremden Hände oder Stricke.

Ich versuchte, einzuatmen, aber es war fast so, als hätte ich gar keine Lunge mehr.

Ich knallte mit dem Rücken gegen die Wand und sein amüsierter Blick lag auf mir. Fühlte es sich so an, zu ersticken? Meine Brust schmerzte, alles in mir zuckte zusammen.

Hör auf, hör auf, hör auf, schrie ich ihn in Gedanken an, aber er hörte mich nicht.

Mir wurde schwarz vor Augen, und ich wusste, dass ich kurz davor war, ohnmächtig zu werden.

»Geh aus dem Weg, Weirdo«, erklang eine weibliche Stimme neben mir und stieß ihn weg, was seine Augen vor Zorn zum Lodern brachte.

Für eine Millisekunde bildete ich mir die gleichen schwarzen Adern unter seinen Augen ein, aber bevor ich auch nur blinzeln konnte, waren sie verschwunden. Sauerstoffmangel, das war es, was mich hat halluzinieren lassen.

Die Enge in meiner Brust löste sich, und meine Lungen füllten sich mit süßer Luft. Gott, ich war kurz davor, umzukippen. Mein Herz hämmerte so heftig, dass ich Angst hatte, es würde mir aus dem Brustkorb springen.

»Warum stehst du immer noch hier wie ein Idiot? Verpiss dich, bevor ich dich fertigmache«, zischte sie ihm zu, und er ballte die Hände zu Fäusten, drehte uns den Rücken zu und verschwand.

Wenn ich nicht so unter Schock gestanden hätte, weil ich fast erstickt wäre, hätte ich sogar gelacht.

»Was zum Teufel war das?«, schrie ich beinahe und meine Zimmergenossin sah mich besorgt an. »Und frag mich nicht, ob ich sterben will, Leilah.« Mein Ton war hart, unnachgiebig, und sie atmete langsam aus.

»Lass uns reingehen. Ich kann dir nur das Nötigste sagen. Komm.« Sie legte ihren Arm um meine Schultern und stützte mich, während wir schweigend zu unserem Zimmer gingen.

Ich ließ mich auf das Bett fallen und Leilah reichte mir ein Glas Wasser, das ich in wenigen Schlucken hinunterstürzte. Meine Kehle brannte, als ob mich jemand gewürgt hätte. Der bittere Nachgeschmack der Tortur haftete noch immer in meinem Mund, und ich konnte nicht anders, als mir immer wieder an die Kehle zu greifen, um sicherzugehen, dass die unsichtbaren Fesseln verschwunden waren. Diese Sache, die er getan hatte, hatte alles verändert, hatte alle meine Überzeugungen über den Haufen geworfen und mich bis ins Innerste erzittern lassen. Ich schloss die Augen, aber das Gesicht des Jungen tauchte aus der Dunkelheit auf, sein Lächeln diabolisch.

»Sag es mir«, bat ich meine Zimmergenossin, die sich zu meinen Füßen setzte und mit dem Saum ihres Rocks spielte.

»Es gibt Dinge, die du nie verstehen wirst. Und so soll es auch sein. Aber es gibt auch eine Menge, die du wissen musst. Es ist gefährlich hier, viel zu gefährlich, und die Menschen sind so zerbrechlich.« Mir entging nicht, wie sie das Wort *Mensch* aussprach. »Es gibt Leute in dieser Akademie, die dir schaden wollen, die vielen Schülern wie dir schaden wollen.«

»Das erklärt aber nicht, was dieser Verrückte mir angetan hat«, gab ich barsch zurück und biss mir auf die Zunge, um sie nicht vor den Kopf zu stoßen.

»Penelopes Bruder ist seltsam. Er liebt es, Menschen zu quälen und mit ihnen zu spielen. Er kann sehr kreativ sein und hat die ... Macht, zu tun, was er will, solange einige von uns nicht dabei sind. Ich bin älter als er und viel stärker, aber du ...« Es entstand ein Moment der Stille. »Du bist leichte Beute für ihn.«

Ich öffnete den Mund, verwirrt von dem, was ich gerade gehört hatte. Ich hatte so etwas wie Hypnose erwartet, aber niemals bizarre Kräfte. Meine nächste Aussage formulierte ich etwas zögerlicher, vorsichtig in der Wortwahl.

»Und du weißt so viel darüber, weil du ... das Gleiche mit Menschen machen kannst.« Keine Frage, sondern eine Feststellung.

Sie antwortete nicht, und doch war das Antwort genug.

»Du darfst keiner Seele erzählen, was passiert ist. Niemals. Nicht einmal Noah oder Caleb, und schon gar nicht den Professoren.« Mr. Preston eingeschlossen, verstand ich zwischen ihren Zeilen.

Ich ließ mir ihre Worte durch den Kopf gehen, aber ich konnte meine Gedanken in diesem Moment nicht ordnen. Niedergeschlagen nickte ich, und sie schloss erleichtert die Augen.

»Avery?«, fragte meine Freundin und holte mich wieder ins Hier und Jetzt. »Du kannst dich bei mir immer sicher fühlen.« Ich presste meine Lippen zusammen und ignorierte die Tränen, die sich langsam, aber sicher anbahnten.

Sicher fühlen ... Rational gesehen hätte ich schreien, wüten oder weglaufen müssen. Aber in diesem Moment war ich kein rationaler Mensch. Stattdessen tat ich, was eine Freundin tun sollte. Ich strich ihr über das Haar und nickte. »Ich weiß.«

Leilah hatte mich zum Büro meines Professors begleitet und hatte darauf bestanden, mich für den Rest des Tages nicht mehr aus den Augen zu lassen.

Schließlich scheuchte ich sie weg und klopfte an. Mr. Preston war wahrscheinlich sauer, dass ich zu spät gekommen war, aber es war nicht meine Schuld, dass ich von einem verrückten Vierzehnjährigen mit irgendwelchen außerirdischen Kräften angegriffen worden war.

Meine Zimmergenossin hatte sich kategorisch geweigert, mir mehr zu erzählen, und darauf bestanden, dass ich für den Rest meines Lebens keine Nachforschungen mehr anstellen durfte. Natürlich ließ ich mich von ihren Worten nicht aufhalten. Ich stand immer noch unter Schock, hatte das Geschehene noch nicht überwunden und wartete nur darauf, dass die Eindrücke endlich auf mich einprasseln würden. Dann würde ich immer noch Zeit haben, zu schreien und wegzulaufen.

Ich war kein übermäßig ängstlicher Mensch. Diese Seite war nach dem Unfall weggeschwemmt worden, und ich konnte lange Zeit überhaupt nichts mehr fühlen. Ich war immer noch nicht dieselbe, aber ich versuchte jeden Tag, einen Schritt auf die Frau zuzugehen, die ich einmal gewesen war.

Meine Augen suchten den kleinen Raum ab – mein Professor war noch nicht da. Das war seltsam, zumal er penibel pünktlich war und ein solch *respektloses* Verhalten verabscheute.

Seufzend ließ ich meine Tasche auf den Boden sinken und richtete meinen Blick auf das Klavier. Es war niemand zu sehen, also tat ich etwas sehr, sehr Dummes und setzte mich freiwillig auf die Bank. *Das wirst du bereuen*, sagte die leise Stimme in meinem Kopf, aber ich blendete sie aus, versperrte ihr den Zugang zu meiner Seele.

Meine Finger berührten die Tasten und hohe, ach so süße Töne erklangen. Nur einmal ... *bitte.* Ich spannte meine Handmuskeln an und entspannte sie wieder, bis ich sicher war, dass die Ruhe wenigstens ein paar Minuten anhalten würde.

Eine Melodie aus meiner Kindheit erfüllte den mit staubigen Büchern gefüllten Raum. Sie war zart, kaum ein Flüstern, nicht zu vergleichen mit den Konzerten, die ich in der Vergangenheit gegeben hatte. Und doch war dieses Solo mehr wert als eine Millionen klatschender Hände.

Meine Muskeln erinnerten sich an den Rhythmus des Liedes, sanft, wie kleine Wellen im Meer an einem sonnigen Tag. *Ja, gut so.* Meine Brust schmerzte, nicht vor Trauer, sondern vor dem puren Glück dieses Moments.

Versprich mir, dass es für immer ist, hörte ich meine Stimme in meinem Kopf widerhallen. *Für immer*, erwiderte eine männliche Stimme, rau und doch voller Leben.

Meine Finger glitten von den Tasten ab. Irritiert blickte ich hinter mich. Vielleicht hatte mir das dunkelblonde Monster einen Streich gespielt, aber da war niemand.

Frustriert strich ich mir über das Gesicht. *Reiß dich zusammen, du hast nur geträumt.* Ich schüttelte den Kopf und stand auf. Mein Blick fiel auf die Uhr auf dem Schreibtisch.

Mein Professor war bereits eine halbe Stunde zu spät, und ich fühlte mich versetzt. Sollte ich einfach gehen? Ich hatte Besseres zu tun, als den ganzen Tag auf ihn zu warten. Nun, um ehrlich zu sein, hatte ich nichts zu tun, aber es ging ums Prinzip.

Ich wollte mich gerade wieder in den Sessel setzen,

als mir eine Idee kam. Da Mr. Preston nicht daran gedacht hatte, abzusagen, konnte ich genauso gut herumschnüffeln und nach Antworten für sein seltsames Verhalten suchen.

Vielleicht würde ich etwas finden, das ihn belasten würde. Olivias Fall würde geklärt werden, und ihre Eltern könnten sich endlich von ihr verabschieden. Sie verdienten es zu erfahren, wer der Mörder war, und da die Direktorin jemanden schützte, fiel mein erster Gedanke auf den schwarzhaarigen Professor mit viel zu vielen Geheimnissen.

Ich öffnete die Tür einen Spalt, um zu hören, wann Schritte im Flur erklingen würden, und schlüpfte auf seine Seite des Schreibtischs.

Eilig riss ich an den Schubladen, aber wie befürchtet, waren sie verschlossen. Verdammt, wenn ich in dieser Situation erwischt werden würde, würde ich die Zelle schneller sehen, als ich bis drei zählen konnte.

Ich spitzte die Ohren, aber von draußen war nichts zu hören. Mir lief die Zeit davon und ich musste schnell handeln. In diesem Moment kam mir ein Geistesblitz.

Ich zog eine Haarnadel hervor und setzte, was mir ein ehemaliger Nachbar beigebracht hatte, in die Tat um. Ich war noch nie irgendwo eingebrochen, aber manchmal hatte das Schloss des Briefkastens geklemmt und ich musste kreativ werden. Diese einfachen Schlösser sollten kein Problem sein.

Ich schob die Haarnadel in das Loch und drehte sie herum, bis sich die Schublade mit einem leisen Geräusch öffnete. Der Anblick war enttäuschend.

Alles, was vor mir lag, waren Hausaufgaben mit

viel zu vielen roten Anmerkungen. Ich wühlte mich kurz durch die Papiere, bis mir die Tests für Geschichte und Philosophie ins Auge fielen. Das war zwar nicht das, wonach ich suchte, aber es würde nicht schaden, meine Noten ein wenig zu verbessern.

Ohne zu zögern, schnappte ich mir mein Tablet und machte Fotos von den Seiten. *Leilah, Caleb und Noah würden sich über dieses Geschenk freuen*, dachte ich bei mir. Schließlich legte ich die Tests zurück an ihren Platz.

Meine Finger zitterten, als ich eine Schublade nach der anderen öffnete, aber ich fand nichts Belastendes. In der dritten Schublade hatte er seine Zigaretten versteckt, und ich steckte zwei in meine Tasche. Vielleicht rauchte meine Zimmergenossin auch.

Das letzte verschlossene Fach forderte mich zur Eile auf.

Wie könnte es anders sein, ertönten Schritte im Flur, zwei Stimmen, eine männlich und eine weiblich, die sich nicht gerade leise unterhielten.

Ich hatte keine Zeit, zu gehen, und ich wollte auch nicht umsonst hierhergekommen sein. Nein, ich hatte es nicht umsonst riskiert, dass mich dieser kleine Psycho noch mehr quälte.

Die Schritte wurden lauter, und ich bewegte hektisch die Haarnadel, brauchte doppelt so lange, um das verdammte Schloss zu knacken.

Meine potenziellen Henker waren kaum noch ein paar Meter vom Büro entfernt.

Klick. Die Schublade öffnete sich und lud mich ein,

zu schnüffeln. Die beiden Personen waren so nah, dass ich hören konnte, worüber sie sprachen.

O Gott, nein, es waren Mr. Preston und ... Ms. Arden. Verdammt, ich war am Arsch. Meine Augen glitten über den Ramsch in der letzten Schublade, bis ich einen dunklen Schal in der hintersten Ecke ausmachen konnte. Ich zog ihn heraus und starrte hinunter. Er war mit Blut bedeckt.

Wo hatte ich ihn schon einmal gesehen?

Ich tastete nach dem Etikett, auf dem der Name des Schülers stehen sollte. Jedes Kleidungsstück, das von der Akademie zur Verfügung gestellt wurde, war damit versehen. Auf diese Weise würden unsere Uniformen beim Waschen nicht durcheinander geraten.

Alles Leben wich aus meinem Körper, als ich den Namen sah – *Olivia S.*

»Da haben wir ja die kleine Diebin.«

KAPITEL 15

Ich kniete wie eine Närrin unter Mr. Prestons Schreibtisch, der glücklicherweise so geräumig war, dass er mich von der Außenwelt abschirmte.

Bei jedem Schritt, den er tat, zuckte ich zusammen, mein Körper voller Adrenalin. Ich betete nur, dass er sich nicht hinsetzen würde, dass er nur etwas vergessen hatte.

Apropos vergessen ... meine Umhängetasche. *Shit.* Ich hatte sie neben seinem Schreibtisch abgestellt. Jetzt leuchtete sie im Raum wie ein glühendes Neonschild: *Avery James kniet unter deinem Schreibtisch und pisst sich vor Angst fast in die Hose.*

»Kommst du nächstes Wochenende zum Abendessen mit meinem Vater?«, fragte Penelope, ihre Stimme so sanft wie eine Sommerbrise.

Die Luft um mich herum veränderte sich plötzlich, pulsierte und hüllte mich fast magisch in einen imaginären Kokon ein. Würde mein Leben nicht gerade von meinem Stillschweigen abhängen, hätte ich bei diesem Gefühl aufgekreischt.

Mr. Preston blieb neben dem Schreibtisch stehen, direkt bei meiner Tasche. Die Hoffnung, dass er sie nicht bemerken würde, verschwand wie ein Staubkorn im Wind.

Ehe ich mich versah, verlagerte er sein Gewicht und schob die Tasche elegant unter den Schreibtisch, verborgen vor Penelopes Augen. Warum hatte er das getan? Ich wäre gefundenes Fressen gewesen, er hätte seine letzte Schikane abziehen können. Und trotzdem hatte er mir geholfen.

In diesem Moment konnte ich nicht darüber nachdenken, denn mein Professor schritt um die Ecke und setzte sich an seinen Schreibtisch, die Knie dicht an meinem Gesicht. Verdammt. Ich versuchte, so leise wie möglich zu atmen, kein Geräusch zu machen, und doch hatte ich das Gefühl, dass mein pochender Herzschlag im ganzen Raum widerhallte. Ich war am Arsch, komplett und unwiderruflich am Arsch.

»Ich weiß es noch nicht«, erwiderte er knapp, offensichtlich desinteressiert an der Aussicht, Zeit mit ihrer Familie zu verbringen.

Die Rollen seines Ledersessels quietschten, und ehe ich mich versah, hatte er sich so weit nach vorn bewegt, dass mein Kopf nur noch Zentimeter von seinem Schritt entfernt war. Dieser Bastard hatte das mit Absicht gemacht, weil er genau wusste, dass ich hier unten um mein Leben zitterte. Seine Körperwärme vermischte sich mit meiner und meine Sinne waren durch seine Nähe nur allzu sehr geschärft. Ich hätte nur meine Hand ausstrecken müssen und ... *Nein, hör auf, so etwas Unangemessenes zu denken,* warnte ich mich, *er ist ein potenzieller Mörder, hat Olivias Schal in seiner Schublade versteckt.* Brauchte man mehr Beweise? Ich für meinen Teil sah ihn als Hauptverdächtigen. Daran war nichts zu rütteln.

Seine Hüften bewegten sich ein wenig näher, und ich stieß mit meinem Kinn genau zwischen seine Beine. Okay, wenn er noch nicht bemerkt hatte, dass ich hier unten war, wusste er es jetzt mit Sicherheit.

Sein ganzer Körper spannte sich an, und er erstarrte, regungslos wie eine Statue.

»Überleg es dir. Du bist schon lange nicht mehr bei uns gewesen. Außerdem ist mein Vater schon misstrauisch wegen der ganzen Sache mit der toten Schülerin. Ich wäre dir so dankbar, wenn du ihn in Sicherheit wiegen könntest. Du weißt, wie er ist, wenn ihm etwas nicht passt.« Sie tat mir fast leid. Nach den Geschichten, die Noah mir erzählt hatte, konnte ich mir genau vorstellen, was für ein Mann ihr Vater war.

Mein Professor stieß kapitulierend die Luft aus. »Schön, dann schaue ich kurz vorbei.«

Ein Abend mit Ms. Arden, wie nett, spottete ich bitter. *Halt die Klappe, Avery.* Das war der denkbar ungünstigste Moment, um eifersüchtig zu werden.

Diese beiden hatten eine Vergangenheit und ein Geheimnis, das sie verband. Ich und Alexander hatten nichts davon, schon gar keine Vergangenheit. Und keine Zukunft.

Hör auf damit, ermahnte ich mich erneut. *Mörder, Mörder, Mörder.*

»Danke«, erwiderte sie, und ihre Stimme klang fröhlicher, mädchenhafter.

Ohne ein weiteres Wort drehte sich Ms. Arden um und verließ den Raum. Ihre Schritte wurden leiser, bevor sich das Geräusch ihrer High Heels auf Stein in Luft auflöste.

Ich wusste, was jetzt kommen würde – ein Wutanfall. Oh, am liebsten hätte ich mich zusammengerollt und wäre auf der Stelle gestorben.

»Da haben wir ja die kleine Diebin.« Er rollte zurück und packte mich grob am Arm, riss mich hoch und starrte mir wütend in die Augen, sein Blick der Inbegriff von Zorn. »Rechtfertige dich.«

Wie hätte ich mich denn rechtfertigen sollen? *Es tut mir leid, ich habe nach Beweisen gesucht, dass du Olivias Mörder sein könntest?* Keine gute Idee.

»Steh nicht da wie eine Idiotin. Mach den Mund auf.« Mr. Preston verschränkte seine Arme und wurde mit jedem Atemzug ungeduldiger. »Oder willst du das lieber bei der Direktorin austragen?«

Ich presste die Lippen zusammen und überlegte, welche Lüge ich ihm erzählen sollte. Ich hatte nicht viel Zeit, also waren meine Mittel begrenzt. »Zigaretten, Sir.« Ich holte sie aus meiner Tasche und zwang mich, eine verlegene Miene aufzusetzen. Irgendetwas sagte mir, dass er meine Ausrede nicht wirklich glaubte. Vielleicht wusste er, wann ich log. Das taten die meisten.

»Für zwei verfickte Zigaretten hast du deinen Platz an der Akademie riskiert? Du bist dümmer, als ich dachte.« Autsch.

»Möglicherweise. Es gibt einige Dummheiten, die

ich in letzter Zeit begangen habe.« Sein Kiefer spannte sich an und sein Blick war tödlich. Ich hoffte, er genoss den Seitenhieb, denn er war alles, was mir blieb.

»Genau, deshalb bist du hier gelandet. Weil du dumm warst und mit dem Feuer gespielt hast. Buchstäblich.« Es klang fast so, als würde er meinen Aufenthalt hier persönlich nehmen. Was bildete er sich eigentlich ein, über mich zu urteilen?

»Meine Absichten waren nobel. Etwas, das du nie verstehen würdest. Und ich würde es wieder tun. Jederzeit«, zischte ich und erhob meine Stimme. »Aber wovon spreche ich eigentlich? Du wirst in mir immer nur eine Kriminelle sehen.«

Er schien fast … beleidigt zu sein. Zumindest sah es für einen Moment so aus, bevor er seinen üblichen Gesichtsausdruck aufsetzte. »Mein Beruf erlaubt es mir nicht, irgendjemanden hier als etwas anderes zu sehen.«

Tief im Inneren wünschte ich mir, er hätte mich gefragt, warum ich wirklich hier gelandet war, warum ich diese Last auf mich genommen hatte. Aber er tat es nicht. Es war ihm egal.

»Warum bringst du mich dann nicht zu deiner Tante, wirfst mich ihr vor die Füße und zeigst mit dem Finger auf mich? Und schieb dir deine Scheißzigaretten in den Arsch.« Ich wollte nicht die Beherrschung verlieren, aber seine Worte hatten etwas in mir ausgelöst, einen Frust, den ich nicht verstand.

»Redet man so mit einem Professor?« Er kam einen Schritt näher, und ich konnte nicht ausweichen, konnte seiner bedrohlichen Ruhe nicht entkommen.

»Nein. So rede ich mit Alexander Preston«, spuckte ich ihm entgegen.

Etwas Ungewohntes blitzte in seinen blauen Augen auf. »Wenn du mit Alexander Preston reden würdest, würdest du jetzt auf diesem Tisch liegen, stöhnen und mich anflehen, nicht aufzuhören. Aber das tust du nicht, also verschwinde oder du wirst dem Koch für den Rest deines Aufenthalts in der Küche Gesellschaft leisten.«

Ich biss die Zähne zusammen und wünschte, ich könnte ihm die Augen auskratzen. »Wenn du nicht mein Professor wärst, würde ich dir das Leben zur Hölle machen«, erwiderte ich bissig.

»Das tust du schon. Jetzt geh.«

Ich griff nach meiner Tasche und hängte sie mir über die Schulter.

Ohne ein weiteres Wort verschwand ich und sah dieses Mal nicht zurück.

Das hat *Spaß* gemacht.

KAPITEL 16

Mehrere Tage waren vergangen, in denen ich kaum etwas von Mr. Preston gehört hatte. Er hatte die Nachhilfestunden abgesagt und im Unterricht hatte er mich entweder tyrannisiert oder ignoriert. Es verging kein einziger Tag, an dem er mir keine dummen Bemerkungen an den Kopf warf.

Obwohl die anderen auch nicht vor seinen fragwürdigen Unterrichtsmethoden geschützt waren, bekam keiner von ihnen seinen Zorn so sehr zu spüren wie ich. Na ja, Noah vielleicht.

»Zieh das an.« Leilah reichte mir eines ihrer Oberteile und ich nahm es mit großen Augen an.

Es war schulterfrei und aus Seide, hatte einen Korsageneffekt und war an den Ärmeln ausgestellt. Die ausgewaschene Jeans saß locker und schnitt nicht ein.

Meine Freundin wollte mich unbedingt in ein paar ihrer High Heels stecken, aber ich hatte höflich, aber bestimmt abgelehnt. Erstens waren ihre Füße kleiner als meine und zweitens würde ich mir die Zehen abfrieren. Stiefel würden reichen. Ich hatte mich schon lange nicht mehr schick gemacht, und da ich Noah vor einer Weile versprochen hatte, dass wir heute in die Stadt gehen würden, hatte ich endlich einen Anlass.

»Noah wird es gefallen.«

Ich verdrehte die Augen, hatte ihr schon dutzende Male erklärt, dass dieses Date rein freundschaftlich war. Wir waren nur zwei Klassenkameraden, die nach der Schule in eine Bar gingen, sonst nichts, und ich war mir sicher, dass Noah das genauso sah. Mir war nicht entgangen, wie er manchen Mädchen und Typen nachsah, also hatte das Werben um mich nicht wirklich Priorität.

Meine Zimmergenossin gab mir eine abweisende Handbewegung und setzte sich neben Caleb, der gerade auf ihrem Bett lag und in sein Tablet starrte, während er seinen Arm um ihre Taille legte. Ich ging ins Bad und zog mich um, schminkte mich und glättete meine Haare zum ersten Mal seit Monaten. Die Locken gefielen mir besser, aber ab und zu brauchte ich Abwechslung, und ich war noch nicht bereit, sie abzuschneiden.

Nach ein paar Spritzern Parfüm und einem prüfenden Blick in den Spiegel, trat ich hinaus. Leilah deutete mir, mich umzudrehen, und ich folgte ihrer Aufforderung.

»Wir müssen diesen Moment festhalten. Mein Baby verlässt das Nest.« Sie wischte sich theatralisch eine Träne aus dem Gesicht, und ich rollte mit den Augen.

»Das Baby wird bald einen Tobsuchtsanfall bekommen, wenn es nicht etwas zu essen bekommt. Beeil dich lieber.« Ich quetschte mich zwischen die beiden und richtete mein Haar.

»Zieh das Oberteil ein bisschen runter, Avery«, sagte sie ungeduldig, und ich warf ihr einen bösen Blick zu. Sicherlich nicht. Es war schon zu viel zu sehen. »Spielverderberin.«

Sie machte ein paar Fotos und meine Wangen verkrampften sich. Caleb hatte bereits aufgehört, in die Kamera zu schauen, und wandte seine Aufmerksamkeit wieder dem Tablet zu.

»Ich glaube, wir haben es«, murmelte ich und stand auf, aber meine Freundin schenkte mir schon längst keine Beachtung mehr. Stattdessen betrachtete sie die Bilder, analysierte jeden Zentimeter und suchte sich dann das Beste heraus.

Ich hatte noch etwas Zeit, bevor ich Noah unten treffen und wir mit seinem Motorrad in die nächstgrößere Stadt fahren würden. *Das wird ein schöner Abend*, sagte ich mir immer wieder.

Während Leilah lautstark mit sich selbst diskutierte, welches Foto das Hübscheste von allen war, spielte ich meine Musik ab, die Kopfhörer noch von meinem Professor.

Ich war in einen Song vertieft, als plötzlich ein Benachrichtigungsgeräusch meinen Frieden störte.

Genervt öffnete ich die Nachricht, nur um zu sehen, dass sie von *Unbekannt* kam.

UNBEKANNT:

Was glaubst du, wo du hingehst?

Irritiert sah ich mir die Nachricht an. Es dauerte eine Weile, bis ich begriff, was er meinte. Die Fotos.

AVERY JAMES:

Bist du ein Stalker, oder was?

Ich hatte genug von seinen Spielchen. Manchmal war er so kalt wie die Antarktis und dann brannte er mich aus. Es dauerte nicht lange, bis er antwortete.

UNBEKANNT:

Beantworte meine Frage.

Ich atmete verärgert aus.

AVERY JAMES:

Auf ein Date.

Nicht, dass ihn mein nicht vorhandenes Liebesleben etwas anginge, aber ich konnte nicht anders, als es ihm unter die Nase zu reiben.

UNBEKANNT:

Mit wem?

Ich überlegte, ob ich ihm die Wahrheit sagen sollte. Er würde es wahrscheinlich so oder so herausfinden, also warum ihn nicht ein wenig ärgern? Immerhin hatte er großes Vergnügen daran, es mit mir zu tun.

AVERY JAMES:

Was kümmert dich das? Es geht dich nichts an, Professor.

UNBEKANNT:

Oh, das tut es. Besonders, wenn du eine meiner Schüler bist. Die, die ich am wenigsten mag, aber trotzdem.

Eine seiner Schülerin? Wir hatten Hunderte von Grenzen überschritten. Grenzen, die seine Karriere ruinieren könnten, und doch bagatellisierte er alles, was passiert war.

AVERY JAMES:

Am wenigsten? Das klang aber ganz anders, als du damals immer wieder meinen Namen geflüstert hast.

UNBEKANNT:

Sei nicht so selbstgefällig. Außerdem, wer auch immer das ist, er ist nicht gut genug für dich.

Als ob er wusste, wer gut genug für mich war.

AVERY JAMES:

Er ist ein Gentleman.

UNBEKANNT:

Und genau das ist das Problem. Das ist nicht dein Ding, Avery.

Er tat so, als ob er mich schon mein ganzes Leben lang kennen würde, und ich hasste es. Er wusste nicht, wer ich wirklich war, nein, er hatte nur einen Bruchteil von mir gesehen.

Ich atmete langsam aus und tippte eine Antwort.

AVERY JAMES:

Und was mag ich, Professor?

UNBEKANNT:

Du magst die Gefahr. Du magst es, wie eine Hure gefickt, aber wie eine Göttin verehrt zu werden.

Ich starrte ungläubig auf das Display, schockiert über seinen plötzlichen Tonwechsel. Mr. Preston verursachte mir mit jedem Gespräch, das wir führten, mehr und mehr ein Schleudertrauma.

Ich wollte etwas Gemeines erwidern, wollte ihm sagen, er solle sich verpissen, und doch stellte ich mir vor, wie es sich anfühlen würde, unter ihm zu liegen, während er sich in mich vergrub.

AVERY JAMES:

Gefickt wie eine Hure von dir?

UNBEKANNT:

Ganz genau. Wenn ich könnte, würde ich dich auf meinem Pult nehmen, damit jeder sehen kann, dass du tabu bist. Besonders dein kleiner Freund.

Ich ließ mich auf diese Worte ein, auf meine verbotenen Gedanken, auf seine Drohungen, die nie zu etwas führen würden. Er spielte mit mir, hatte seinen Spaß daran, mich zu verwirren, und ich hatte es satt.

Jetzt war es an mir, den Spieß umzudrehen.

AVERY JAMES:

Und wenn ich will, dass er mich berührt?

UNBEKANNT:

Dann hoffe ich, dass du an mich denkst, wenn er dich fickt.

AVERY JAMES:

Wenn du ein braver Junge bist, lasse ich dich zusehen. Ich wette, du bist schon hart, wenn du nur an mich denkst, wenn du dir vorstellst, dass du es bist, der sich in mir bewegt.

Ich hoffte, das hatte genug Eindruck hinterlassen.

UNBEKANNT:

Fuck, Avery. Hör auf damit.

Bingo. Er war ganz schön aufgekratzt.

AVERY JAMES:

Bist du hart, Professor?

UNBEKANNT:

Vielleicht. Du kannst kommen und dich selbst davon überzeugen.

AVERY JAMES:

Ich kann nicht, hab in ein paar Minuten ein Date. Bye.

Mit einem breiten Grinsen im Gesicht verließ ich den Chat und packte meine Tasche.

Ich hatte die Kontrolle übernommen, hatte Mr. Preston in der Hand gehabt – zumindest für ein paar Sätze.

»ICH BIN EIN BISSCHEN BETRUNKEN, PROFESSOR.«

KAPITEL 17

Es war bereits später Nachmittag, als ich Noah vor den Toren der Akademie traf. Er sah wirklich gut aus in seiner schwarzen Jeans, dem hellgrauen Hoodie und der dunklen dünnen Jacke, die eher für den Frühling gedacht war.

Jetzt, wo ich nicht mehr rausgehen konnte, wann ich wollte, fühlten sich die Schritte in die Freiheit viel verlockender an.

»Bereit?«, fragte er, als er mir einen zweiten Helm reichte.

Ich starrte auf das Biest neben ihm, ein Motorrad, so dunkel wie eine sternenlose Nacht. Beeindruckt nickte ich, ging um das Motorrad herum und betrachtete es aus der Nähe.

Eine andere Art von Kunst und doch genauso schön. »Dann lass uns fahren.« Ich setzte meinen Helm auf und schwang mich hinter ihn, der Platz war warm von der Sitzheizung. Ich war noch nie mit jemandem mitgefahren, was meine Nervosität nur noch steigerte. Jemand anderem das Steuer zu überlassen, war beängstigend. Die Kontrolle zu verlieren, versetzte mich in Panik.

Als Noah langsam beschleunigte, stieß ich ein schrilles Quietschen aus, das ihn zum Lachen brachte. Ich schlug ihm spielerisch auf den Bizeps und schlang meine Arme fester um seine muskulöse Mitte. Objektiv betrachtet, gaben wir ein mega Bild ab.

Wir rasten durch die Dämmerung, hatten die Akademie längst hinter uns gelassen. Vor uns erstreckte sich eine schmale Straße, gesäumt von hohen Bäumen, die die letzten Sonnenstrahlen einfingen und den Weg verdunkelten. Der frische Geruch stieg mir durch das halb offene Visier in die Nase und erinnerte an die Nacht, in der mich Mr. Preston auf den Waldboden gepresst hatte. Ein Schauder lief mir den Rücken runter, als die Bilder vor meinem geistigen Auge tanzten. Ja, er war die Verführung in Person, der verbotene Apfel, aber diese Gedanken mussten aufhören. Ich hatte sie satt, denn sie führten zu nichts.

»Willst du nicht ein bisschen langsamer fahren?«, fragte ich gegen den peitschenden Wind und Noahs Brust vibrierte, bevor er antwortete.

»Du warst noch nie sicherer. Meine Reflexe sind unschlagbar, Avery.« Ich biss die Zähne zusammen, unterdrückte einen weiteren Kommentar und hoffte, dass wir bald ankommen würden. Mein Körper war gezeichnet von einem Unfall, der mir alles genommen hatte und ich war nicht scharf drauf, die Erfahrung zu wiederholen. Hier, mitten im Nirgendwo, würde man uns kaum so schnell finden. Jegliche Rettung würde zu spät kommen. Ich schüttelte den Kopf, um diese irrationalen Gedanken zu vertreiben.

Noah machte eine scharfe Linkskurve, und ich krallte mich fester um seinen Bauch, meine Finger bereits so steif, dass sie wahrscheinlich die ganze Nacht zucken würden. Er bemerkte mein Unbehagen.

»Geht es dir gut?«, fragte Noah besorgt.

Ich schüttelte den Kopf, der Helm viel zu schwer. »Geschwindigkeit macht mir Angst«, gab ich knapp zurück, und er ließ vom Gas ab, was mich wenigstens ein bisschen entspannte. Aber egal wie langsam wir fahren würden, ich würde mich beim Fahren nie zu hundert Prozent wohlfühlen.

Mein Begleiter murmelte eine Entschuldigung, aber seine Worte wurden vom Wind abgefangen. »Wir sind bald da.«

Ich atmete erleichtert aus. Wir hatten schon viel zu lange auf dem Motorrad gesessen, und ich brauchte dringend festen Boden unter den Füßen. Und einen Drink.

Im Geiste zählte ich bis tausend und wieder zurück. Das war so eine Angewohnheit von mir, seitdem ich wusste, was Zahlen sind. Es entspannte mich und verlangsamte den Puls. Ich verlor mich in meinen Gedanken, in meiner Fantasie, dachte an eine längst vergangene Zeit, eine Zeit, in der ich auf den Tischen der Tavernen getanzt hatte. Ein amüsantes Märchen, um mich von den vorbeiziehenden Tannen abzulenken.

Bevor weitere Bilder vor meinem geistigen Auge

aufblitzen konnten, blieb Noah abrupt stehen, und ich krachte gegen seinen Rücken. Endlich. Ich hätte es wahrscheinlich keine weiteren fünf Minuten ausgehalten.

Er stieg vom Motorrad ab und half mir, den Helm abzunehmen. Mit einem prüfenden Blick nahm ich meine Umgebung in Augenschein. Das Stadtzentrum glich eher einer Geisterstadt und auf den Straßen waren kaum Menschen zu sehen. Beinahe alle Shops waren geschlossen und die, die offen hatten, sahen mehr als mitgenommen aus. Wer lebte freiwillig hier? Es hatte etwas von einem Horrorfilm an sich, ließ einen erschaudern. Und doch umgab uns eine gewisse Melancholie. Eine Melancholie, die nur die Einheimischen verstehen konnten.

Mit steifen Beinen stieg ich ab und hätte mir beim ersten Schritt fast den Knöchel verstaucht. Die Kälte hatte meine Glieder versteifen lassen, aber ich versuchte, es mir nicht anmerken zu lassen. Elegant sah ich dabei nicht gerade aus.

Ich überspielte es mit einem charmanten Lächeln und folgte Noah in die nahegelegene Bar. Die Fassade sah heruntergekommen aus, aber dafür ließen die geparkten Autos darauf schließen, dass sie gut besucht war. Es wäre auch zu merkwürdig gewesen, wären wir die einzigen Besucher gewesen.

Die Dielen knarrten unter unseren Stiefeln. In dem spärlich beleuchteten Schankraum waren kleine Tische verstreut, an denen Leute Karten spielten und sich betranken. *Wahrscheinlich um sich von der Trostlosigkeit, die hier herrschte, abzulenken*, dachte ich mir.

Noah führte mich zu einem der Tische in der Nähe einer Gruppe von Männern, die sich über den Sieg ihres Freundes ärgerten. Ich unterdrückte ein Schmunzeln und ließ mich auf der Holzbank nieder.

»Hübsch hier«, versicherte ich meinem Freund. Das war nicht gelogen. Dieser Ort hatte Charme, die Wände waren mit Bildern, Postern oder bunten vintage Emailschilder geschmückt.

Ich konnte mir vorstellen, hier meine Nächte zu verbringen. Nun, zumindest eine frühere Version von mir, die mittlerweile tief begraben lag und nie wieder an die Oberfläche kommen durfte.

»Freut mich, dass es dir gefällt«, sagte Noah, während er einer Kellnerin zuwinkte. Mir war nicht entgangen, wie die Leute beim Betreten auf uns reagiert hatten, wie sie uns anstarrten, als wären wir eine Art Aliens.

Nur die Angst vor Fremden, sagte ich mir, und bestellte einen Cocktail. Ein bisschen Alkohol würde nicht schaden. Ich würde es schon nicht übertreiben.

»Warum hast du Angst vor Schnelligkeit?«, fragte er mich aus heiterem Himmel. Verwundert schaute ich ihn an, wusste nicht, wie er gerade auf dieses Thema gekommen war.

»Ich habe keine guten Erfahrungen mit schnellen Fahrzeugen gemacht«, antwortete ich und deutete auf die Narbe in meinem Gesicht. Noah nickte nur und wartete darauf, dass ich etwas hinzufügte, aber das tat ich nicht. Über diesen Teil meiner Vergangenheit zu reden, brachte uns beiden nichts. Es linderte meinen Schmerz nicht. Nein, es verursachte nur mehr.

»Ich hatte einmal einen schrecklichen Unfall«, begann er, und ich war verwundert über seine plötzliche Offenheit. »So viele Menschen wurden wegen mir verletzt, und ich fiel in ein tiefes, dunkles Loch und blieb dort jahrelang, bis Leilah mich herauszog.« Mir war nicht klar, dass ihre Freundschaft so tief ging. »Dann wurden wir beide auf die Akademie geschickt, und seitdem sind wir die besten Freunde.« Sein typisches Grinsen kam zum Vorschein, und ich konnte nicht anders, als ihn anzustarren, wobei sich ein kleines Lächeln auf meine Lippen schlich. »Und Caleb? Kanntet ihr euch schon vorher?«

»Nein«, erwiderte er und schüttelte den Kopf. »Ich habe ihn durch Leilah kennengelernt. Er ist fast zur gleichen Zeit beigetreten. Eine lange, komplizierte Geschichte, die ich nie so gut erzählen könnte wie sie.« Interessant. Ich hatte schon gemerkt, dass viel mehr hinter der Fassade steckte.

»Ich hatte keine Ahnung, dass Mr. Preston mit ihr verwandt war«, wechselte ich das Thema. Noah räusperte sich und kratzte sich am Nacken.

»Ja, sie sind sehr weit entfernt verwandt. Das Blut, das sie teilen, ist längst verwaschen. Ihre Eltern haben so gut wie keinen Kontakt zu den Prestons. Die Elite zieht es vor, unter sich zu bleiben.« Vielleicht bildete ich es mir nur ein, aber ich hörte einen Hauch von Bitterkeit in seiner Stimme. War das so ein Klassenkampf zwischen ihnen?

Die rothaarige Kellnerin kam mit unseren Getränken, und ich schaute auf sein Glas. »Ich habe keine Lust auf Alkohol.«

Ich zuckte mit den Schultern. Es war auch besser so. Immerhin musste er mich noch sicher Heim bringen. »Und hast du eine Freundin, Noah?«, fragte ich neugierig. Seine Augen verfinsterten sich. »Oder einen Freund?« Er schüttelte den Kopf.

»Meine Eltern sind sehr konservativ. In meinen Kreisen werden die Partner von den Eltern ausgesucht, ohne Widerrede. Es ist Bullshit, aber ich kann nichts dagegen tun. Deshalb könnte ich mich nie auf eine ernste Beziehung mit jemandem einlassen. Das wäre zum Scheitern verurteilt und ich würde mir nur selbst das Herz brechen.« Noah schluckte. »Ich hoffe nur, sie suchen jemand Hübsches aus.« Ein kleines Lächeln breitete sich auf seinem Gesicht aus. »Und dass sie jünger als fünfzig ist.«

Ich presste meine Lippen zusammen. Wie konnte er in einer solchen Situation Witze machen? Sein ganzes Leben zog an ihm vorbei, und er hatte keine Kontrolle mehr über seine Zukunft. Es war eine Qual, die ich nie verstehen konnte und auch nicht verstehen wollte. Aber es schmerzte mich, ihn so zu sehen. Hinter seinen Witzen und unangebrachten Sprüchen versteckte sich einfach nur ein Junge, der in Ketten war. »Du verdienst es, glücklich zu sein.« Ich streichelte ihm sanft über die Schulter, und er nickte.

»Wir alle verdienen vieles und bekommen es nicht.« Wie recht er hatte ...

Langsam verstand ich, warum er sich mit mir treffen wollte, warum er meine Nähe suchte. Nicht, weil er Gefühle für mich entwickelt hatte.

Nein, Noah war genauso einsam wie ich.

Eine neugierige Avery war schlimm. Eine neugierige und betrunkene Avery war das Schlimmste.

Noah verschlang gerade eine Portion Pommes, als meine Gedanken in eine gefährliche Richtung abdrifteten.

Bevor ich es aufhalten konnte, platzte es aus mir heraus: »Weißt du, wer Olivia umgebracht hat?« Er hob eine Augenbraue, verwundert über den Themenwechsel.

»Standet ihr euch so nahe, dass du so dringend Antworten finden musst?«

Ich rollte mit den Augen. Keiner von ihnen wollte es verstehen. Es war frustrierend. »Das ist es nicht. Es geht mir nicht um Olivia per se. Es geht um die Tat, es hätte genauso gut jemand anderen treffen können.« *Mich zum Beispiel.* Aber ich konnte mich nicht dazu durchringen, es auszusprechen.

Noah konnte noch nichts von meinem Verdacht wissen. Es wäre nicht klug, einen der Professoren eines so schrecklichen Verbrechens zu beschuldigen. Wenn ich Pech hätte, würde man mich sofort nach Hause schicken.

»Aber das hat es nicht. Lass die Toten ruhen, Avery. Verstricke dich nicht in Dinge, die dich nichts angehen. Glaube mir, es gab schon viele vor dir, und es ist nicht gut für sie ausgegangen.« Ich blinzelte irritiert.

Wollte er mir auf Umwegen sagen, dass ich mich aus der Sache heraushalten sollte, weil ich sonst die

Nächste wäre? Also wusste Noah auch mehr, als es den Anschein machte. Verdammt, gab es keine Person ohne Geheimnisse am Campus?

»Aber diese Akademie ist so seltsam, irgendetwas stimmt hier nicht. Ich kann es fühlen, ich kann es *sehen.*«

Sein Kopf schoss in meine Richtung. »*Was* hast du gesehen?«, fragte er mit Misstrauen in der Stimme. Hatte ich etwa ins Schwarze getroffen?

»Das spielt keine Rolle.« Ich betrachtete ihn unter langen Wimpern. Er ließ nicht locker und drängte mich, die Dinge auszusprechen, die ich nicht aussprechen durfte. Leilah, Mr. Preston, Penelopes Alien-Bruder ... Wie gerne hätte ich Rat bei Noah gesucht, aber er würde mich nur für einen Freak halten. »Wir haben wahrscheinlich einfach zu viel Schimmel in der Akademie und ich werde verrückt.«

Noah verstand den Wink und bohrte nicht weiter nach, aber ich sah, dass seine prüfenden Augen ständig auf mich gerichtet waren.

»Wo warst du eigentlich zu der Zeit, als sie getötet wurde?« Oh fuck, das klang wie eine Anschuldigung. So war es sicher *nicht* gemeint. Erst als ich seinen amüsierten Gesichtsausdruck bemerkte, wusste ich, dass er es nicht falsch aufgefasst hatte.

»Zwischen Cassandras Beinen.« Noah grinste, und ich konnte nicht anders, als in Gelächter auszubrechen. »Aber im Ernst, viele Studenten und Professoren wurden befragt–«

»Auch Mr. Preston?«, platzte es aus mir heraus und

ich verfluchte mich im selben Moment. *Sehr subtil, Avery.*

»Warte ... Du denkst, unser Professor hat sich die Hände schmutzig gemacht?« Noah prustete los. »Er ist vieles, aber ich glaube nicht, dass er etwas mit Olivias Tod zu tun hat.« Schließlich rollte er mit den Augen und rückte näher heran. »Und verdammt, Avery, bitte mach nicht solche Andeutungen in der Öffentlichkeit. Das könnte dich deinen Kopf kosten.« Seine Worte waren kaum ein Flüstern.

Meinen Kopf kosten? Wie oft sollte ich diesen Ausdruck noch hören?

Natürlich konnte ich ihm nicht von dem blutigen Schal oder dem Gespräch zwischen der Direktorin und seiner Ex-Verlobten erzählen, in dem sie *vielleicht* über ihn geredet hatten.

Wenn er versehentlich etwas ausplaudern würde, wären wir beide in Schwierigkeiten. Nein, auf eine verkorkste Art und Weise zog ich meinen Platz an der Akademie vor.

»Lass uns das Thema wechseln«, bat ich schließlich und atmete hörbar aus.

»Was sind deine Pläne für die Zeit nach der Akademie?« Seine Frage zeigte erstaunlicherweise echtes Interesse. Nicht so wie diese oberflächlichen Fragen, die man öfter von unverbindlichen Bekannten gestellt bekam.

Ich dachte einen Moment lang nach, aber mir fiel nichts Konkretes ein.

»Mein Traum war es, Pianistin zu werden. Nun, jetzt bleibt es nur ein Traum.« Er verengte die Augen.

Ich erzählte Noah knapp, wie es passiert war, und er sah mich mit diesem mitleidigen Blick an, den ich so sehr hasste. Trotzdem konnte ich nicht wütend auf ihn sein. Er war mitfühlend, war warmherzig.

»Aber wenn du wieder spielst, kannst du die verlorene Zeit wieder aufholen, oder?« Ich schüttelte den Kopf.

»Ich werde nie wieder hundert Prozent geben können. Dann kann ich es auch gleich sein lassen.«

»Das ist eine sehr destruktive Denkweise. Ich bin sicher, Mr. Preston hat dir das schon gesagt.«

Ich schnaubte. »Nein, er hat mich nur gezwungen, zu spielen, immer und immer wieder. Er hat mich stundenlang gequält, bis ich es nicht mehr aushalten konnte.« Allein bei dem Gedanken daran wurde mir schlecht. Möglicherweise lag das aber auch nur an den vielen Cocktails.

»Vielleicht hast du diese Folter einfach gebraucht, um dich selbst wiederzufinden.«

Ich ließ mir Noahs Worte durch den Kopf gehen. Gerade als ich etwas erwidern wollte, klingelte sein Tablet.

Ich deutete ihm, dass er abheben solle, und er entschuldigte sich draußen. *Sich selbst wiederfinden …* Ja, ich war verloren gewesen, aber konnte ein Mann, den ich im Grunde überhaupt nicht kannte, mit dem ich keinen einzigen Abschnitt meines Lebens verbracht hatte, mir aus der Dunkelheit helfen?

Sei es aus Trotz oder aus Dummheit, aber ich zog mein Tablet aus der Tasche und öffnete unseren Chat.

Nur mit Mühe konnte ich mich auf die Tasten

konzentrieren, und es dauerte doppelt so lange für eine Nachricht. Ich weiß, man sollte einem Typen nicht betrunken schreiben, aber fuck it. Ein kurzer Satz würde keinem von uns schaden.

Ich drückte auf Senden und vergrub mein Gesicht in den Händen. Morgen könnte ich es auf den Alkohol schieben.

AVERY JAMES:

Ich denke gerade an dich.

Ich zuckte beim Klingeln meines Tablets zusammen. Er hatte sich wirklich schnell zurückgemeldet. Damit hätte ich nicht gerechnet. Vielleicht hatte er sogar auf eine Nachricht von mir gehofft. *Okay, wir sollten am Boden der Tatsachen bleiben, Avery.* Ich schüttelte den Kopf.

UNBEKANNT:

Was?

Ja, das habe ich mich auch gefragt, mach dir keine Sorgen. Ich schob mir eine Strähne hinters Ohr und nahm einen weiteren Schluck vom Cocktail, den die Kellnerin mir auf meine Bitte hin gebracht hatte.

Er enthielt fast keinen Alkohol, und ich vermutete, dass Noah etwas damit zu tun hatte.

AVERY JAMES:

Ich bin ein bisschen betrunken,
Professor. Wirst du mich bestrafen?

Okay, den letzten Teil hätte ich weglassen können.

UNBEKANNT:

Wo bist du?

Weil es hier ja so viele Möglichkeiten gibt, sich zu betrinken, Klugscheißer.

AVERY JAMES:

Sag ich nicht.

UNBEKANNT:

Ich warne dich, Avery. Wenn du es mir nicht sofort sagst, wirst du es bereuen.

War ich verkorkst, weil mich das anmachte? Ich zuckte mit den Schultern. Nein, ich war völlig normal.

AVERY JAMES:

Immer so herrisch. Ich mag das.

UNBEKANNT:

Bist du immer so eine Göre?

Haben meine Worte ihn so sehr verärgert? Er hatte mir schon oft genug klargemacht, dass er mich am liebsten aus der Akademie raus hätte, und trotzdem antwortete er weiter auf meine Nachrichten.

AVERY JAMES:

Ja, und du liebst es.

UNBEKANNT:

Hör auf damit.

Nein, es wird Zeit, ein bisschen weiter zu gehen.

AVERY JAMES:

Ein Typ hier in der Bar versucht, mich aufzureißen.

Er sieht süß aus, vielleicht gehe ich mit ihm mit.

UNBEKANNT:

Hör auf mit dem Scheiß, oder ich suche jede Bar im Umkreis von 100 Kilometern nach dir ab und schleife dich persönlich raus.

Okay, er war wütend, wirklich wütend. Ich stellte mir sein Gesicht vor und konnte mir ein Kichern nicht verkneifen. Ich hätte nie gedacht, dass man einen Mann wie ihn so schnell aus der Fassung bringen kann.

AVERY JAMES:

Ich werde an dich denken, wenn er mich fickt.

Sagte die Jungfrau.

UNBEKANNT:

Avery…

Ich erinnerte mich daran, wie dieses Wort auf seinen Lippen klang, wie er es immer und immer wieder geflüstert hatte. Es war fast so, als wäre mein Name nur für ihn geschaffen worden, nur für seine Stimme.

AVERY JAMES:

Sag bitte und ich gehe nicht mit ihm.

UNBEKANNT:

Fuck it. Bitte geh nicht mit ihm.

Ein ungewohntes Gefühl machte sich in meinem Bauch breit. Diese paar Worte hatten ihn wahrscheinlich mehr gekostet, als ich dachte. Er sah nicht wie ein Mensch aus, der um etwas bat. Nein, er nahm sich, was er wollte.

AVERY JAMES:

So gefällst du mir, Professor. Wenn du bettelst.

UNBEKANNT:

Schick mir deinen Standort, ich bin auf dem Weg.

Damit er mein platonisches Date mit Noah ruinieren konnte? Ganz sicher nicht. Ich hatte nicht den Wunsch, dass er auftauchte und einen Wutanfall bekam.

Trotzdem konnte ich die Bilder, die sich in meinem Kopf formten, nicht loswerden. Alexander kniete hinter mir auf einem Bett aus Seide, mein Rücken an seiner Brust. Er packte mich am Hals und vergrub sich so tief in mir, dass mir schwindelig wurde. Bevor ich es verhindern konnte, schickte ich die nächste Nachricht.

AVERY JAMES:

Wirst du mich danach ficken?

UNBEKANNT:

Nein. Ich möchte, dass du nüchtern bist, wenn ich dich als mein brandmarke.

Mir blieb der Mund offen stehen, als ich seine Antwort zum zweiten Mal las und war verblüfft von seiner Dreistigkeit. *Mein?* Verstand er überhaupt, was dieses eine Wort bedeutete?

»Tut mir leid, dass ich den Anruf annehmen musste«, sagte Noah und setzte sich mir gegenüber.

Erschrocken sperrte ich schnell den Bildschirm und knallte das Tablet auf den Tisch. »Hast du dir einen Porno angesehen oder so?« Er runzelte die Stirn, und ich warf ihm einen spöttischen Blick zu.

»Ja, du hast mir das Ende versaut.« Ich verschränkte meine Arme und lehnte mich zurück.

Die Bar war inzwischen fast leer. Draußen warf der Mond bläuliches Licht auf die Straßen und Bäume und verlieh der Nacht noch mehr Mystik.

»Den Spruch muss ich mir für den Ernstfall merken. Caleb liebt es, einfach in mein Zimmer zu platzen.« Ich konnte mir das Lachen nicht verkneifen.

Sein Blick verfinsterte sich wieder. Egal, worüber er draußen gesprochen hatte, es hatte nichts Gutes zu bedeuten. Irgendetwas musste vorgefallen sein.

»Ich weiß, das ist jetzt super beschissen von mir, aber ich fürchte, ich muss dich allein lassen. Bei mir zu Hause gibt es einen Notfall.« Ich nickte, beunruhigt über die plötzliche Strenge in seinen sonst weichen Zügen.

»Ist etwas Ernstes passiert? Willst du, dass ich mit dir komme?«

Er schüttelte den Kopf. »Nein, ich komme schon klar. Das einzige Problem ist, dass ich dich nicht zur Akademie zurückbringen kann. Meine Eltern wohnen in der entgegengesetzten Richtung, ein paar Stunden von hier entfernt. Sie können sehr ungemütlich werden, wenn ich ihre Befehle missachte.«

Ich schaute auf die Uhr, und Panik machte sich breit. Es war schon viel zu spät. Die Tore des Internats würden sich bald schließen. Das konnte doch jetzt verdammt noch mal nicht wahr sein.

»Was ist mit der Akademie? Wirst du nicht in Schwierigkeiten kommen?« Nervös zupfte ich am Saum meines Oberteils.

»Darum kümmere ich mich schon irgendwie. Kennst du jemanden, der dich abholen kann?« Ich dachte darüber nach, aber mir fiel nur eine Person ein, die es wagen würde, die Akademie um diese Uhrzeit zu verlassen – Mr. Preston. *Shit.*

»Ja, ich komme schon klar, geh ruhig.«

Noah stieß einen erleichterten Seufzer aus, seine Schultern nicht mehr ganz so angespannt. Mit einem schuldbewussten Blick stand er schließlich auf und warf sich die dunkle Jacke über, die ihn kaum warmhalten würde. »Es tut mir so leid, ich mache es wieder gut, versprochen.« Ich machte eine abweisende Handbewegung und schenkte ihm ein beruhigendes Lächeln.

Es wäre alles in Ordnung, wenn die Zeit genau jetzt stehen bleiben würde. Bevor Noah zur Tür hinausging, drehte er sich noch einmal um, sein Haar zerzaust. »Und bitte schick mir eine Nachricht, sobald du angekommen bist.«

Im nächsten Moment war er weg und ließ mich mit rasendem Herzen zurück. Es sah wohl so aus, als würde ich Mr. Preston heute Abend doch noch sehen.

»Warum hast du das Haus angezündet, Avery?«

KAPITEL 18

ALEXANDER

Mit einem Handtuch um die Hüfte ging ich ins Schlafzimmer, als mein Tablet auf dem Nachttisch vibrierte. Ich kannte nur eine Person, die mir um diese Uhrzeit eine Nachricht schicken würde.

Der Mond stand fast im Zenit, und mein Kiefer mahlte bei dem Gedanken, was sie heute Nacht gemacht haben musste. Wahrscheinlich hatte sie sich nur gemeldet, um es mir unter die Nase zu reiben.

Avery hatte meine Wut für heute schon genug aufkochen lassen. Das erste Mal, als ich wegen ihrer Nachrichten so hart gewesen war, dass es fast schon wehtat, und das zweite Mal, als sie mich dazu gebracht hatte, sie anzuflehen, keinen Kerl zu ficken, der nicht ich war. Die Gedanken, die Fantasien, die ich von ihr hatte, waren aus Dutzenden Gründen falsch, Gründe, die über das Akademische hinausgingen.

Trotzdem konnte ich nicht umhin, mir vorzustellen,

wie sich mein Schwanz in ihrem Mund anfühlen würde, und ich verfluchte mich dafür, dass ich schon allein bei diesen Bildern steinhart wurde. Mein Tablet vibrierte wieder, und ich stöhnte genervt auf. Dieses Mädchen ...

AVERY JAMES:

Könntest du mich abholen?

Professor?

Ich runzelte die Stirn. Warum hat der Typ, mit dem sie gegangen war, sie nicht zurückgebracht? *Entweder ist der Abend miserabel gelaufen und ihr Date hat sie sitzen gelassen, wofür ich ihm die Kehle rausreißen könnte, oder es ist etwas passiert.*

Hoffentlich war es die erste Option, damit ich meine Wut an jemandem auslassen konnte.

ALEXANDER PRESTON:

Schick mir deinen Standort. Ich komme.

Eine weitere Nachricht erschien auf meinem Tablet mit einer Karte und ihrem Standort. Stadtzentrum. Hätte er sie nicht wenigstens an einen schönen Ort ausführen können?

Ich für meinen Teil wäre mit ihr nach Paris oder Mailand geflogen, hätte ihr die ganze Welt gezeigt, wenn sie nur keine verdammte Schülerin wäre und nicht in unserem Institut ihre Zeit absitzen müsste. Und wenn ihre Sicherheit nicht durch meine bloße Anwesenheit gefährdet wäre.

Ich zog mir schnell etwas an und verfluchte alle möglichen Götter für meine Misere, dafür, dass ich ständig in ihrer Nähe sein musste, dass mein Herz jedes Mal brach, wenn ich sie sah und dass ich ihr nicht die Dinge sagen konnte, die sie hören musste.

Schweigend schloss ich die Tür hinter mir und nahm eine Abkürzung zu den Parkplätzen der Akademie. Um mich herum war es still, nur der Gesang der Eulen war ein ständiger Begleiter meiner Schritte.

Mein Auto kam in Sichtweite, fast verschleiert dank der Farbe und der getönten Scheiben. Ich ließ den Motor an und hoffte, dass niemand kommen würde, um nachzusehen, was los war. Ich musste mich beeilen und hatte sicherlich keine Zeit, mich vor irgendwem zu erklären. Nicht, dass es nötig wäre. Meine Eltern hatten diese gottverlassene Akademie gegründet, dementsprechend genoss ich mehr Freiheiten als der Rest des Lehrkörpers.

Meine erste Nachricht ging an Avery, dass ich jetzt losfahren würde. Die zweite ging an Leilah.

ALEXANDER PRESTON:

Deck Avery. Sie kommt gleich.

LEILAH AZIZ:

Das hatte ich auch vor, duh.

Ich verdrehte die Augen und steckte das Tablet zurück in meine Tasche. Wenn wir Glück hatten, würde niemand ihr Fehlen bemerken. Wenn wir Pech hatten, würde ich die Schuld auf mich nehmen, lügen und sagen, ich hätte sie entführt oder so einen Scheiß.

Avery

Ich starrte ungeduldig auf meine Uhr, der Akku meines Tablets fast leer. Mir war nicht entgangen, wie grimmig mich die letzten der betrunkenen Gäste angesehen hatten, und fast wäre ich zu einem gegangen und hätte ihm den Kopf gegen die verdammte Theke geschlagen.

Der Alkohol in meinem Körper war bereits verklungen, und ich schob es auf den plötzlichen Adrenalinstoß, der mich wachgerüttelt hatte.

Die süße Kellnerin kam an meinen Tisch und räumte die leeren Gläser ab. »Wir schließen in zehn Minuten, Schätzchen.«

Ich presste meine Lippen zusammen. Es war klar, dass sie mich bald rausschmeißen würden. »Wie viel schulde ich Ihnen?«, fragte ich, während ich nach meiner Geldtasche griff.

»Oh, dein Freund hat schon alles bezahlt.« Ich verengte die Augen. Nachdem Noah gegangen war, hatte ich noch einen Drink bestellt, um mir die Zeit zu vertreiben. »Er hat den Rest auf seine Liste geschrieben, keine Sorge«, fügte sie hinzu, als sie meinen verwirrten Blick sah.

Na gut. Ich schenkte ihr ein letztes Lächeln, bevor ich aufstand und meine Jacke anzog. Mein Hintern tat von der harten Holzbank weh, und der plötzliche Schmerz in meinem unteren Rücken ließ mich zusammenzucken.

Meine dumpfen Schritte hallten in der Kneipe wider, als ich mich auf den Rückweg machte. Keiner der alten Männer gab einen dummen Spruch von sich, und ich war dankbar für die entgangene Konfrontation. Heute war ein schlechter Tag, um mir auf die Nerven zu gehen.

Die Mitternachtsluft empfing mich mit einer eisigen Umarmung und zauberte mir eine Gänsehaut auf den ganzen Körper. Verdammt, es roch nach Regen. Genau das, was mir noch fehlte. Nie im Leben würde ich trocken ankommen. Noah schuldete mir was.

Die Straßen waren kaum beleuchtet und die dürren Äste in der Ferne erinnerten mich an die Klauen der Monster, denen wir in unseren Albträumen begegneten. Ich schaute wieder auf die Uhr am Display und ließ die Schultern sinken. Ich würde auf keinen Fall pünktlich ankommen, konnte gleich meine Sachen packen.

Ich ballte meine Hände in den Taschen zu Fäusten und machte mich auf den Weg, immer der Straße entlang, von der wir gekommen waren. Der Wind peitschte mir die Haare ins Gesicht und ließ den Wald singen. Mit angespanntem Kiefer musste ich zugeben, dass mir der Ort Angst machte, aber ich lief weiter, weil ich Zeit sparen wollte, indem ich Mr. Preston auf halbem Weg begegnete. Zumindest war das mein Plan. Ich wusste, dass es eine beschissene Idee war, aber ich konnte wenigstens das machen. Etwas anderes blieb mir nicht übrig. Es vergingen ein paar Minuten, in denen ich vor mich hin summte, um die quälende Kälte zu verdrängen, aber es half nicht. Sie hatte sich bereits in mein Mark gefressen, von meinem Körper Besitz ergriffen.

Bevor ich es aufhalten konnte, erschienen seltsame und doch so reale Bilder vor meinem geistigen Auge. Nach einem Konzert, ich musste so um die dreißig gewesen sein, spazierte ich mit einem gut aussehenden jungen Mann an meiner Seite durch einsame Gassen. Ich sah sein Gesicht nicht, aber seine Stimme kam mir bekannt vor – sie klang nach Heimat, nach Ewigkeit.

Verwirrt schüttelte ich den Kopf. Was war nur los mit mir? Halluzinierte ich, wurde ich verrückt? Sicherlich der Einfluss dieser Akademie. Aber die Bilder wurden immer realer ... Es hatte alles mit der ersten Unterrichtsstunde angefangen und langsam glaubte ich, dass ich dieses Jahr nicht ohne psychische Schäden überstehen würde.

Ein Auto kam mir entgegen, und ich hoffte, dass es mein Professor war. Die beiden Scheinwerfer leuchteten mir ins Gesicht, aber der Fahrer hielt nicht an, fragte nicht, ob es mir gut ging. Vielleicht war das auch besser so. Ich stieß einen genervten Seufzer aus und ging weiter.

Kaum ein paar Minuten später ertönte ein Donner, der mich erschaudern ließ. *Nein, bitte nicht.* Bevor ich den Gedanken beendet hatte, prasselten schon die ersten Regentropfen auf mich nieder. *Es wäre ein Wunder, wenn ich keine Lungenentzündung bekommen würde*, dachte ich mir mit zusammengebissenen Zähnen.

Mr. Preston wird bald hier sein, wiederholte ich wie ein Mantra und kämpfte gegen den Regen an, der mich bis auf die Unterwäsche durchnässte. Verdammter Noah mit seinem verdammten Familiennotfall.

Irgendetwas raschelte im Gebüsch und ich kreischte erschrocken auf. Mit zitternden Beinen wollte ich einen großen Bogen um die Stelle machen, als plötzlich ein Eichhörnchen von einem Ast fiel und mir direkt vor die Nase sprang. Ich verlor das Gleichgewicht und fiel geradewegs auf meinen Arsch.

Alle möglichen Obszönitäten kamen mir über die Lippen, als ich mich aufraffe und die matschigen Blätter von meiner Jeans abklopfte.

Alexander

Ich raste immer schneller die Straße entlang. Verdammt, Avery musste sicher eiskalt sein. Mit diesem Gedanken trat ich fester auf das Gas und ließ mich von meiner Sorge treiben.

Das Stadtzentrum war nur ein paar Minuten entfernt, aber es fühlte sich an wie Stunden, wie Tage. Und da … Am Straßenrand, fast verschlungen von den Schatten der umliegenden Bäume, ging sie, die Arme um sich geschlungen, den Blick auf den Boden gerichtet. Avery blickte nicht auf und als ich näher kam, sah ich, dass sie am ganzen Körper zitterte. Oh, heilige Seele …

Die Hände ums Lenkrad gekrallt, machte ich eine scharfe Kehrtwende und kam neben ihr zum Stehen.

Avery wich erschrocken ein paar Schritte zurück, dachte sicher, dass ich irgend so ein Psycho wäre, der ihr sonst was antun wollte. Ich ließ das Beifahrerfenster runter, sodass sie mein Gesicht sehen konnte.

»Steig schon ein, oder brauchst du eine schriftliche Einladung?« Wasser lief ihr übers Gesicht, und ihre Jeans klebte an ihren Oberschenkeln wie ein perfekt sitzender Handschuh, der nur für sie gemacht war.

Das kleine Monster öffnete die Tür, rutschte fast aus, schaffte es aber, sich im richtigen Moment festzuhalten.

»Du bist echt gekommen«, entgegnete sie knapp. Natürlich war ich gekommen; was für eine idiotische Bemerkung. Sie knallte die Tür zu, und ich drückte das Gas durch. Wir hatten keine Zeit. Es war schon viel zu spät.

»Was hast du hier draußen allein gemacht? Du hättest einfach dort auf mich warten können.« Ich konnte mir den höhnischen Unterton nicht verkneifen.

»D-die Bar schloss bald, und ich wollte Zeit sparen, indem ich dir entgegenkomme.« Ich verdrehte die Augen. Als ob dieses bisschen Zeitersparnis viel ausgemacht hätte. Sie war nicht weit gekommen.

Ihre Zähne klapperten, und ich griff zum Rücksitz nach einer dünnen Decke, die ich immer im Auto hatte. Sie würde sie zwar nicht warm halten, aber sie könnte etwas von dem Wasser aufsaugen.

»Danke«, murmelte Avery und wickelte sich in das Stück Stoff. Ich drehte die Sitzheizung auf und beobachtete, wie sie sich langsam entspannte. Ihr Duft, der so verführerisch und unverwechselbar war, lag in der

Luft, triggerte all die Erinnerungen, an die ich nicht denken durfte. Gott, wie hatte ich sie vermisst.

Averys Duft war meine Muse, mein Verhängnis und meine Erlösung. Ich hätte Jahrzehnte damit verbringen können, neben ihr zu liegen und ihr Haar zu riechen.

Um die Stille zu füllen, schaltete ich das Radio ein und wählte einen Sender mit klassischer Musik. Ein altes, tragisches Lied ertönte, und ihre Augen verweilten auf mir.

»Das ist eines meiner Lieblingslieder«, sagte sie kaum hörbar.

»Ich weiß.«

Avery

Mr. Preston schien heute besonders angepisst zu sein, und ich wusste nicht, was ich getan haben musste, um seinen Zorn erneut auf mich zu ziehen. Ja, ich hatte ihn wahrscheinlich aus dem Bett geholt, aber er hätte auch Nein sagen können.

Nervös starrte ich auf das Armaturenbrett, beobachtete, wie die Geschwindigkeitsanzeige stieg und stieg. Mein Herz hämmerte und meine Brust zog sich schmerzhaft zusammen. Diese Angst war nicht begründet, und ich wusste, dass ich mein Trauma auf diese Situation projizierte, aber ich konnte nichts gegen meine dunklen Gedanken tun. Bei jeder Kurve zuckte ich zusammen, bis ich es nicht mehr aushalten konnte.

»Fahr langsamer!«, schrie ich und schloss die Augen, hatte nicht gewollt, meine Stimme gegen ihn zu erheben. »Bitte.«

Ohne ein weiteres Wort nahm er den Fuß vom Gas, bis wir eine Geschwindigkeit erreichten, die mich nicht in den Wahnsinn trieb. Endlich konnte ich wieder richtig atmen und allmählich entspannten sich auch meine Glieder.

»Tut mir leid, das hatte ich vergessen.« Seine Stimme schien weicher zu sein; die Bitterkeit darin war verschwunden. Mr. Preston versuchte nicht, mich in ein Gespräch zu verwickeln, sondern überließ das Sprechen der Musik. Aber ich wollte mich erklären.

»Es gab einen Notfall bei Noah zu Hause, und er musste weg. Es tut mir leid, wenn ich dir Schwierigkeiten bereitet habe.«

»Hör auf, dich zu entschuldigen. Dafür gibt es keinen Grund.« Ich räusperte mich. Doch, die Entschuldigung war nötig gewesen, aber ich beließ es dabei.

»Hattest du einen schönen Abend?« *Was zum Teufel, Avery? Warum hast du das gefragt?*

»Ich wette, du hattest einen Besseren«, gab er barsch zurück.

Ja, ich hatte mir ausgemalt, dass du ein Mörder sein könntest, das war ziemlich amüsant.

»Wirst du auch auf der Halloween-Party sein?«, fragte ich schließlich, um die Stimmung aufzulockern.

»Nein, sicher nicht.«

Ich stellte mir vor, wie er in einem Kostüm aussehen würde. Wahrscheinlich genauso gut wie jetzt, mit seinen lockigen, schwarzen Haaren und seiner Lederjacke, die ein bisschen zu eng um seinen Bizeps war.

»Also ich gehe hin. Ich wette, du hättest dort Spaß. Ms. Arden könnte dir Gesellschaft leisten.« Das hörte sich aus meinem Mund viel zu schräg an. Ich sollte besser die Klappe halten. Am Ende würde er denken, ich hatte vor, die zwei wieder zu verkuppeln. Mit Sicherheit nicht. Single gefiel er mir besser.

»Du denkst an mich und Ms. Arden?« Sein Blick landete auf mir und er hob eine Augenbraue.

»Nun, ich habe gehört, dass ihr beide ... verlobt wart, und ich bezweifle, dass ihr euch im Streit getrennt habt.« Zumindest hatte ihr Gespräch im Büro freundlich geklungen. Vielleicht sogar mehr als das?

Er atmete genervt aus. »Lass den Bullshit, Avery. Ich liebe sie nicht, falls du das andeuten willst. Und nein, sie liebt mich auch nicht. Können wir das Thema jetzt fallen lassen?«

Ich strich mir ein paar nasse Strähnen aus dem Gesicht und nickte. Guter Plan. »Ich wollte nur Konversation betreiben. Bist du gerne Professor?« Denn wenn ja, zeigte er es nicht.

»Nein. Ich bin nur auf Wunsch meiner Eltern hier.« Das erklärte so einiges. »Sie sind sehr anspruchsvoll, nehmen mehr, als sie geben, und trotzdem kann ich nicht Nein sagen.«

Ich verengte die Augen. »Warum nicht?«

Mr. Preston sah nicht wie ein Mann aus, der sich etwas gefallen ließ. Ganz im Gegenteil – er teilte aus.

»Ich kann einfach nicht«, erwiderte er knapp.

»Wenn du nicht gerne Professor bist, dann hasst du sicher auch deine Schüler, oder?« Gott, das hörte sich wirklich falsch an. Ich wollte eigentlich wissen, ob er Schüler hasste und deshalb ein Motiv gehabt haben könnte, eine davon umzubringen. Stattdessen klang es so, als wollte ich wissen, ob er sich für mich interessiert.

Shit, Avery, hör auf. Ich brauchte echt Klebeband, um meinen Mund zum Schweigen zu bringen. Anders konnte ich sicher nicht die Klappe halten.

»Genau.« Ein schiefes Lächeln breitete sich auf seinem Gesicht aus, und ich hätte mich fast für den plötzlichen Stich im Herzen, den ich bei seinen Worten empfunden hatte, geohrfeigt. »Aber einige hasse ich weniger.«

»Einige Professoren hasse ich auch weniger«, sagte ich und schaute aus dem Fenster, damit er mein Lächeln nicht sah.

»Warum hast du das Haus angezündet, Avery?«, fragte er wie aus dem Nichts. Mein Kopf schoss in seine Richtung, überrascht über den plötzlichen Themenwechsel.

»Macht es einen Unterschied, wenn ich es dir sage?« Die Luft fühlte sich auf einmal viel zu schwer an.

»Nein«, gab er schließlich zu. »Aber ich würde es trotzdem gerne wissen.« Ich atmete tief ein und aus und überlegte, was ich ihm sagen konnte und was nicht. Wenn er es jemandem erzählte, wäre mein Jahr hier umsonst gewesen. Aber irgendwie war es mir wichtig, dass er mich nicht als das Monster sah, als das meine Akte mich porträtierte.

»Schwörst du, dass es unter uns bleibt?« Mein Tonfall war todernst, die Fröhlichkeit darin verschwunden.

»Bei meiner Seele.« Eine seltsame Art zu schwören, aber aus seinem Mund klang es aufrichtiger als alle Schwüre zusammen. Nun gut …

»Du musst meine Aussage gelesen haben.« Er nickte. »Es war nicht die ganze Wahrheit. Ja, es hat mir Spaß gemacht, das Haus abzufackeln. Das hat es wirklich. Aber nicht, weil ich ein Ungeheuer bin. Ich tat es für Mia, die kleine Tochter meiner Nachbarin. Ihre Mutter ist der Teufel in Person und tat ihr furchtbare Dinge an. Ich war ihre einzige Freundin, also vertraute sie mir an, was Tag für Tag bei ihr zu Hause passierte, unter der Bedingung, es niemandem zu erzählen. Sie war traumatisiert, hatte Angst, und ich sah keinen Ausweg.« Ich wischte mir eine Träne weg. »Meine anonymen Anzeigen bei der Polizei hatten nichts bewirkt. Nein, sie hatten alles nur noch schlimmer gemacht. Mia hat keine anderen Verwandten, die sich um sie kümmern konnten. Ich wollte einfach nur, dass es aufhört, verstehst du?«

»Also hast du das Haus niedergebrannt und riskiert, dass sie irgendwo anders hinziehen? Weiter weg von dir?« Ich schüttelte den Kopf.

»Nein. Ich wollte ihrer Mutter so sehr wehtun, dass sie sich lange Zeit nicht mehr um Mia kümmern konnte. Vielleicht nie wieder. Sie leiden zu sehen, war ein Bonus. Die Befriedigung, die ich dabei empfunden habe, wird meinen Geist ein Leben lang nähren. Außerdem würde sich eine Pflegefamilie besser um sie kümmern. Gott, jeder würde sich besser um sie kümmern als dieser Dämon.«

»Und was passiert danach?« Er klang skeptisch. Nichts gab preis, was in ihm vorging, als er meine Worte aufnahm.

»Ich möchte, dass mein Vater sie adoptiert. Dazu muss ich ihm die ganze Geschichte erzählen, was am Telefon schwierig ist. Jetzt ist nicht der richtige Zeitpunkt. Nicht bevor ich weiß, dass Mia in Sicherheit ist, weit weg von ihrer Mutter.« Ich rutschte in meinem Sitz hin und her. »Und wenn er nicht will und ich hier raus bin, werde ich arbeiten gehen, irgendwie mein Geld verdienen. Dann werde ich es an seiner Stelle tun.«

Ich dachte daran, wie ängstlich und hungrig sie an unsere Tür geklopft hatte, während mein Vater bei der Arbeit war. Sie bekam fast nichts zu essen und ihr Körper war von blauen Flecken übersät. Manchmal schlich ich mich hinaus und legte ihr Süßigkeiten auf die Fensterbank.

Meine Bemühungen trugen aber nur wenig dazu bei, ihr Leiden zu lindern. Ich konnte mich noch daran erinnern, wie wir auf meiner Veranda gesessen hatten und ich ihr das Haar flocht. In diesem späten Frühling hatte sie mir zum ersten Mal erzählt, was ihr angetan wurde. Ein Schauer durchlief mich, als ich mir ihre schmerzerfüllten Augen vorstellte. Sie hatte mich angefleht, es für mich zu behalten, weil sie sich so abgrundtief schämte. Und ich schwor es ihr.

In diesem Moment war mir klar geworden, was ich zu tun hatte.

»Also hast du deine Zukunft für die kleine Chance geopfert, dass es ihr woanders besser geht?«

»Ja«, antwortete ich, ohne zu zögern. »Und ich würde es wieder tun.«

Mr. Preston atmete resigniert aus und nickte, in Gedanken versunken. »Natürlich würdest du das«, sagte er mehr zu sich selbst, und ich verstand nicht. Mein Professor sprach so, als ob er all meine Überzeugungen, all meine Denkweisen in- und auswendig kannte. Besser als ich sogar. »Du hast ein gutes Herz.«

Ich blickte zu ihm, fuhr im Geiste sein Profil nach. »Ich bin mir sicher, du auch. Du zeigst es nur nicht.« Vielleicht war ich mit dieser Aussage zu weit gegangen. Ich kannte ihn nicht, aber etwas, vielleicht ein Bauchgefühl, sagte mir, dass wir uns ähnlicher waren, als ich dachte.

»Wenn Leute es sehen würden, würden sie sich darauf verlassen.«

Ich schnaubte. »Du willst also nicht, dass man sich auf dich, auf dein gutes Herz verlässt?«

»Nein«, antwortete er leise. »Jemand hat sich einmal auf mich verlassen und ich habe diese Person im Stich gelassen.«

Sprach er von einer Frau, von einer früheren Geliebten? Ich wusste, dass Eifersucht unangebracht war, aber ich konnte nicht umhin. »Alle paar Jahre laufen wir uns zufällig über den Weg, aber es ist nicht mehr so wie früher.« Zum ersten Mal seit meinem Geständnis wandte er seinen Blick wieder zu mir und seine blauen Augen wirkten dunkler, wilder, wie ein stürmischer Ozean. So viel Leid lag darin geschrieben, und doch trugen sie auch Sehnsucht und Hoffnung in sich. »Wir sind da.«

Die Tore der Akademie öffneten sich, eine verhängnisvolle Einladung.

KAPITEL 19

Wir fuhren auf den beinahe leeren Parkplatz der Akademie. Es war fast stockdunkel. Nur ein paar Fenster spendeten ihr goldenes Licht, konnten den Weg aber nicht vollständig beleuchten. Nur die Blitze, die sporadisch den Nachthimmel zierten, erhellten den Horizont.

Irgendetwas an der Art, wie mein Begleiter saß, wie er mich ansah, veränderte sich und mein Herz schlug schneller.

»Hast du jemals jemanden geliebt, Professor?«, platzte es aus mir heraus. Ich wusste nicht, warum ich diese Worte ausgesprochen hatte. Es war fast so, als hätte mich seine Seele gezwungen, das zu sagen, was ich dachte.

Ein Lächeln umspielte seine Lippen, gebrochen und herzzerreißend. »Ja. Jedes Mal, wenn wir uns wiedergefunden hatten, habe ich sie noch mehr geliebt als zuvor.«

Ich schluckte. Diese Enthüllung schmerzte mich mehr, als ich zugeben wollte. »Warum bist du dann nicht bei ihr?«, fragte ich weiter, und realisierte erst jetzt, dass der Motor schon längst abgestellt war.

»Wer sagt, dass ich das nicht bin?« In seinen Augen blitzte etwas auf, eine gewisse Herausforderung, als sollte ich wissen, wie dieses Spiel funktionierte, als würde er es von mir erwarten und dann enttäuscht sein, wenn ich die Regeln nicht verstand. »Ich sehe ihre Abwesenheit in deinen Augen.« Er kam näher und sein Duft wurde noch intensiver. »Sie ist nicht Teil meiner Gegenwart, und sie wird auch sicher nicht Teil meiner Zukunft sein. Dafür hat das Schicksal gesorgt, und ich habe mich damit abgefunden.«

Nein, hast du nicht, wollte ich erwidern, wollte ihm aber nicht noch mehr Schmerz zufügen. Er war bereits von Reue zerfressen.

Ich rückte ein wenig näher an ihn heran und schwelgte in dem Gefühl der Vertrautheit, umhüllt von Dunkelheit, in der wir uns unsere Geheimnisse offenbaren konnten.

»Ich mache mir Sorgen um dich«, flüsterte ich, und er sah mich fragend an. »Dass du nie glücklich wirst.«

Er schnaubte kaum hörbar und schüttelte den Kopf.

»*Jetzt* bin ich glücklich.«

Ich blinzelte, verblüfft von seinen Worten, die wie rostige Messer um mein Herz tanzten und es zu verstümmeln drohten. Er nahm mein Kinn zwischen Daumen und Zeigefinger, die Haut warm im Gegensatz zu meiner. Ein stummer Schauer breitete sich auf meinem Körper aus. »Du bist so verdammt schön, es bringt mich um.« Bevor ich es realisieren konnte, zog er mein Gesicht an seins, die Augen verzweifelt wie die eines Verhungernden.

Unsere Lippen hatten keine Zeit, sich zu berühren, da schoss ein scharfer Schmerz durch meinen Kopf. Ich schrie auf. Es war fast so, als würde jemand glühende Nägel in mein Gehirn schlagen.

Vergessene Bilder, die sich doch für immer in mein Gedächtnis eingebrannt hatten, tauchten vor meinem geistigen Auge auf. Ich stand in einer Kapelle und trug ein weißes Seidennachthemd. Der Altar vor mir war nur von ein paar Kerzen erleuchtet. Ich sah mich um – eine kleine Kapelle. Es musste mitten in der Nacht sein und draußen stürmte es so sehr, als würde die Welt untergehen. Aber hier drinnen war ich sicher, denn ich war nicht allein. Ein hochgewachsener Mann stand neben mir und hielt meine Hand. Zuerst sah ich nur sein Gewand, das wie aus einer anderen Zeit stammte und wahrscheinlich auch zum Schlafen gedacht war. Er war so umwerfend, dass es fast schmerzte, wegzuschauen. Der süße Beigeschmack des Verbotenen lag in der Luft; es war fast so, als hätten wir uns heimlich hier getroffen, verborgen vor der Außenwelt. Nur wir zwei. Mehr war nie nötig. Denn wenn wir uns hatten, hatten wir alles, was wir brauchten. Für immer.

Vorfreude machte sich in meinem Körper breit, Wonne in meinem Herzen. Ein Priester trat vor uns und sprach Worte in einer Sprache, die ich nicht verstand.

Selbst die beißende Kälte an meinen nackten

Füßen störte mich nicht. Es gab nur den Geruch von Myrrhe, den warmen Körper neben mir und mein wild pochendes Herz. Jede Faser meines Körpers war voll Liebe, voll Hoffnung. Ich konnte die ganze Welt umarmen und doch würde es nur einen Bruchteil meiner Freude widerspiegeln.

Der Priester beendete sein Gebet und trat zurück, um uns Raum für einen Kuss zu geben. Ich wusste, dass, egal was kommen würde, ich immer meinen Geliebten bei mir haben würde. Er und ich, zwei Puzzleteile, die ein perfektes Bild ergaben. Der Mann mit dem unwiderstehlichen Duft drehte sich zu mir, nahm mein Kinn zwischen Daumen und Finger und …

Mein Herz setzte einen Schlag aus, als ich in Alexander Prestons schöne Augen blickte.

»Was ist los?«, ertönte eine gehetzte Stimme und rüttelte mich aus meiner Trance.

Ich blickte mich um, war wieder in dem dunklen Auto. »Nichts«, versicherte ich ihm. »Ich habe nur Kopfschmerzen. Die sind in letzter Zeit immer schlimmer geworden.«

Er sah mich besorgt an. »Dann lass uns gehen.« Mr. Prestons steinerne Maske kehrte zurück, und ich biss mir auf die Wange, um ihn nicht anzuflehen, noch ein wenig länger im Auto zu bleiben.

Er stieg aus, und ich tat es ihm gleich. Der unerbittliche Regen durchnässte wieder meine Kleidung. Wenigstens hatte sich der Wind in diesem Teil der Gegend gelegt und ließ mich nicht mehr ganz so frieren wie auf dem Heimweg.

Ich erreichte die Motorhaube, nahm mir noch einen

Moment Zeit, um mich zu beruhigen, und massierte mir die Schläfen, um die Illusionen zu vertreiben.

Mein Professor kam mir mit eleganten Schritten entgegen. »Bist du sicher, dass es dir gut geht?«

»Ja, es ist nur ... halluzinierst du manchmal?« Okay, jetzt hörte ich mich wirklich wie eine Verrückte an. Ich wünschte, ich hätte meinen Mund gehalten.

Mr. Preston kam einen Schritt näher, dann zwei, bis er vor mir stand. Trotz der Kälte spürte ich die Wärme seines Körpers, als ob er auf mir liegen würde. Um etwas Platz zwischen uns zu schaffen, trat ich zurück und stieß prompt mit dem Hintern gegen seine Motorhaube. »Nein. Was zeigen dir diese ... Halluzinationen?«, fragte er, nicht spöttisch oder abwertend, sondern aus purer Neugierde.

»Man kann sie nicht wirklich als Halluzinationen bezeichnen, ich weiß nicht. Sie sind wie Erinnerungen, die ich nie geschaffen habe.« Vielleicht war es aber auch nur dieser verrückte Flavian, der sich über mein Leiden lustig gemacht hatte. Natürlich hatte ich meinem Professor dieses Detail nicht erzählt.

»Was für Erinnerungen genau?«, drängte er, sein Körper gefährlich nahe an meinem.

Er überragte mich, und ich blickte auf, sah in das vertraute und doch fremde Gesicht, das mich bei jeder Gelegenheit heimsuchte.

»Das ist nicht wichtig.« Ich wollte an ihm vorbeigehen, zurück in die Akademie, aber er ließ das nicht zu. Stattdessen zwang er mich an Ort und Stelle zu bleiben, presste mich gegen seine Motorhaube und kesselte mich ein.

»Sag es mir.« Er holte tief Luft. »*Bitte.*«

Ich brauchte mich nur ein wenig nach vorne zu beugen, meinen Kopf zu heben, und unsere Lippen hätten sich berührt. »Erinnerungen an *uns*«, hauchte ich.

Er schloss die Augen und versuchte, vor mir zu verbergen, wie es in ihm aussah. Ich frage mich, was er jetzt von mir dachte. »Ich bin nicht verrückt, ich schwöre.« Und ich wollte diese Wahnvorstellungen gewiss nicht als Erinnerungen bezeichnen.

Er schüttelte den Kopf und öffnete die Augen. Ich konnte die Gefühle, die sich in ihnen abspielten, nicht deuten. Wut? Enttäuschung? Sehnsucht?

Ohne Vorwarnung presste Alexander seine Lippen auf meine. Ein Arm war um meinen unteren Rücken geschwungen und drückte mich an seinen harten Körper. Die andere liebkoste meinen Kiefer, meine Wange. Er murmelte etwas Unverständliches zwischen unseren Küssen, aber ich konnte mich auf nichts anderes konzentrieren als auf seine Zunge in meinem Mund. Dieser Kuss hatte nichts Liebevolles, nichts Zärtliches an sich. Er war gierig, nährte sich von unstillbarem Verlangen.

Ich biss ihm auf die Unterlippe, und er ließ seine Finger unter mein durchnässtes Top gleiten, krallte sich in mein Fleisch, aus Angst, ich würde weglaufen. Ich lehnte mich zurück, die Wirbelsäule gegen die warme Motorhaube gepresst, und er beugte sich über mich, um meinen Körper vor dem Regen zu schützen. Meine Fingerspitzen fuhren die Konturen seiner Brust, seiner Arme, seines Bauches nach, wollten ihn überall spüren.

Was wir jetzt taten, war nicht genug, um den Hunger in mir zu stillen.

»Berühre mich«, brachte ich zwischen hektischen Atemzügen hervor, und er gehorchte, strich über meine harten Nippel und spreizte mit seinem Knie meine Beine. Sein Mund wanderte zu meinem Hals und saugte an der empfindlichen Stelle über dem Puls.

»Alexander«, stöhnte ich. »Mehr.« Mit einer geschickten Bewegung knöpfte er meine Jeans auf, und ich wimmerte, als seine kalten Finger unter meinen Slip glitten. Nervös blickte ich nach links, um zu sehen, ob jemand zusah.

»Niemand kommt hierher, nicht um diese Uhrzeit.« Er biss mir in die Unterlippe, während er seinen Finger in mich gleiten ließ.

Meine Hüften bäumten sich auf, als mein Professor einen Weiteren in mich versenkte und sie erst langsam und dann in einem Rhythmus, den ich kaum noch aushalten konnte, bewegte. Ich entblößte ihm meine Kehle, ließ zu, dass er mich brandmarkte, mich ganz und gar beanspruchte. Heute Nacht gehörte ich ihm, und er gehörte mir.

Alexander schob mein Top hoch, leckte über meine vor Verlangen fast schmerzenden Nippel und biss in meine Haut, bis es wehtat. Ich genoss den Schmerz, genoss seine Finger, die er bis zum Anschlag in mir versenkt hatte.

Es war mir egal, welche Umstände uns hierhergebracht hatten, was morgen passieren würde. Ich wusste nur eines: Ich brauchte ihn, musste ihn auf alle möglichen Arten spüren.

»Bitte.« Ich krallte mich in sein Haar, küsste ihn so, wie ich noch nie einen Mann geküsst hatte.

»Bitte was?«, fragte er und lächelte gegen meinen Mund.

»Bitte fick mich. Jetzt.« Es war mir egal, ob die ganze Schule zusah, solange ich ihn tief in mir spüren konnte.

»Nur weil du darum gebettelt hast, Liebes.« Alexander ließ mich los und ich hörte, wie der Jeansstoff riss, spürte die Kälte und den Regen zwischen meinen Beinen.

O Gott, er hatte meine Jeans in zwei Teile zerfetzt. In einer fließenden Bewegung zog er seine Lederjacke aus und ließ sie achtlos auf den schmutzigen Boden fallen, sodass er nur noch in einem lockeren T-Shirt dastand.

Mr. Preston hielt kurz inne und musterte mich von oben bis unten, als wollte er sich diesen Anblick für immer einprägen.

Sein rabenschwarzes Haar klebte ihm an den Schläfen und die Kleidung war so durchnässt, dass ich alle Konturen seines Körpers mit meinen Augen nachzeichnen konnte. Wie gerne hätte ich ihn in diesem Moment nackt unter mir gehabt, während seine Hände auf meinen Hüften das Tempo vorgaben.

Sein Blick war immer noch auf mich gerichtet, auf meine Brüste und zwischen meine Beine, als er seine Jeans aufknöpfte und seine Länge aus den Boxershorts befreite.

Ich leckte mir über die Lippen und fragte mich, ob er überhaupt in mich passen würde. Angst schlich sich in meinem Unterbewusstsein ein. Aber mein Verlangen nach Alexander gewann die Oberhand, und ich bäumte ihm die Hüften entgegen, um ihn anzutreiben, sich zu beeilen.

»Bist du sicher, dass du diese Grenze überschreiten willst?«, fragte er, während er mich weiter öffnete und zwischen meine Beine trat.

»Ja«, hauchte ich. Ich war mir noch nie in meinem Leben einer Sache so sicher gewesen – ich wollte ihm, uns, diesen Moment schenken.

Er strich über meinen Bauch, über die Innenseiten meiner Oberschenkel, und ich schlang die Beine um seine Taille, zitternd vor Kälte und Vorfreude. Alexander positionierte sich an meiner Mitte und unsere Blicke trafen sich, bevor er sich mit einem einzigen, kraftvollen Stoß in mich vergrub.

Ich konnte mir ein Wimmern nicht verkneifen und meine Nägel gruben sich hart in seine Haut, ließen Blut fließen.

Seine Größe weitete mich, und ich spürte einen scharfen Schmerz im Unterleib. Verdammt, es tat so weh, dass ich nicht glaubte, es jemals genießen zu können.

Quälend langsam zog er sich zurück, nur um noch fester zuzustoßen. Der stechende Schmerz hörte nicht auf, nein, er wurde nur schlimmer. *Fuck* …

Mein Professor bemerkte meinen gequälten Ausdruck und änderte das Tempo, aber ich wollte nicht, dass er aufhörte. Nein, mein Körper schrie nach ihm, nach seiner Berührung. Ich vergrub das Gesicht in seiner Halsbeuge und passte mich seinen Stößen an, entspannte mich um seine Härte, bis der Schmerz einem intensiveren Gefühl wich.

»Genau so, entspann dich, ich kümmere mich um dich«, flüsterte er in mein Haar. Ich nickte und überließ ihm die Führung.

Alexander legte einen tiefen, brutalen Rhythmus vor, zwang mich, jeden Zentimeter aufzunehmen, bis ich es schließlich genießen konnte.

Mein Wimmern wich einem heiseren Stöhnen. Seine Länge war in perfekter Position, glitt schnell und erbarmungslos über die Stelle, die mich fast um den Verstand brachte.

Ich stöhnte seinen Namen zwischen verzweifelten Küssen, jedes davon ein Versprechen, das nie gegeben werden durfte.

Alexander

Ich liebe sie, ich liebe sie, ich liebe sie so sehr.

Meinen Schwanz in Avery zu spüren, war der intensivste Moment seit unserer Hochzeitsnacht, als wir uns rausgeschlichen und geschworen hatten, uns immer zu suchen, egal wohin der Wind uns trug. Und sie begann sich langsam zu erinnern, was mir nur noch mehr das Herz brach. Es durfte nicht sein, niemals.

Ich konnte nicht anders, als meinen Kopf zu senken, ihren Nippel zwischen meine Zähne zu nehmen und zuzubeißen. Ich wusste genau, was sie mochte, kannte all ihre Wünsche, als wären es meine eigenen. Ihr Körper war wie für mich gemacht, mein persönliches Festmahl, meine Göttin. Avery war alles und mehr. Sie stöhnte meinen Namen wie ein Gebet, doch selbst ihr Gott konnte ihr jetzt nicht mehr helfen.

Nein, inzwischen war ich mehr Monster als Mann, getrieben von dem Urinstinkt, sie zu besitzen, sie als die meine zu brandmarken, mich ganz in ihr zu versenken. Avery war so feucht, so eng, so perfekt. Mit offenem Mund warf sie den Kopf zurück und schaute zu den Sternen. Aber nicht einmal die waren in dieser Nacht auf ihrer Seite.

Mit jedem meiner Stöße, mit jedem Stöhnen und mit jedem unserer Küsse besiegelten wir unser Schicksal.

Averys Bewegungen wurden heftiger und ihre Muskeln spannten sich um meinen Schwanz, bis sie einen Schrei ausstieß, der mich bis ins Mark traf.

Ich ließ ihr keine Zeit, sich zu entspannen, und stieß in sie, als ob ich ihre Wärme zum letzten Mal spüren würde. Mein Atem beschleunigte sich und ich konnte mich nicht länger zurückhalten, hatte schon viel zu lange auf diesen Moment gewartet. Mit einem Knurren reiner Ekstase zersprang ich in tausend Teile und kam in ihr. Meiner Frau.

Avery

Ich zuckte zusammen, als er sich aus mir herauszog und mich sanft wieder herunterließ. Mein Blick wanderte zwischen seine Beine zu der feinen Blutspur.

Etwas in seinem Gesicht veränderte sich, als er begriff, was das bedeutete. Alexander nahm mein Gesicht zwischen seine Hände und küsste mich, seine Lippen zart wie eine Feder.

Ich spürte, wie sein Sperma an meinem Innenschenkel hinunterlief, was mich noch mehr anmachte. Alexander hatte sich in mein Gehirn gekrallt und beanspruchte meine Seele mit seinem süchtig machenden Gift. Ich ließ ihn gewähren, war sowieso bereits verdammt.

Er löste sich von mir und ich versuchte, mich zu bedecken, mich vor dem starken Regen zu schützen, der immer noch auf uns niederprasselte.

»Hier, zieh das an.« Er holte eine alte Jogginghose aus seinem Kofferraum und ich verschwand auf den Rücksitz seines Autos, um mich aus dem übriggebliebenen, nassen Stück Stoff zu befreien.

Ich war so wund, dass ich bei jedem Schritt zusammenzuckte, wollte mir aber meinen Schmerz nicht anmerken lassen.

Etwas trockener stieg ich aus seinem geräumigen Auto und wir machten uns schweigend auf den Weg zurück in die Akademie. Ich wagte nicht, etwas zu sagen, aus Angst, den Moment zu ruinieren oder ihn zu vergraulen.

Unsere kalte Haut wurde von wohliger Wärme umhüllt, die Gänge eng und dunkel in diesem Teil des

Campus'. Wir gingen eine Ewigkeit lang geradeaus und schließlich ließ auch mein Zittern nach.

Alexanders Finger berührten meine, eine Erinnerung daran, dass er hier war, bei mir. Ich erschauderte bei dieser unschuldigen Berührung und kleine Blitze durchfuhren meinen Arm bis hinauf zu meiner Brust, sammelten sich genau über meinem Herzen.

Er verschränkte seinen kleinen Finger mit meinem, und es fühlte sich an wie der sicherste Anker der Welt.

»Ich weiß, was du getan hast.«

KAPITEL 20

Ich hatte mich für die erste Hälfte des Tages krankgemeldet. Zum einen war ich viel zu übermüdet, und zum anderen musste ich meine Gedanken sortieren, bevor ich Mr. Preston traf.

Verdammt, ich hatte Sex mit einem Professor gehabt, mit einem Mann, den ich kaum kannte, und doch war da diese Verbindung, die ich nicht beschreiben konnte. Sie ging über das Körperliche, über das Romantische hinaus. Nein, es war etwas komplett anderes.

Leilah schnippte mir vors Gesicht und setzte sich zu mir an den Tisch in der Cafeteria. Sie hatte am Freitagabend tief und fest geschlafen, hatte vor meiner Rückkehr aber noch aus mehreren Kissen eine Art Dummy gebaut und ihn so zugedeckt, dass es aussah, als würde ich in meinem Bett schlafen. Nach dem Herzinfarkt hatte ich mir vor Lachen fast in die Hose gemacht.

Wir hatten nicht über diese Nacht gesprochen, und sie drängte mich auch nicht, ihr Einzelheiten zu erzählen, also sprach ich das Thema nicht an. Es wäre besser für sie, wenn sie es nicht wüsste.

»Was hörst du da?«, fragte sie und starrte auf mein Display.

»Emma, eine Sängerin aus New Orleans. Ich liebe ihre Musik. Hier, hör mal.« Ich nahm einen Kopfhörer heraus und reichte ihr ihn.

Die Blondine mit den wilden Haaren sang ab und zu im *Apollo's Muse*, und ich hatte mir vorgenommen, diese Bar einmal zu besuchen, wenn ich jemals in New Orleans sein würde. Dafür musste ich aber erstmal meine Strafe absitzen, was sich schwieriger gestaltete als erwartet, wenn man bedachte, dass ich mich jeden Tag mehr in die Scheiße ritt.

»Ihre Stimme ist unglaublich«, schwärmte meine Freundin und zoomte ran, um sich die Sängerin genauer anzusehen. »Und sie ist heiß.« Ich rollte mit den Augen und legte das Tablet zur Seite.

»Die Halloween-Party steht bald an. Ich habe mir schon die perfekten Kostüme überlegt. Na ja, sie passen nicht zusammen, aber es wird sexy aussehen. Das ist sowieso das Wichtigste«, erklärte sie, während sie mir die Pommes klaute. Wenn ich mir die Kleider in ihrem Schrank ansah, konnte ich mir gut vorstellen, was ihr für den großen Tag vorschwebte. Auf jeden Fall etwas, das an einer normalen Schule verboten wäre.

Ein breites Grinsen huschte über ihr feenhaftes Gesicht. Ja, der Abend würde perfekt werden. Da war ich mir sicher.

»Du siehst irgendwie anders aus«, fügte sie hinzu, und ich verengte die Augen. Anders? O Gott, sah ich etwa so aus, als hätte ich mit meinem Professor auf dem Parkplatz geschlafen? Sah man einem sowas an? Ein nervöses Lachen kam von meinen Lippen. Ich verstand die Leute. Ich war definitiv die schlechteste Lügnerin der Welt. »Beruhige dich, Avery. Du siehst einfach nur glücklicher aus.« Leilah warf mir einen Seitenblick zu, der mich vermuten ließ, dass sie es bereits wusste, aber nur darauf wartete, dass ich den ersten Schritt machte. Nicht, dass ich es ihr jemals sagen könnte. Es stand zu viel auf dem Spiel. Außerdem könnte sie für das bloße Mitwissen im Ernstfall selbst bestraft werden.

Ich wollte gerade etwas erwidern, als das melodische Klingeln uns zum Unterricht rief. Seufzend stand ich von meinem halb gegessenen Essen auf und strich Krümel von meinem weißen Hemd mit dem Logo der Akademie auf der Brusttasche.

Wir drängten uns an tratschenden Schülern vorbei und grüßten einige von ihnen auf dem Weg zum Klassenzimmer. Ich hatte mich mit einigen von ihnen angefreundet, mit ein paar Mädchen sogar getextet. Die meisten blieben jedoch unter sich und verbrachten ihre Zeit so wie ich. Allein oder in kleiner Gesellschaft. Hier bei uns war es nicht so wie auf den Highschools, wo Rangkämpfe die Flure einnahmen, wo Ältere die Jüngeren, Uncoolen schikanierten oder die beliebten Mädchen andere auf dem Schulklo tyrannisierten. Nein, hier achtete jeder auf seinen eigenen Scheiß. Schüler wollten einfach nur ihre Strafe absitzen und dann ganz viel Abstand zwischen sich und die

Akademie bringen. Vielleicht war dieser Ort für manche aber auch ein Lichtblick. Vielleicht war all das hier ein Paradies verglichen mit den Verhältnissen, in denen sie sonst leben mussten. *Wenn man die Sache so betrachtet, verstehe ich die unbeschwerten, fröhlichen Gesichter mancher, die mir im Gang entgegenkommen.*

»Haltet mir einen Platz frei. Ich gehe kurz aufs Klo«, sagte ich zu Leilah, bevor ich mich umdrehte und zu den Toiletten verschwand.

Jeder Schritt ließ den Schmerz zwischen meinen Beinen auflodern und ich genoss es, weil es mich an letzte Nacht erinnerte, als Mr. Preston mich gnadenlos genommen hatte, bis ich dachte, ich würde ohnmächtig werden. Ich presste meine Schenkel zusammen, und eine süße Wärme breitete sich in meinem Bauch aus.

Meine Schritte verlangsamten sich, als ich an der nächsten Abzweigung eine vertraute Frauenstimme wahrnahm – Penelope Arden. Ich war mir sicher, dass sie gerade telefonierte, also blieb ich stehen, lehnte mich an die Steinmauer und spitzte die Ohren.

»Natürlich ist er kein kleines Kind mehr«, zischte sie, was sich komplett unnatürlich aus ihrem Mund anhörte. »Sie ist selbst schuld. Sie hätte ihn im Klassenzimmer nicht provozieren dürfen. Dieses Mädchen war respektlos, und du weißt ja, wie schnell er die Beherrschung verliert.« Es entstand eine Pause, in der ich nicht hörte, was die andere Person am Telefon erwiderte. »Er riskiert sicher nicht seine Zukunft für eine gewöhnliche Sterbliche. Unsere Eltern würden das nie zulassen.«

Sterblich?

Was war bloß los mit diesen Leuten und deren Vokabular? Ich schüttelte und zwang mich zur Konzentration. Vielleicht würde ich hier ja die Antworten bekommen, nach denen ich mich schon lange sehnte.

Penelopes Stimme wurde leiser, bedrohlicher. »Und wenn du glaubst, dass deine Worte ihn verletzen können, bist du dümmer, als du denkst. Oh, du weißt nicht, wozu ich imstande bin. Vor allem für die Menschen, die ich liebe.« Mit einem verärgerten Schnauben legte sie auf und das Klicken der hohen Absätze auf dem Marmor wurde lauter.

Sie kam auf mich zu, und ich konnte nicht weglaufen. Das wäre viel zu offensichtlich gewesen. Verdammt. Warum war ich geblieben? Warum passierten solche Dinge immer mir? Zuerst die Sache in Mr. Prestons Büro und nun das. Penelope kam näher und ich biss mir auf die Lippe. Pures Grauen breitete sich in meinem Körper aus. Ihr Gespräch hatte meine Befürchtungen nur noch verschlimmert, sie in eine Richtung gelenkt, von der ich mir wünschte, sie würde nicht existieren.

Es war offensichtlich, dass sie über Mr. Preston gesprochen hatte. Die bittere Wahrheit setzte ein und brannte sich in mein Herz – hatte ich für einen Mörder die Beine breit gemacht? Nein, das konnte nicht sein. Mein Professor war kein blutrünstiges Monster. So was konnte ich nicht akzeptieren.

Das nervtötende Geräusch kam näher, und ich kramte mein Tablet aus der Tasche. Bevor Ms. Arden um die Ecke biegen konnte, drückte ich auf Play.

»O Gott, Kind, du hast mich erschreckt«, sagte sie mit einer Hand über dem Herzen.

Ich setzte die Kopfhörer ab und schenkte ihr einen andächtigen Blick. »Es tut mir leid, ich habe Sie nicht kommen hören.« Ich hielt entschuldigend mein Tablet hoch, Emmas Lied im Hintergrund. Vielleicht lag mir das Lügen doch. Es würde sich gleich herausstellen.

Penelope strich ihren knielangen Rock glatt und räusperte sich. »Ist schon okay, geh jetzt ins Klassenzimmer.«

Ich schenkte ihr ein mattes Lächeln und nickte. Eigentlich wollte ich immer noch pinkeln gehen, aber Penelopes strenge Miene warnte mich, mich jetzt nicht mit ihr anzulegen. Mit einem kurzen Winken verabschiedete ich mich und ging in die Richtung zurück, aus der ich gekommen war. Mein Magen drehte sich und mein Herz begann heftig zu hämmern. Erst jetzt setzte die Schwere der Information, die ich gerade mitbekommen hatte, ein.

Verdammter Mr. Preston. Hatte er nur mit mir gespielt? Ich hätte auf mein Bauchgefühl hören und ihm aus dem Weg gehen sollen. Das wäre für beide Parteien das Beste gewesen. Aber wie eine Närrin hatte ich mich nicht beherrschen können.

Jetzt wollte ich nur noch in mein Zimmer kriechen und jeden Zentimeter von mir mit kochendem Wasser abschrubben. Seine Hände, Hände, die Olivia getötet hatten, hatten jeden Teil meines Körpers berührt. Und ich hatte ihn gewähren lassen, wohl wissend, dass er nach dem Schal-Vorfall ein Verdächtiger war. Alles nur, weil ich eine gewisse Anziehung zwischen uns gespürt hatte. Ich hatte mich von ihm verführen lassen, hatte mich ihm hingegeben. Was sagte das über mich aus? War ich genauso verkorkst wie er?

Mein Magen drehte sich und die Enge in meiner Brust war fast unerträglich. Das Schlimmste an der ganzen Sache war, dass ich es mir nicht anmerken lassen durfte. Ich durfte meinen Professor nichts ahnen lassen, durfte ihn nicht wissen lassen, was Ms. Arden mir gerade fast schon bestätigt hatte.

Wer weiß, was mit mir passieren würde, wenn er mich als Dorn im Auge sah? Würde er mich loswerden, wie er Olivia losgeworden war? Nein ... oder doch? Nichts war sicher in dieser Akademie. Schon gar nicht Mr. Prestons Unschuld. Ich wollte nicht wissen, wie gefährlich dieser Mann war, was er alles schon in seinem Leben verbrochen hatte. Die Liste wäre sicher unendlich lang, während meine Vergehen gerade mal zwei Seiten Papier in Anspruch nahmen. Und ich war hier gelandet, während er auf freiem Fuß war, bereit, anderen Menschen zu schaden.

Die Glocke läutete erneut und zwang auch die letzten Schüler auf den Fluren zur Eile.

Mit klopfendem Herzen betrat ich das Klassenzimmer und starrte direkt in das verärgerte Gesicht von Mr. Preston. Sein Gesichtsausdruck änderte sich nicht, als er mich von oben bis unten musterte. Er war der perfekte Lügner.

Ich gab ihm keine Gelegenheit, mich noch länger anzustarren, und setzte mich auf den freien Platz neben Leilah, die mich skeptisch betrachtete.

»Was ist los mit dir?«, flüsterte sie, und ich schüttelte den Kopf.

»Ich fühle mich nicht so gut. Ich hätte im Bett bleiben sollen. Du weißt doch–« Bevor sie etwas erwidern konnte, ertönte die gereizte Stimme meines Professors.

»Halt verdammt noch mal die Klappe, Ms. James. Wenn ich noch ein einziges Wort aus eurer Reihe höre, werdet ihr von der Halloween-Party ausgeschlossen. Und ich weiß ja, wie sehr ihr euch darauf freut, euch endlich als billige Nutten verkleiden zu dürfen.« Ein teuflisches Lächeln breitete sich auf seinen Lippen aus, und mir blieb der Mund offen stehen.

Mitschüler fingen an zu kichern, und ich hätte ihm am liebsten in sein arrogantes Gesicht geschlagen. Es war mir immer noch ein Rätsel, wie die Professoren so mit uns sprechen konnte. Aber andererseits, was war schon normal an dieser Akademie?

Die Investigationspraktiken schon mal nicht.

Caleb und Leilah hatten sich gerade von mir verabschiedet, als mein Tablet vibrierte. Ich zog es heraus und wusste, wer mir eine Nachricht geschickt hatte, bevor ich den Namen *Unbekannt* las.

UNBEKANNT:

Denk nicht, dass die Nachhilfestunde ausfällt.

Ich überlegte, ob ich ihn einfach ignorieren sollte. Er würde doch nicht die Dreistigkeit besitzen, mich aus meinem Zimmer zu zerren, oder? Ich schnaubte. Wir redeten über Mr. Preston. Bei ihm war ich mir nie sicher.

AVERY JAMES:

Ich werde da sein.

Mit geradem Rücken und ernster Miene machte ich mich auf den Weg in die Höhle des Löwen. Obwohl ich keine gute Lügnerin war, konnte ich dennoch vermeiden, wie ein verängstigtes Hündchen zu wirken.

Die Tür zu seinem Büro war offen, und ich trat ein. Mr. Preston blickte nicht von seinen Unterlagen auf, als ich mich in den Sessel setzte und meine Hausaufgaben herausholte. Ich hatte sie mit Absicht nicht gemacht, damit ich heute etwas zum Arbeiten hatte. So blieb kaum Zeit für Konversation und vielleicht, mit ein bisschen Glück, würde die Nachhilfeeinheit schneller vergehen.

Wir verbrachten einige Zeit schweigend, und ich hielt mich strikt zurück, keine Unterhaltung anzufangen. Nachdem ich die ersten Matheaufgaben erledigt hatte, richtete er seine Aufmerksamkeit auf mich.

»Du bist heute so still. Normalerweise redest du wie ein Wasserfall.« Ich schluckte, antwortete aber nicht. »Ist alles in Ordnung mit dir? Du weißt schon, nach gestern«, fragte er etwas leiser, als ob uns jemand hören könnte. Ich hielt in meiner Bewegung inne, überrascht von dieser Frage.

»Ja, mir geht es gut«, erwiderte ich knapp, ohne von dem Blatt Papier aufzublicken.

»Was zur Hölle ist dann mit dir los?«, platzte es aus ihm heraus. Zum ersten Mal hob ich meinen Blick und sah in sein Gesicht, sein Kiefer angespannt. »Habe ich dir wehgetan, Avery?«

Meine Lippen öffneten, als ich die Sanftheit hörte, mit der er seine Frage ausgesprochen hatte. »Nein, Professor.« Er hob eine Augenbraue. Ich schaute über meine Schulter zur offenen Tür und betete, dass er sie nicht schließen würde. Meine Performance war miserabel, und ich hoffte nur, dass dieser Tag bald vorbei sein würde.

Morgen konnte ich mir einen neuen Plan einfallen lassen, aber heute brauchte ich einfach Abstand und Ruhe. Und vielleicht einen Shot.

Mr. Preston erhob sich von seinem Stuhl, ging um seinen polierten Schreibtisch herum und blieb hinter mir stehen. »Ich rieche deine Angst, kleines Monster. Sag mir, hast du Angst vor mir?«

Ich wagte nicht, aufzublicken; meine Augen würden mich verraten. Seit ich den kleinen, staubigen Raum betreten hatte, war mein Körper völlig in Alarmbereitschaft. Ich konnte nichts gegen mein wild pochendes Herz tun. Die Angst vor dem Unbekannten war einfach zu stark.

Das erste Gespräch zwischen Ms. Arden und der Direktorin hatte mir zu denken gegeben. Nach dem Vorfall mit dem Schal hätte ich die Notbremse ziehen sollen. Und nun hatte Ms. Ardens Telefonat und die daraus resultierenden neuen Informationen mir den

Rest gegeben. Jetzt steckte ich knietief in der Scheiße, weil ich alle Warnsignale ignoriert hatte.

Mein Professor beugte sich runter und seine Lippen berührten fast mein Ohr. »Hast du Angst vor mir?«, wiederholte er. Sein warmer Atem kitzelte meine Haut, und ich erschauderte.

»N–nein.« Sogar ich hörte die Lüge. Erbärmlich.

Seine raue Hand legte sich um meine Kehle, aber er drückte nicht zu, noch nicht. »Und jetzt?«

Mein Puls hämmerte gegen seine Fingerspitzen und verriet mich. »Nein«, antwortete ich bestimmter, was ihn dazu brachte, den Druck zu verstärken.

Mr. Prestons andere Hand fuhr über meine Brüste und entfachte ein Feuer auf meiner Haut. Ich verfluchte meinen Körper für die Reaktion, die er auf seine Berührung hatte. Es war gestört und so, so falsch.

Meine Nippel wurden hart und drückten gegen mein Bralette. Er massierte die empfindliche Stelle und entlockte mir ein Stöhnen. Ich spürte seine vibrierende Brust gegen meinen Rücken gepresst und ein tiefes, bedrohliches Lachen kam über seine Lippen. Er war der Jäger, und ich war die Beute.

Mein Professor strich mir über den Bauch bis hinunter zu meinen Oberschenkeln. »Spreiz deine Beine. Ich will sehen, wie feucht dich Angst macht.«

Ich gehorchte unweigerlich, bewegte mich auf Autopilot. Shit. Er durfte keine Macht über mich haben, nicht, nachdem ich über ihn Bescheid wusste.

»Braves Mädchen.« Seine Finger glitten unter meinen Rock, und mit einer schnellen Bewegung zerriss er meine schwarzen Strümpfe.

Alexander schob meinen Slip beiseite, und ich atmete scharf ein, als sein Mittelfinger in mich eindrang. Alle meine Vorsätze waren verflogen, als er anfing, ihn in einem quälend langsamem Tempo zu bewegen.

O Gott, diese Stunde hätte nicht so verlaufen sollen. Es war abgefuckt, aber warum fühlte es sich so gut an? Diese ganze Situation war falsch, so falsch.

»Fuck, Avery, so verängstigt und feucht.« Er zog seine Hand zurück und eine makabre Enttäuschung machte sich in meinem kaputten Gehirn breit. »Sieh es dir selbst an.«

Der Finger, der mich gerade noch von innen massiert hatte, strich liebevoll über meine Unterlippe, und ich spürte, wie meine Nässe an meinem Kinn herunterlief. Das war einer der heißesten Momente meines Lebens.

Ich legte meinen Kopf zurück und sah zu ihm auf, während ich über meine Lippe leckte. Seine Augen leuchteten vor Verlangen.

»Willst du mal probieren, Professor?«

Er ließ sich nicht zweimal fragen, sondern senkte seinen Kopf und beanspruchte meinen Mund. Mr. Prestons Kuss war gierig, hatte nichts Zärtliches an sich. Sein Griff um meine Kehle wurde fester, und Adrenalin schoss durch meinen Körper. Was ich hier tat, war so verdreht, und doch fühlte es sich so richtig an.

Seine Finger fanden wieder meinen Eingang, und ich lehnte mich in seine Berührung, während er meinen Hals auf und ab küsste.

»Sag mir, warum hast du Angst vor mir?«

Ich antwortete nicht, sondern verlor mich in der Berührung des Mörders hinter mir.

Ich wusste nicht, ob mein Herz wegen der Gewissheit, dass er mir jeden Moment das Genick brechen konnte, oder wegen des sich anbahnenden Orgasmus hämmerte.

Seine Bewegungen verlangsamten sich, bis sie schließlich ganz stoppten. Ich hielt seine Hand mit stählernem Griff fest, damit er seine Finger nicht aus mir herausziehen konnte. Verdammt, ich brauchte diese süße Erlösung, brauchte sie von ihm. Mr. Preston durfte nicht aufhören, also übernahm ich die Kontrolle und bewegte seine Finger in meinem Tempo, berührte mich quasi selbst mit seiner Hilfe.

»Dreckiges kleines Monster, sieh dich an, wie du mich benutzt.« Er ließ mich gewähren, krümmte seine Finger und drückte auf die Stelle, die mich wimmern ließ. »Ich frage dich zum letzten Mal, warum hast du Angst vor mir?«, flüsterte er mir ins Ohr. »Wenn du nicht antwortest, höre ich auf.«

Ich schluckte, mein Mund plötzlich viel zu trocken. »Ich weiß, was du getan hast«, keuchte ich.

Er erstarrte für einen Moment, bevor er seine Küsse fortsetzte. »Ich habe viele Dinge getan. Weiter.« Seine Stimme sank um eine Oktave, wirkte bedrohlicher.

Ich wollte es nicht sagen, nicht hier, wo wir allein waren. Aber ich hatte keine Wahl. »Du hast Olivia getötet.« Ich wappnete mich für das Schlimmste. Aber das Schlimmste kam nicht.

Mein Professor lachte laut auf, und ich spürte, wie die Anspannung von ihm wich. »Das denkst du also?«

Ich nickte, als die Bewegungen seiner Finger kräftiger, entschlossener wurden. »Penelope und die Direktorin haben darüber gesprochen, dann das Gespräch in deinem Büro und …« Ich hielt inne, umklammerte das Leder des Stuhls und konnte ein Stöhnen nicht unterdrücken. »Und Olivias Schal war in einer deiner Schubladen.«

Ein dunkles Glucksen entwich seinen Lippen. »Du hast meine Sachen durchwühlt?« Er schnalzte mit der Zunge. »Vielleicht sollte ich dich bestrafen, dir beibringen, keine Dinge anzufassen, die dir nicht gehören.« Alexander biss mir so fest in die Schulter, dass es wehtat.

»Aber du fasst mich doch gerade an.« Ich wölbte mich seiner Hand entgegen, wollte mehr.

»Das stimmt, weil du mir gehörst. Ich bin der Einzige, der dich berühren darf.« Ein Schauer lief mir über den Rücken.

Du gehörst mir …

Mit einer geschmeidigen Bewegung stand er vor mir, zog mich hoch, und ich schlang meine Beine um seine Hüften, während sich seine Härte gegen meinen durchnässten Slip presste.

Die Tür stand weit offen, sodass jeder jederzeit hereinstürmen konnte.

Ich landete auf seinem Schreibtisch, und er positionierte sich zwischen meine Beine.

»Also hast du sie getötet?« Ich wollte es wissen, musste es von ihm hören, aber stattdessen knöpfte er seine schwarze Hose auf und meine Augen weiteten sich.

Er war größer, als ich es in Erinnerung hatte, was wahrscheinlich daran lag, dass wir nicht von Dunkelheit umhüllt waren, sondern das gedämpfte Licht perfekt auf seinen trainierten Körper fiel.

Mit einem teuflischen Lächeln bewegte er die Spitze an meine Mitte und blickte mir in die Augen, als er hart in mich eindrang. Ich zischte bei dem plötzlichen Schmerz, der mich durchfuhr, während er sich gnadenlos in mich versenkte.

»Hättest du dich trotzdem von mir ficken lassen, wenn es wahr gewesen wäre?«, fragte Alexander. »Sag mir, Avie, bist du so abgefuckt, dass du dich von einem Killer zum Kommen bringen lässt?«

Er packte mich am Kiefer und zwang mich, ihn anzusehen, sein Blick eine Mischung aus Belustigung und unendlicher Lust. Mit jedem Stoß drang er tiefer in mich ein. »Sag es.« Sein Daumen wanderte zu meiner Klit, und ich konnte es nicht mehr ertragen.

»Ja.«

Alexanders Lippen fanden meine. Rohe, gefährliche Gefühle spiegelten sich in seinen wilden Küssen wider. »Ich weiß.«

Alexander

Dieses kleine Monster dachte wirklich, dass ich für den Tod ihrer Mitschülerin verantwortlich war. Nun, vielleicht war ich das sogar, aber nicht so, wie sie dachte.

An meinen Händen klebte genug Blut, aber nicht Olivias.

Meine Opfer waren meist Männer, die irgendeinen abgefuckten Scheiß gemacht hatten. Sie verdienten es, zu sterben.

Es brachte mich fast um den Verstand, als sie sagte, ich hätte sie trotzdem ficken können – so ein verruchtes kleines Ding. Ich lächelte gegen ihren Mund und erstickte ihr Stöhnen, damit uns niemand durch die offene Tür hören konnte.

Gierig krallte sie ihre Finger in mein Haar und zog mich näher an sich.

Ihre Muskeln spannten sich um meinen Schwanz an, und ich musste mich beherrschen, um nicht auf der Stelle zu kommen.

Damals auf dem Parkplatz hatte ich nicht damit gerechnet, dass sie noch Jungfrau war. Wenn ich das gewusst hätte, wäre ich nicht so weit gegangen. Okay, das war eine Lüge, aber trotzdem hätte ich lieber etwas Schönes für sie vorbereitet, Blumen und Kerzen und so einen Scheiß. Sie hatte mehr verdient als einen schnellen Fick auf der Motorhaube meines Autos.

Doch diese Nacht hatte Bilder geschaffen, von denen ich noch ein Leben lang zehren konnte: Avery, feucht und mit zerfetzten Jeans, ausgebreitet wie mein persönliches Festmahl.

Auch diesen Moment hier würde ich nie wieder aus meinem Gedächtnis verbannen können. Wie oft hatte ich mir vorgestellt, sie auf diesem Schreibtisch zu ficken, und jetzt saß sie hier und nahm jeden Zentimeter von mir wie das brave Mädchen, das sie in diesem Moment definitiv *nicht* war.

Meine Bewegungen wurden schneller und ihr Atem ging unregelmäßig.

Mit einem Schrei der Ekstase, den ich in letzter Sekunde mit meinen Lippen dämpfte, spannte sich ihre Pussy um meine Länge und ließ mich im selben Moment kommen.

Fuck, noch nie hatten sich Orgasmen so intensiv angefühlt wie mit ihr. Ich lehnte meine Stirn gegen ihre, immer noch überwältigt von dem Gefühl ihres nackten Körpers.

»Jetzt geh und spiel für mich Klavier.«

»Lauf.«

KAPITEL 21

Ich hatte die ganze Nacht darüber gegrübelt, was Penelope Arden mit ihren kryptischen Gesprächen meinte. Wenn es nicht um Mr. Preston ging, dann musste es eine andere Person geben, die ihr sehr am Herzen lag. Ich hatte auch meinen nächsten Verdächtigen – Flavian, ihren Bruder, obwohl es mir schwer fiel, mir vorzustellen, dass ein Kind, und sei es noch so sonderbar, eine solche Abscheulichkeit begehen könnte.

Der Gottesdienst war gerade zu Ende, und wir machten uns auf den Weg in die Cafeteria. Mein Magen hatte so laut geknurrt, dass es wahrscheinlich jeder bei der Messe gehört haben musste.

Ich zuckte zusammen, als jemand seinen schweren Arm um meine Schulter legte. Noah. Er hatte sich tausendmal entschuldigt, und jedes Mal versicherte ich ihm, dass alles in Ordnung sei.

Natürlich hielt ihn das nicht davon ab, wieder und

wieder um Vergebung zu bitten. An seinem Gesichtsausdruck konnte ich ablesen, dass etwas nicht stimmte, dass bei ihm zu Hause mehr los gewesen sein musste als nur ein familiärer Notfall. Zwar gab es keine äußerlichen Verletzungen, aber ich war mir sicher, dass ihm was angetan wurde. Das war einfach so ein Bauchgefühl und es brach mir das Herz. Ja, jeder musste sein Päckchen tragen, aber fuck, als Freundin schmerzte es mich, seine Trauer mitanzusehen.

Die dunklen Ringe unter seinen Augen und die eingefallenen Wangen verrieten mir, dass es ihm wirklich dreckig ging, aber ich wollte ihn nicht drängen, sich mir anzuvertrauen.

»Das ist für dich«, sagte er und hielt mir eine Rose hin. Es war ewig her, dass ich Blumen bekommen hatte. Na ja, die meisten Male kamen sie von meinem Vater, aber trotzdem. Der Gedanke zählte, oder? Mit einem breiten Grinsen nahm ich sie entgegen und küsste ihn auf die Wange.

Die Grenzen der Freundschaft hatten sich zwischen uns gefestigt, und mir war klar geworden, dass er diese subtilen, lieben Gesten nicht romantisch meinte. Seine vielen Schwärmereien für andere Mitschüler waren der beste Beweis dafür. Noah war eben so und ich beneidete jeden, der sein Leben mit ihm teilen würde. Er wäre sicher ein guter Ehemann.

»Sehr süß von dir«, versicherte ich ihm und ging weiter, den Kopf an seine Schulter gelehnt.

Als wir ankamen, war die Klasse noch halb leer und der Raum in warmes Licht getaucht. *So früh war ich noch nie angekommen und die anderen Professoren sollten sich besser nicht daran gewöhnen,* dachte ich mir. Ich massierte mir die Schläfe und schaute auf mein Tablet. Auf unserer sozialen Plattform gab es bereits hitzige Diskussionen über die bevorstehende Party nächste Woche, und ich konnte nicht anders, als mir selbst ein paar Beiträge durchzulesen, um zu sehen, was die anderen anziehen würden.

Unter dem Beitrag eines Mädchens war eine Debatte darüber ausgebrochen, warum senfgelb die Farbe des Satans ist, und ich aß mein imaginäres Popcorn, während ich die Kommentare verfolgte. Irgendwie stimmte ich ihnen zu. Senfgelb war *richtig* hässlich. Keine Ahnung, wieso jemand die Farbe freiwillig trug.

Wie aufs Stichwort verstummte die Klasse – ein Zeichen, dass Mr. Preston eingetreten war. Ich richtete mich auf und warf einen Blick auf meinen Professor, der in seinen schwarzen Hosen und seinem weißen Hemd, dessen Ärmel bis zu den Ellbogen hochgekrempelt waren, unglaublich gut aussah. *Aber am besten würde er noch immer ohne den ganzen Stoff aussehen,* dachte ich mir. *Vor allem unter mir, keuchend, bettelnd. Konzentration, Avery,* ermahnte ich mich.

Er musterte die Klasse und notierte sich die Abwesenheiten, bis sein Blick auf mir verweilte, oder besser gesagt, auf der himmlisch duftenden Rose auf meinem Schreibtisch. Seine Augen verfinsterten sich, bevor er seine Maske der Gleichgültigkeit aufsetzte.

War er eifersüchtig? Schmetterlinge erwachten bei diesem Gedanken in meinem Bauch zum Leben. Er hatte bereits verkündet, ich sei sein, aber ich hatte mir nie erhofft, dass er es *wörtlich* meinte. Vielleicht war das auch nur ein dummer Spruch im Eifer des Gefechts gewesen. Trotzdem wünschte ich mir, dass seine Worte echt waren, auch wenn wir nie eine Zukunft haben würden.

Schon bald würde ich hier weg sein und er würde mich allmählich vergessen. Das Ende unserer kleinen Affäre war unausweichlich, so sehr mich dieser Gedanke auch schmerzte.

»Wollten Sie nicht die Hausaufgaben kontrollieren, Sir?«, fragte ein Junge eine Reihe hinter uns, und Leilah drehte sich um und warf ihm einen bitteren Blick zu.

»Klappe halten. Niemand kann Ratten leiden«, schaltete sich Mr. Preston ein, und der Junge lehnte sich ohne ein weiteres Wort zurück. Streber mochte keiner. Schon gar nicht hier.

»Da hat jemand schlechte Laune«, flüsterte Noah mir zu, und ich kicherte.

»Mr. Preston ist wahrscheinlich nur untervögelt«, antwortete ich laut genug, dass er mich hören konnte. O Gott, wie ich es liebte, ihn zu nerven. Diese Seitenhiebe waren immer das Highlight des Tages.

»Ms. James?« Seine Stimme war der Inbegriff von Ruhe, aber ich wusste, was sich dahinter verbarg. Ich unterdrückte ein Lächeln.

Vielleicht würde er mich vor allen bestrafen und vielleicht, nur vielleicht, würde es mir mehr gefallen, als es sollte. »Steh auf.«

Ich folgte seinem Befehl. »Wiederhol das.« Scheiße.

Vor der ganzen Klasse? War das sein Ernst? Vielleicht war das wieder ein Test.

Als ich schwieg, forderte mich Mr. Preston erneut auf, jetzt nur noch bedrohlicher, und verringerte den Abstand zwischen uns. Er war viel zu nah, indiskret, provozierend nah sogar.

Ich räusperte mich, verwirrt über seine plötzliche Nähe vor den anderen. Irgendjemandem musste es ja auffallen …

»Es war nur ein Scherz«, erklärte ich verlegen.

»Wir wollen den Scherz auch hören.«

Ein Kichern brach im Raum aus. Sensationsgeile Geier. Aber ich konnte es ihnen nicht verübeln. Ich wäre in ihrer Situation gleich.

Ich überlegte, ob ich ihn einfach ignorieren sollte, aber seinem Gesichtsausdruck nach zu urteilen, wäre das eine Todsünde. Mir würde mehr blühen als nur ein paar fiese Worte.

»Ich sagte, dass Sie untervögelt sind, Professor.«

Ein schiefes Lächeln huschte über seine perfekt geschwungenen Lippen. Er genoss meine Verlegenheit, sehr sogar. »Du scheinst viel über mein Sexleben nachzudenken.«

Ich starrte zu ihm auf und sah den herausfordernden Blick auf seinem Gesicht. Ein Schlagabtausch vor der ganzen Klasse? Schön, den konnte er haben. »Ich denke über viele Dinge lange und hart nach. Ihr Schwanz gehört nicht dazu.« Zufrieden?

Aus den Augenwinkeln sah ich, wie Caleb sich die Faust vor den Mund hielt und sich kaum beherrschen konnte. Leilahs Wangen waren rot angelaufen und sie tat sich schwer, ihren Schock zu verbergen. Noah hingegen presste die Lippen zusammen, hatte in diesem Moment sicher Angst um mein Leben.

Mr. Preston legte seinen Zeigefinger gegen meine Stirn und drückte mich zurück auf meinen Stuhl.

»Ich hoffe, dass du bei der mündlichen Prüfung auch so eine große Klappe haben wirst. Bleib sitzen und sei still, bevor ich dich bestrafen muss.« Dagegen hätte ich überhaupt nichts einzuwenden. Natürlich hatte ich diese Bemerkung für mich behalten. Die Klasse hatte schon genug mitbekommen. Die Show war vorbei. Und doch würde die eigentliche Show erst später beginnen.

Wir saßen seit zwanzig Minuten in völliger Stille.

Unser Professor hatte uns einige Fragen gestellt, die wir mithilfe unserer Tablet-Datenbank selbständig bearbeiten sollten. Kinderkram, wirklich. Das meiste hätte ich auch so beantworten können.

Ich war schon längst fertig und starrte auf den ausgefüllten Zettel. Wäre es ein Kapitalverbrechen, wenn ich ihn einfach abgeben und abhauen würde? So wie ich Mr. Preston kannte ganz bestimmt. Er beachtete uns nicht, sondern saß an seinem Schreibtisch und scrollte selbst auf seinem Tablet, wobei er noch gelangweilter aussah als sonst.

Ich beschloss, ihm eine Nachricht zu schicken, aber er kam mir zuvor.

UNBEKANNT:

Solltest du nicht lernen, Avery?

Ich schaute zu ihm rüber, aber er blickte nicht auf. Heimliche Nachrichten während des Unterrichts? Sehr erwachsen. Aber es hatte einen gewissen Thrill, mit ihm zu schreiben, wohl wissend, dass wir in einer vollen Klasse waren.

AVERY JAMES:

Ich lerne, sieht man doch.

Unauffällig öffnete ich den ersten Knopf meines Hemdes und zog es ein wenig herunter, sodass er genau sehen konnte, was mir gerade durch den Kopf ging. Mr. Preston hob den Blick und verfolgte jedes Heben und Senken meiner Brust. Ich biss mir auf die Unterlippe und las seine nächste Nachricht.

UNBEKANNT:

Nein, du wirfst mir diese Blicke zu, als würdest du mich anbetteln, dich jetzt vor allen anderen Schülern zu ficken.

Vor meinem geistigen Auge spielten sich Bilder ab, die mehr als tabu waren. Ich, über seinen Schreibtisch gebeugt, während er mich von hinten nahm und besitzergreifend durch die Klasse blickte, mich markierte und für jeden verdarb. Genau so war er und ich liebte es.

AVERY JAMES:

Vielleicht will ich das ja. Denen zeigen, dass du mir gehörst, während ich auf die Knie gehe.

Er bewegte sich in seinem schicken Stuhl, griff diskret zwischen seine Beine und legte seinen Knöchel auf das andere Knie.

UNBEKANNT:

Halt die Klappe, oder ich werde dir diese frechen Worte aus dem Mund ficken.

Und ich würde es genießen.

AVERY JAMES:

Wieso kannst du nicht still sitzen, Professor?

Ich wusste genau, was er zu verstecken versuchte und doch wollte ich, dass er es aussprach, dass er zugab, wie sehr ihm meine Worte zu schaffen machten.

UNBEKANNT:

Weil ich schon bei dem Gedanken an die Wärme deines Mundes hart bin.

Ich presste meine Beine zusammen, als sich die süße Hitze in mir ausbreitete. Ich musste ihn haben. Jetzt.

AVERY JAMES:

Willst du den Gedanken in die Tat umsetzen? Ich kann dir eine hautnahe Erfahrung bieten.

Ich zwang mich, ein Schmunzeln zu unterdrücken. Ich wusste, dass ich ihn damit hatte. Wie konnte er auch Nein sagen? Unmöglich.

UNBEKANNT:

Pass auf, sonst schleppe ich dich persönlich aus der Klasse und zeige dir, in was für eine Lage dich dein dreckiges Mundwerk bringt.

AVERY JAMES:

Jage mich. 10 Minuten.

Ich sah ihn herausfordernd an, eine Augenbraue hochgezogen und Mr. Preston erwiderte den Blick. In seinen Augen lag ein Hunger, den ich nicht beschreiben konnte, ein Feuer, das ich so noch nie in ihm gesehen hatte.

Es ging über das Sexuelle hinaus.

UNBEKANNT:

Lauf.

»Du steckst in großen Schwierigkeiten, Liebes.«

KAPITEL 22

ALEXANDER

Ich hörte den Herzschlag des kleinen Monsters, als es weglief, immer den Gang hinunter. Es wäre ein Leichtes, dieses Spiel zu gewinnen, und etwas sagte mir, dass sie verlieren *wollte.*

Avery hatte einen großen Fehler gemacht – sie hatte meine Raubtierinstinkte geweckt, und dieses Mal würde sie nicht so leicht davonkommen. Dafür würde ich sorgen. Sie würde sich wünschen, mich nie provoziert zu haben. Es wäre ein Wunder, wenn niemand bemerkte, wie hart ich im Moment war. Alles nur wegen ein paar Nachrichten. Fuck, Avery brachte mich um den Verstand.

»Hey, Streber!«, rief ich dem Jungen hinten zu. »Du übernimmst die Klasse. Bleib hier sitzen, bis ich zurückkomme. Und mach keinen Scheiß.« Seine Augen leuchteten, als er hektisch zu meinem Pult herüberlief, und ich hätte fast mit den Augen gerollt. Wenn man den Typen so betrachtete, würde man nie meinen, dass er seine eigene Mutter erdrosseln wollte.

Ohne zurückzublicken, machte ich mich auf die Suche nach meiner Frau. Auch wenn unser Schwur nicht mehr bindend war, gehörte sie immer noch mir. Würde es in jedem Leben tun.

Für immer. Unser Segen und unser Fluch zugleich. Aber in diesem Moment rückte die Vergangenheit in den Hintergrund, denn Avery wartete auf mich und ich malte mir all die abgefuckten Dinge aus, die sie mit mir machen konnte.

Ich eilte in ihre Richtung, immer ihrem süßen Duft nach. Die Suche nach ihr war die einfachste Sache der Welt. Nicht nur wegen meiner geschärften Sinne, sondern auch, weil sich unsere Körper praktisch wie Magnete anzogen.

Wahrscheinlich war sie deshalb hier gelandet. Es war Schicksal. In fast jeder Generation. Sie war wie eine Sirene, ihre Stimme ein ständiger Begleiter in meinem Kopf.

Avery war die Stockwerke rauf und runter gelaufen und hatte den schnellsten Weg zum Westflügel genommen, wo sich ihr Zimmer befand. Ich schüttelte den Kopf. Avery versuchte, mich direkt in ihr Bett zu locken. In ein Zimmer, in dem jederzeit jemand reinplatzen konnte. Ich wusste, dass sie darauf stand und verdammt, machte mich das heiß.

Aber da ... sie hatte es sich anders überlegt und war nach rechts abgebogen. Ich machte eine scharfe Kurve und ließ mich von meinen Sinnen leiten. Zum Glück begegnete ich niemandem auf den Gängen. Ich hätte keine Ausrede dafür, wieso ich wie ein Tier durch die Gänge rannte, auf der Suche nach etwas, das so tabu war wie die süßeste Sünde. Helle Flure wichen dunklen, kalten Gängen und Vorfreude pulsierte durch meine Adern.

Es dauerte nicht lange, bis ich die Quelle ihres Geruchs gefunden hatte – der viel zu kleinen Abstellkammer, in der wir uns in jener Nacht begegnet waren. Am liebsten hätte ich sie an Ort und Stelle gefickt, hätte alle meine Überzeugungen über Bord geworfen und ich wusste, sie hätte mich gelassen. Ich hatte es in ihren Augen gesehen. Nach dieser Begegnung war ich wieder in mein Zimmer gegangen, hatte mich berührt und dabei an sie, an ihren Körper gedacht, war so hart wie schon seit Jahren nicht mehr gewesen.

Ihr Herz hämmerte in dieser Kammer und ein diabolisches Grinsen kam über meine Lippen. Ich riss die Tür auf und trat lautlos ein. Jetzt gab es kein Zurück mehr für sie.

»Das ging aber schnell«, hauchte Avery, nachdem die Tür ins Schloss fiel und damit die einzige Lichtquelle erlosch. Durch meine geschärften Sinne sah ich sie trotzdem, während sie nur erahnen konnte, wo ich war.

»Du steckst in großen Schwierigkeiten, Liebes«, konterte ich, während das Raubtier in mir wütete. Wenn sie jetzt mein Gesicht gesehen hätte, wären ihr die schwarzen Adern um meine Augen aufgefallen. Vielleicht hätte sie es sogar angemacht.

»Ist das so?« Ich hörte den Sarkasmus in ihrer

Stimme und trat näher heran, bis wir Brust an Brust standen.

Avery schlang ihre Arme um meinen Nacken, ihr Mund nur wenige Zentimeter von meinem entfernt. Ich packte sie an den Hüften und zog sie näher, bis sie meinen Schwanz an ihrem Bauch spüren musste. »Was ist meine Bestrafung, Professor?«

Ich hasste es, wenn sie mich so nannte. Es entwürdigte alles, was wir gewesen waren, das Band zwischen uns, das sie nicht einmal spürte. Und wenn die Erkenntnis irgendwann kam, würde ihr Schicksal besiegelt sein. Ich verdrängte die Bilder aus meinem Kopf.

Avery begann meinen Hals zu küssen, leckte über meinen Puls, und ich erschauderte. Ihre Hände erkundeten meinen Körper, strichen über meine Brust und meinen Bauch. Die Dunkelheit intensivierte das Gefühl ihrer Berührung. »Nachsitzen? Oder legst du mich übers Knie und schlägst mich, bis ich unter deiner Berührung komme?« Meine Hände wanderten unter ihren viel zu kurzen Rock und fanden die Stelle, die sich am meisten nach meiner Berührung sehnte. Ich massierte ihre Klit während sie gegen meinen Hals stöhnte. Meine Lieblingsmelodie.

»Fuck, Avery ...« Am liebsten hätte ich sie auf der Stelle genommen und mich tief in ihr versenkt. Aber ich wollte den Moment auskosten. »Du scheinst diese Dinge unbedingt ausprobieren zu wollen.« Ich wusste bereits, dass sie es liebte, kannte sie besser als mich selbst. Mein Finger drang in sie ein und sie erschauderte unter meiner Berührung.

»Oder ich bin für heute deine Sklavin, erfülle dir

hier in dieser Kammer jeden deiner Wünsche.« Shit, ich war kurz vorm Kommen und sie hatte mich nicht einmal berührt. So viel Macht hatte sie über mich. Ich fuhr mit der anderen Hand durch ihr lockiges Haar, das so weich war wie der edelste Kaschmir.

»Auf die Knie.« Sie hielt kurz inne, bevor sie meiner Aufforderung ohne Protest nachkam.

Eine Hand fuhr durch den Stoff über meine Härte, während die andere meine Kniekehle umfasste. Ich knöpfte meine Hose auf und befreite meinen Schwanz. Er pulsierte, sobald ich ihren warmen Atem spürte.

»Öffne deinen Mund.« Ihre Lippen öffneten sich und hießen mich willkommen, erst zahm, dann immer gieriger. Ich stieß ein leises Knurren aus, als sie zum ersten Mal über die Spitze leckte. Sie wusste genau, was ich liebte, ohne es ihr sagen zu müssen. Anscheinend blieben einige Sachen bestehen.

Mein Griff um ihr Haar wurde fester, als sie mich tiefer und tiefer in ihren Mund nahm. *Heilige Seelen …*

Avery bewegte ihre Hand im Rhythmus zu den Bewegungen ihres Mundes, drehte ihr Handgelenk und machte mich verrückt. Ob sie das zum ersten Mal machte? Ich glaubte schon. Schon allein bei dem Gedanken, ich wäre nicht ihr Erster gewesen, überkam mich rasende Wut. Avery James war meine Frau. Keiner durfte es wagen, sie nur schief anzusehen.

»Fühlt sich das gut an?« Nur ein leises, von Lust gequältes *Mhm* kam über meine Lippen, während ich sie am Kinn packte, und mich tiefer in ihren Mund vergrub.

»Sag es«, hauchte sie und ich wäre bei diesen

Worten beinahe explodiert. Ein Lächeln breitete sich auf meinem Gesicht aus.

»Ja, Ma'am.« Offenbar gefiel es ihr, denn ihre Bewegungen wurden schneller, als sie mich mit ihrer Zunge massierte. Ich bewegte mich in ihrem Rhythmus, spürte jede Bewegung ihrer fucking perfekten Zunge. Averys Hand wanderte zwischen ihre Beine und ich stelle mir vor, dass ich es wäre, der sie berührte. Sie stöhnte um meinen Schwanz und ich konnte es kaum noch zurückhalten, konnte meine Erlösung nicht mehr hinauszögern.

»Kann ich grob sein?«, keuchte ich.

»Ich bestehe darauf.« Das war alles, was ich wissen wollte. Ich krallte mich so fest in ihr Haar, dass es ihr bestimmt wehtat, und fickte ihren Mund, bis kein Zentimeter mehr hineinpasste.

Sie nahm ihn ganz und atmete heftig, als ich sie ausfüllte. Ihr Griff um meinen Schwanz wurde fester, und mit einem tiefen Stöhnen kam ich tief in ihrer Kehle.

Avery schluckte jeden Tropfen wie das gehorsame, kleine Monster, das sie war. Im gleichen Moment zersprang sie zu meinen Füßen selbst in Millionen von Teilen.

»Braves Mädchen«, hauchte ich, noch immer high. Zumindest war sie das gelegentlich. 99 Prozent der Zeit ließ sie sich meinen Scheiß nicht gefallen, was mich dazu brachte, sie nur noch mehr zu lieben.

Sie erhob sich mit zittrigen Beinen, und ich nahm ihr Kinn zwischen meine Finger und küsste sie, umspielte ihre Zunge mit meiner und schmeckte mich selbst.

Es machte mir nichts aus, ganz im Gegenteil.

»Es ist schon viel zu spät. Wir müssen gehen.« Sie ließ die Schultern hängen, widersprach aber nicht. »Geh vor, ich komme nach.«

Avery gab mir einen unschuldigen Kuss auf die Wange. Allein diese kleine Geste ließ mich erschaudern, brachte mein Herz zum Schmelzen. Ich hoffte, sie würde sich nie an mich, an uns, erinnern.

»Gib mir noch einen.«

»Wir heiraten nicht aus Liebe, Kind,
wir heiraten aus Pflichtgefühl.«

KAPITEL 23

ALEXANDER

Ein Bediensteter der Familie Arden öffnete mir die Tür und ließ mich eintreten. Ich hatte Penelope versprochen, ihren Vater zu besuchen, um ihn wegen des Mordes an der Akademie zu beschwichtigen. Das war nicht meine Aufgabe, aber unsere Familien waren eng miteinander verbunden und kannten sich seit Jahrhunderten.

Unabhängig davon, was in der Vergangenheit zwischen Penelope und mir vorgefallen war, tat sie mir auch leid. In einer Familie wie der ihren aufzuwachsen, war ein verfluchter Albtraum, und wenn ich ihre Situation wenigstens ein wenig verbessern konnte, dann war ich froh. Sie war keine schlechte Person, hatte nur die falschen Prioritäten im Leben. An ihrer Stelle wäre ich schon längst abgehauen, weit weg. Irgendwo, wo nichts mehr an meine Familie erinnerte. Im Gegensatz zu mir hatte sie diese Freiheit und hatte doch beschlossen, in der verfluchten Akademie zu bleiben. Ihr Herz war am rechten Fleck, aber sie war zu weich. Das hatte ich ihr immer wieder gesagt und sie tat das jedes Mal ab, warf mir an den Kopf, dass ich nur zu verbittert war. Penelope hatte recht. Nicht, dass ich es je vor ihr zugegeben hätte.

»Da bist du ja«, erklang ihre Stimme von der großen Doppeltreppe aus Kirschholz, die zu einem der vielen Stockwerke der Villa führte. Sie rannte mit ihrer übernatürlichen Schnelligkeit auf mich zu und umarmte mich fest.

Zögernd klopfte ich ihr auf den Rücken, bevor ich mich von ihr löste.

»Dein Vater?«, fragte ich, während ich mich in der großen Eingangshalle umsah.

Der Kronleuchter hing tief von der bemalten Decke und war mit Hunderten von Kristallen verziert. Der schwarze Marmor unter meinen Schuhen war so poliert, dass ich mich darin sehen konnte, und die Wände verströmten die Art von uralter Dekadenz, die an jedem von uns haftete. Stuck und Prunk, wohin das Auge reichte – willkommen im Arden-Anwesen. Irgendwie mussten sie ihren fehlenden Einfluss kompensieren.

Sie lebten wie die Könige. Nicht, dass meine Eltern das nicht taten. In unseren Kreisen war es üblich, seinen Reichtum und seine Macht zur Schau zu stellen. Aber Penelopes Vater machte es zwanghaft und viele belächelten ihn dafür.

»Er sollte jeden Moment hier sein«, antwortete sie, als sie mich in das private Esszimmer der Familie führte.

Der Tisch war reich gedeckt, das Blut bereits wie ein Cocktail in selbstkühlende Gläser gegossen. Ich nahm neben ihr Platz, aber machte keine Anstalten, mich auf ein Gespräch einzulassen. Je schneller dieser Abend vorbei sein würde, desto eher beruhigte sich ihr Vater und ließ sie in Ruhe.

Wenige Augenblicke später traf er auch schon ein, als ob ich ihn im Geiste heraufbeschworen hatte.

Für andere schien er nicht älter als vierzig zu sein, ein Status der Macht, ein Zeichen, dass die Magie in ihm stark war und ihn jung hielt.

Mein Gegenüber reichte mir die Hand, und ich schüttelte sie, mein Griff fest und bestimmt.

»Es ist zu freundlich von dir, mich hin und wieder zu besuchen.« Obwohl er aufgeschlossen wirkte, hatte dieser Satz einen bissigen Unterton.

Nicholas Arden hatte mir immer noch nicht verziehen, dass ich die Verlobung mit seiner ältesten Tochter aufgelöst hatte. Die Verbindung hätte unsere beiden Familien noch näher zusammengebracht, aber ich konnte mich nicht für ein ganzes Leben – länger als manche sich vorstellen konnten – an eine Frau binden, die mich in keinster Weise faszinierte.

Gut, ich war fasziniert von ihrem Durchhaltevermögen und davon, dass sie nie aus der Haut fuhr, aber das war auch schon alles. Und ich war mir sicher, dass Penelope mich auch nicht liebte. Sie zog diese Show ab, um ihren Vater zu beschwichtigen, mehr nicht. In gewisser Weise waren wir uns ähnlich, nur dass ich keine Wahl hatte.

»Eine Menge Arbeit, du weißt schon.« Er nickte

und nahm ein paar Schlucke vom Blut. Wenigstens war es kein Alkohol. Meine Art konnte sehr anstrengend werden, wenn zu viel Alkohol im Spiel war.

»Ja, ich hörte, du hast alle Hände voll zu tun. Besonders in diesem Schuljahr.«

Mein Blick schoss zur Seite, und ich musterte den Mann mit den kantigen Gesichtszügen. »Kriminelle brauchen eine starke Hand, und ich biete sie ihnen.« Keine Lüge. Wenn ich nicht so streng wäre, würden die Schüler keinen Monat auf der Akademie überleben.

»Offensichtlich ist sie nicht stark genug, wenn die tollwütige Unterschicht herumläuft und andere abschlachtet. Nicht nötig zu erwähnen, dass bereits zu viele Augen auf uns gerichtet sind, besonders auf Flavian.« Ich schnaubte verächtlich.

Sein Sohn würde bald fünfzehn werden und demnach alt genug sein, um sich stärker in die Familienangelegenheiten einzubringen. In ihrer überholten Hierarchie stand er über seiner ältesten Tochter, würde das Imperium irgendwann mal übernehmen. Unter der Bedingung, dass sein Vater nicht erfuhr, was für ein sadistisches Arschloch Flavian war. Penelopes Angst war berechtigt. Wenn Nicholas nämlich herausfand, dass sein Sohn unberechenbar und eine Gefahr für den Ruf der Familie war, würde er ihn mit Sicherheit loswerden und einen neuen Thronfolger zeugen. Da in unseren Adern reines, edles Blut floss, wäre das das geringste Problem.

Nur Unreine, Geschaffene konnten keine Nachkommen zeugen. Schon gar nicht mit Menschen.

Er hatte also keinen Grund, Flavian zu behalten. Ich glaubte, der Junge war ihm im Grunde auch egal.

»Wir haben alles unter Kontrolle«, versicherte ich ihm. »Die Beweise zeigen, dass es tatsächlich ein Sterblicher war. Wir werden den Verantwortlichen finden.« Er sah mich eine Weile an und überlegte, ob er mir glauben sollte oder nicht. Nach einem kurzen Nicken war klar, dass er sich für die erste Option entschieden hatte. Idiot.

Wir aßen schweigend und leerten unsere Gläser. Ich schaute auf die Uhr – es war schon spät. Unkorrigierte Aufgaben erwarteten mich und ich hatte keine Lust, bis in die Morgenstunden an meinen Schreibtisch zu sitzen.

»Auf eine Zigarre im Nebenzimmer, Junge.«

Ich seufzte. Das war eine Einladung, die ich nicht ablehnen konnte, also folgte ich ihm und betrat den Raucherraum. Trotz seiner unausstehlichen Art respektierte er mich, oder besser gesagt meine Familie.

Wir hatten mehr Einfluss, mehr Augen und Ohren auf dieser Welt als sonst jemand.

»Ich hatte eigentlich gehofft, du hättest die Verlobung doch noch einmal überdacht.« Er zündete sich eine Zigarre an und betrachtete mich aus dem Augenwinkel.

Ich nahm eine Schachtel Zigaretten heraus und tat es im gleich. »Dann tut es mir leid, dass ich dich enttäuschen muss«, erwiderte ich und atmete den Rauch ein.

Er verdrehte die Augen. »Wir heiraten nicht aus Liebe, Kind, wir heiraten aus Pflichtgefühl. Und deine Pflicht ist es, Erben zu zeugen, den Namen Preston zu erhalten und zu ehren. Schwängere sie ein paar Mal, damit du genug Ersatz hast, falls ein paar von ihnen schwach oder einfältig rauskommen sollten. Dann kannst du dein Leben so leben, wie es dir beliebt. Nimm dir Dutzende von anderen Frauen, wenn es sein muss.«

Ich ließ mir meine Verwirrung nicht anmerken. Dieser Mann wollte ernsthaft seine Tochter verkaufen, nur um sich in meine Familie einzuschleusen. Ekelhaft.

»Du kannst sie für eine Nacht ausprobieren, wenn du willst. Das ist mir scheißegal.«

Meine Augenbrauen schossen in die Höhe und mein Kiefer mahlte. Ich hatte kaum einen ekelerregenderen Mann gesehen. Und ich war schon verdammt lange auf dieser Welt. Nicholas Arden war ein Stück Dreck, den ich allzu gern beseitigt hätte, wenn ich nur könnte. Aber leider waren mir die Hände gebunden. Natürlich wusste er es nicht, was mir einen Vorteil verschaffte.

Ich hatte mir nie viel aus Penelope gemacht, aber dass er so über sie sprach, während sie uns im anderen Raum hören konnte, ließ mein Blut kochen. »Solche widerlichen Worte aus dem Mund eines Aristokraten zu hören, ist mehr als enttäuschend. Meine Familie tut gut daran, eine solche Schande für unsere Spezies nicht in die Familie aufzunehmen«, erwiderte ich mit tödlicher Ruhe. Er hatte die Ehre meiner Kollegin verletzt und ich sollte ihm dafür die Kehle aufschlitzen.

Glücklicherweise hatten meine Eltern im letzten Moment erkannt, dass ein Bündnis mit den Ardens uns mehr schaden als nützen würde. Hätten sie jedoch auf die Heirat bestanden, hätte ich mich ihrem Willen beugen müssen. Nicholas erhob sich aus dem Ledersessel, und ich tat es ihm gleich, bereit, ihn jeden Moment anzugreifen. Meine Eltern würden es verstehen. Niemand hatte das Recht, ihrem Erben etwas anzutun.

Wenn er eingeschüchtert war, ließ er es sich nicht anmerken. »Du wagst es, in meinem eigenen Haus so mit mir zu sprechen, Junge?«, schrie er geradezu.

Ein schiefes Lächeln breitete sich auf meinen Lippen aus. »Jeder, der in meiner Gegenwart eine Frau beleidigt, hat mehr als nur undiplomatische Worte verdient.« Ich trat einen Schritt näher, überragte ihn ein gutes Stück. »Vergiss niemals deinen Nachnamen und vergiss niemals *meinen*. Meine Familie kann dich zerquetschen wie eine Kakerlake. Und wenn ich höre, dass du dich noch einmal in unsere Familienangelegenheiten einmischst, wird mein Besuch nicht mehr so freundlich ausfallen. Welcher der kleinen Verbrecher das Mädchen umgebracht hat, ist allein meine Sache.«

Ein irritierter Ausdruck huschte über seine strengen Züge. Ich nahm den letzten Zug der Zigarette und aschte direkt auf seinen Anzug. Sein Gesicht lief vor Wut rot an.

»Tut mir leid.« Ich ließ den Stummel fallen und stampfte ihn auf dem antiken Teppich, der ein Vermögen gekostet haben musste, aus. Wie ich dieses Machtspiel doch genoss. Er war ein Versager und es machte jedes Mal Spaß, ihn daran zu erinnern. »Schick mir die Rechnung.« Ohne ein weiteres Wort drehte ich mich um und ließ ihn kochend vor Wut zurück. Er hatte es sich selbst zuzuschreiben. Ich verachtete ihn.

Penelope kam mir mit geröteten Augen im Foyer entgegen, wo ich meine Jacke entgegennahm. Sie formte ein stummes Dankeschön, und ich nickte knapp, bevor ich in die Dunkelheit verschwand.

Meine Wut übermannte mich. Ich brauchte frisches Blut.

KAPITEL 24

Heute war die Nacht der Nächte und wir waren spät dran. Leilah hatte den ganzen Tag tanzend vor dem Spiegel verbracht, bis ich sie persönlich aus dem Badezimmer rausziehen musste. Die Halloween-Party hatte schon vor zwei Stunden begonnen, und wir hatten uns gerade erst verkleidet. Ich schaute an mir hinunter.

Nun, als Kostüm konnte man das Stückchen Stoff nicht bezeichnen, aber es sah heiß aus, und Alexander würde es sicher auch gefallen.

Ich trug ein viel zu kurzes, schwarzes Seidenkleid, das sich himmlisch auf meiner Haut anfühlte, aber eher einem provokanten Negligé glich. Der Rücken war völlig entblößt und ließ kaum Raum für Fantasie. Die Träger waren mit kleinen Steinchen besetzt, die wie Sterne bei klarer Nacht funkelten. Ich hatte mich für hohe Absätze entschieden, deren Riemchen zu den Trägern des Kleides passten. Alexander würde mit

Sicherheit ausrasten und ich konnte es kaum erwarten. Eifersucht stand ihm mehr, als es sollte, und bei jedem bösen Blick, den er Klassenkameraden zuwarf, wenn sie mich ein wenig zu lang betrachteten, lief mir ein Schauer über den ganzen Körper. Ich liebte seine verborgene, besitzergreifende Ader.

Nicht, dass ich viel besser war. Mir entgingen die lüsternen Blicke der Mädchen nicht, die sich manchmal ein wenig zu nah an ihn drängten oder lasziv an ihren Stiften kauten. Sie machten Alexander tagtäglich schöne Augen, erhofften sich einen unangemessenen Blick, der nie kam. In solchen Momenten hätte ich sie am liebsten durch den ganzen Raum geschleudert. Seine verbotenen Blicke galten mir und mir allein.

Ich schaute zu meiner Zimmergenossin. Leilahs Outfit war eine fast perfekte Kopie von meinem, nur dass ihr Kleid und ihre Schuhe silbrig weiß strahlten. Ein perfekter Kontrast zu ihren rabenschwarzen Haaren. Caleb würde auf die Knie fallen. Zumindest später, wenn sie nicht unter Leute waren.

»Bevor wir es vergessen.« Sie reichte mir meine Maske, die meine Augen bedeckte. Daran waren spitze Hörner befestigt, die mich wie die nuttige Schwester des Teufels aussehen ließen. Oder zumindest wie eine entfernte Cousine.

Kichernd machten wir uns auf den Weg zu der Halle, in der normalerweise die Gottesdienste stattfanden. Es war irgendwie poetisch, dass die Nacht der Toten an einem heiligen Ort gefeiert wurde. Genau mein Humor. Oder Alexanders. Ich war mir sicher, dass er dahinter steckte.

Das Klicken unserer High Heels auf Stein hallte in den Gängen nach, während wir uns beeilten.

Der laute Bass war schon vom Korridor aus zu hören, und mein Herz machte vor Vorfreude einen Sprung. Ich war noch nie auf einer richtigen Halloween-Party mit Freunden gewesen. Es war mein erstes Mal und ich würde es mehr als genießen, auch wenn es keinen Alkohol geben würde. Es war auch besser so. Wer weiß, was einige Kriminelle unter Drogeneinfluss anstellen würden. Und ich wollte mit Sicherheit kein Teil davon sein. Dafür war mir der Platz hier mittlerweile viel zu lieb geworden.

Wir drängten uns an der Meute vorbei, verschwommen mit schwitzigen Körpern, die ich nicht wiedererkannte. Einige Mitschüler trugen Masken, einige waren mit Make-up kreativ geworden. Viele der Mädchen hatten sich richtig in Schale geworfen und ich war froh, dass wir nicht die einzigen waren, die heute Nacht übertrieben hatten.

An der Bar am anderen Ende der Halle, nicht weit vom Altar, entdeckten wir die beiden Jungs, die als Phantom der Oper verkleidet waren. Ihr Kostüm war definitiv viel ausgefallener als unseres, das mussten wir ihnen lassen. Sie sahen mehr als gut aus und kassierten definitiv einladende Blicke. Aber anscheinend hatten sie kein Auge für die anderen Leute auf dieser Party. Besser so. Caleb würde sich wünschen, nie geboren worden zu sein, wenn er meine Freundin jemals verletzen würde. Wir gesellten uns zu ihnen und er gab Leilah einen Kuss auf die Wange, was mehr Intimität in der Öffentlichkeit war, als ich je zuvor von den beiden gesehen hatte. Noah deutete mir, mich zu drehen, und stieß einen schrillen Pfiff aus, als er mein, oder besser gesagt Leilahs, Kunstwerk betrachtete.

»Nicht schlecht, James!«, schrie er über die laute Musik und zwinkerte mir zu. Ich boxte ihm in die Schulter und er rieb sich theatralisch die Stelle. Ich verdrehte die Augen und nahm seine Cola.

Wir vertieften uns in Gespräche über die schlimmsten Verschwörungstheorien der Menschheitsgeschichte und lachten, bis uns die Bäuche wehtaten. Sogar Caleb machte mit, was so selten war wie eine Flut in der Sahara. Es war faszinierend, wie er aussah, wenn er mal nicht distanziert dreinblickte. Diese offene Miene stand ihm auf jeden Fall besser.

»Kommt schon, Leute, lasst uns tanzen. Wir sind nicht hier, um wie Prostituierte am Straßenrand zu stehen«, drängte Leilah und zerrte uns auf die Tanzfläche.

»Auch wenn wir danach aussehen«, murmelte ich, während ich ihr ohne Protest folgte. Geschickt zog sie uns auf die Tanzfläche, die voll von aufgekratzten Schülern pulsierte. Ich spürte jeden Beat in meiner Brust und ließ mich von Leilah herumwirbeln.

Eines meiner Lieblingslieder wurde aufgelegt, und ich verlor mich in der Musik, sog den intensiven Geruch von Myrrhe und staubigen Bibeln ein. Ich schloss meine Augen und dachte über alles und nichts nach. Ich war in einer Akademie für junge Kriminelle und tanzte auf einer Party mit meinen *Freunden*. Es war überwältigend und zum ersten Mal bereute ich es nicht, mich geöffnet zu haben.

Leilah machte Hunderte von Fotos und hielt jedes meiner Lächeln fest. Ich posierte mit den Jungs, während beide versuchten, ihre Muskeln am besten in Szene zu setzen. Ich dagegen hatte einfach meine Arme um sie geschlungen und drückte sie fest an mich.

Dann wechselten wir uns ab und Caleb musste Fotos von mir und Leilah machen, was natürlich viel länger dauerte. Sie setzte sich perfekt in Szene, hatte diesen gewissen, seltenen Model-Look, der dich auf jeden Laufsteg brachte. Meine Zimmergenossin drückte mir einen Kuss auf die Wange, während ich in die Kamera grinste wie ein verliebtes Schulmädchen.

»Ich glaube, das ist genug«, sagte ich atemlos, und sie steckte ihr Tablet zurück in ihre Tasche.

»Es ist nie genug«, antwortete sie mit einem Augenrollen. In ihrem Fall glaubte ich das sofort.

Ich wollte mich gerade umdrehen, als eine federleichte Berührung meinen nackten Rücken kitzelte und mich erschaudern ließ.

Irritiert sah ich mich um, konnte aber niemanden entdecken, der mir bekannt vorkam. Die meisten hatten ohnehin Masken auf, die einen Teil ihres Gesichts verdeckten.

Ich ließ die Sache fallen und wandte meine Aufmerksamkeit wieder meinen Freunden zu, als das seltsame Gefühl auf meinem Rücken wieder auftauchte. Was zum Teufel war das? Bildete ich mir bereits Berührungen ein?

Mein Blick blieb an einem hochgewachsenen Mann hängen, dessen halbes Gesicht von einer gruseligen schwarz-roten Maske verdeckt war. Sein Haar war ordentlich zurückgekämmt, und das Outfit machte ihn in der Menge fast unsichtbar. Ich kannte diese stolze Körperhaltung, konnte ihn allein an der Art erkennen, wie er die Arme verschränkte – Mr. Preston. Er machte eine Kopfbewegung in Richtung Ausgang, und ich entschuldigte mich bei meinen Freunden. Der Nervenkitzel war kaum auszuhalten. Alexander wollte, dass ich ihm nach draußen folgte, wollte, dass ich eine Party voller Mitschüler verließ. Und ich konnte nicht nein sagen. Wenn er diese Aura ausstrahlte, konnte er alles von mir verlangen und ich würde mich ihm willig hingeben.

Verschwitzte Körper waren eng aneinander gepresst, und ich musste richtig um meine Freiheit kämpfen. Auf dem Weg hatten mehrere Ellbogen Bekanntschaft mit meinen Rippen gemacht, und ich biss die Zähne zusammen und versuchte, das Pochen zu ignorieren. Schließlich kam ich an und schaute ein letztes Mal zurück, um sicherzugehen, dass mir keine neugierigen Blicke folgten. Die Luft war rein, also schlüpfte ich durch die Hintertür auf die dichtbewachsene Außenanlage der Akademie.

Der erste Atemzug war wie ein Sprung in einen Pool an einem heißen Sommertag. Ich hatte nicht gewusst, wie sehr mein erhitzter Körper diese Abkühlung gebraucht hatte.

Das sanfte Gefühl auf meiner nackten Haut tauchte wieder auf, und ich stolperte einen Schritt zurück, erschrocken über die plötzliche Berührung. Fuck, was war hier los? Ich blickte nach links, wo der ganz in Schwarz gekleidete Mann langsam auf den

Wald zuging. Ein Kribbeln machte sich in meinem Unterleib breit, denn ich wusste, was mich im Schutz der Bäume erwarten würde. Dieses unstillbare Verlangen loderte auf und ich gab mir Alexanders stummen Ruf hin. Mit zitternden Fingern drückte ich meinen Mantel, den ich kurz vor dem Hinausgehen von der Abgabe geholt hatte, enger an mich, aber die eisige Luft ließ mich immer noch frösteln. Hätte Alexander sich nicht einen wärmeren Ort für unseren mitternächtlichen Spaziergang aussuchen können? Sein Zimmer, zum Beispiel? Ich rieb meine Hände, doch es wurde nicht besser.

Ein paar Mal wäre ich fast über Gestein gestolpert oder mit den High Heels in der Erde stecken geblieben. Hohe Absätze und unebener Boden waren definitiv keine gute Kombination und es wäre ein Wunder, wenn ich heute unbeschadet davonkommen würde. Nur noch ein paar Meter, dann hatte ich es hinter mir.

Schließlich berührten meine Finger den ersten Baumstamm und ich atmete erleichtert aus, konnte aber meinen Professor nirgends sehen. Es war fast stockdunkel um mich herum und allzu bald nahm ich alle möglichen Geräusche des Waldes wahr, die wahrscheinlich nicht mal da waren. Hatte Alexander mich nur zum Spaß hierher gelockt oder wollte er mich erschrecken? Wehe ...

»Ich schwörs dir, wenn du von einem Baum springst oder so, kastriere ich dich!«, rief ich, aber nichts kam zurück, kein einziger Laut. Die einst ohrenbetäubende Musik war in weite Ferne gerückt, während der bedrohliche Wald jeden meiner Schritte beobachtete.

Mit einem genervten Stöhnen drehte ich mich um und wollte gerade gehen, als mich jemand kräftig zurückriss und gegen einen Baum drückte. Ein schriller Schrei entwich meiner viel zu trockenen Kehle. Aus Reflex schoss meine Handfläche in die Luft, traf jedoch ins Leere. Todesangst wusch über mich, bis mein Kopf realisierte, dass keine Gefahr bestand. Verdammt.

Ich hatte keine Zeit zum Nachdenken, bevor sich weiche Lippen auf meine pressten. Erst als ich tiefer einatmete und den verführerischen Geruch wahrnahm, der mich sogar in meinen Träumen verfolgte, entspannte sich mein Körper. Alexander musste irgendwo seine Maske abgelegt haben.

Er presste sich gegen meinen Körper und ich spürte jeden seiner starken Muskeln durch den dünnen Satinstoff. Es war beinahe so, als ob ich mich nackt an ihn schmiegen würde. Alexanders gierige Finger wanderten über meine Brust bis hin zu meiner Kehle. Ich schluckte und sein Griff wurde fester.

»Du hast mich erschreckt«, murmelte ich zwischen unseren heißen Küssen und spürte sein Lächeln an meinen Lippen.

»Hat es dich angemacht?«, fragte Alexander atemlos und sein Mund wanderte von meinem Kiefer zu meinem Schlüsselbein. Ich erschauderte, musste mich dazu zwingen, wieder im Hier und Jetzt zu landen.

»Sieh selbst«, war meine einzige Antwort. Ohne Vorwarnung wanderte seine Hand zwischen meine Beine und ich stieß ein gequältes Wimmern aus, als er einen Finger in mich hineingleiten ließ.

So verdammt kalt. Es war fast so, als hätte er einen Eiszapfen in mich geschoben.

»Da ist noch Luft nach oben.« Alexander befreite meine Brüste aus dem Kleid, biss auf meinen Nippel und ließ mich aufstöhnen. Gott, sie schrien förmlich nach seiner Zunge, seinen Zähnen. Das hier war nicht genug. Ich brauchte *mehr*.

Während sein Daumen grausam langsame Kreise um die empfindliche Stelle zwischen meinen Beinen zogen, hinterließen seine Küsse kleine Flammen der Lust auf meinen Brüsten. Wenn es nicht so verdammt kalt gewesen wäre, hätte ich ihm längst die Kleider vom Leib gerissen.

Alexander raubte mir gnadenlos das letzte bisschen Wärme, als er sich hinkniete und meinen Schenkel auf seine Schulter positionierte, sodass ich ausgebreitet vor ihm stand, unfähig, mich zu bewegen.

»Du weißt nicht, wie lange ich darauf gewartet habe, Avie.« Ich biss mir auf die Unterlippe, konnte seinen Mund an meiner Mitte kaum erwarten. Kein Mann hatte mich jemals so berührt, mich so gesehen wie Alexander. Er war in allerlei Hinsicht mein Erster. Und ich bereute keine Sekunde. Nicht, wenn mein Herz jedes Mal Luftsprünge machte, wenn es ihn spürte.

Er schob das Stück Spitze beiseite, und dann spürte ich die plötzliche Hitze seiner Zunge, die gierig jeden Zentimeter erforschte. Sie fuhr über meine Klit, massierte sie in einem Tempo, das ich nicht lange aushalten konnte. Mr. Preston saugte und meine Augen fielen zurück. Fuck, so etwas hatte ich noch nie gefühlt.

Es war unglaublich, ganz anders als seine Finger, viel verführerischer.

Der schönste Mann der Welt lag mir zu Füßen und verschlang mich wie das köstlichste Mahl der Welt. Ich flüsterte seinen Namen, betete zu allen Göttern, dass dieser Moment niemals enden würde.

Ein tiefes Knurren kam über Alexanders Lippen und ich stöhnte leise auf, konnte mich nicht zurückhalten, während er seine Finger in mein Fleisch grub und blaue Flecken hinterließ.

Alexander spreizte meine Beine weiter, und ich erschauderte, als ich seine Zunge tief in mir spürte. Wie anders es sich doch verglichen mit seiner Länge anfühlte, aber genauso heiß. Ich sah auf ihn herunter und fuck, er lächelte mich an wie ein verhungernder Engel.

»Du bist so schön. Du bist meine Erlösung«, murmelte Alexander kaum hörbar in seiner poetischen Sprache, die bei jemand anderem vielleicht kitschig gewirkt hätte. Aber nicht bei mir.

Und ich glaube, ich verliebe mich gerade in dich.

Alexander

Mein Mädchen schmeckte nach Sünde und der süßesten Verführung, meine persönliche Ewigkeit.

Ich verstärkte den Druck meiner Zunge und meine

Bewegungen wurden schneller, während sie sich in mein Haar krallte und daran zog.

Ich ließ einen Finger in sie gleiten, und sie presste sich noch fester an meinen Mund. *Immer so gierig ...* Das kleine Monster bewegte ihre Hüfte und meine Finger antworteten mit schnellen, gnadenlosen Stößen.

Avery gab einen tiefen, kehligen Laut von sich, der mich bis ins Mark traf, und ihr einzigartiger Duft vernebelte meine Sinne. Wie gerne hätte ich meine Reißzähne in ihre weiche Haut versenkt, um sie nur einmal zu kosten. Es würde für ein ganzes Leben reichen. Nein, das war eine Lüge. Ich würde nie genug von ihrem Blut bekommen.

Averys zitternder Schenkel drückte gegen meine Wange. Ich brauchte nur den Kopf zu neigen und sie als Mein zu markieren. Aber was, wenn ich nicht aufhören konnte? Was, wenn ihr Blut so berauschend war?

Du kannst aufhören, versicherte ich mir. *Nur ein Schluck. Es würde nicht schaden, nein, Avery würde den Orgasmus ihres Lebens haben.* Die diabolische Stimme in meinem Kopf, die keine Gnade, keine Reue kannte, gewann die Oberhand. Ich konnte nicht anders, musste ihr Lebenselixier auf meiner Zunge spüren, musste wissen, wie es sich anfühlte, wenn ihr Blut meine Kehle runterfloss. Sie würde meinen Durst genauso schnell stillen, wie sie ihn auslöste. Es wäre nur fair, oder?

Ich drehte meinen Kopf, fixierte ihren Schenkel und leckte über die zarte Innenseite. Avery erschauderte, während meine andere Hand sie fast zum

Kommen brachte. Das einzige, was ihr fehlte, war mein Gift.

Ich konnte es nicht länger aufhalten. Meine Reißzähne verlängerten sich und schließlich biss ich zu.

Ein überraschtes Keuchen entwich ihren Lippen, aber sie hatte keine Zeit, in Panik zu geraten, denn schon ein kleiner Tropfen meines Giftes versetzte sie in völlige Ekstase. Es war ein reines Hochgefühl, das dich denken ließ, du wärst im Paradies.

Ihr Blut berührte meine Zunge, und ich wäre fast an Ort und Stelle gekommen. Es schmeckte intensiver als alles, was ich je in meinem Leben gekostet hatte. Ihre Essenz, nur für mich gemacht, meine persönliche Droge.

Ich nahm einen kräftigen Schluck. Ihr Blut rann meine Kehle hinunter und brannte sich in mein Gedächtnis, wie der eine Tag vor vielen Generationen, an dem ich sie zum ersten Mal erblickt hatte. Und dann, wie all die ersten Begegnungen, die darauf folgten. Wiedergeburt nach Wiedergeburt war der erste Anblick wie eine göttliche Fügung.

In jedem ihrer Leben hatten wir uns gefunden, dazu verdammt, uns zu lieben und doch nicht zusammen zu sein. Und ich wusste, dass es dieses Mal nicht anders sein würde.

Ein Lustschrei entkam Averys Lippen, als sich ihre Wände um meine Finger zusammenzogen. Ihre Nässe lief mir am Handgelenk herunter und befeuchtete meinen Ärmel. Fuck, ich hatte sie nie so feucht erlebt. Vielleicht hatte sie mehr von meinem Gift abbekommen als gedacht.

Genug!, schrie die rationalere Stimme in meinem Kopf. *Genug, genug, genug …*

Ich zog meine Reißzähne zurück und sah die beiden Einstichstellen auf ihrer blassen Haut. Sie würden in ein paar Minuten verheilen, so wie die Wunde auf ihrer Handfläche verheilt war. War ich abgefuckt, weil ich mir wünschte, diese zwei kleinen Punkte würden für immer als Souvenir auf ihrer Haut verweilen? Eine persönliche Signatur ihres Ehemannes für all die Männer, die nach mir folgen würden.

Ich erschrak, als ein weiterer Schrei ihre Kehle verließ, diesmal nicht aus Lust, sondern aus Angst.

Avery

Alexanders Mundwinkel und sein Kinn waren dunkelrot gefärbt. Hatte er mich etwa gebissen? Nein … Was war das für eine verdrehte Scheiße?

Ich stieß ihn von mir und wich zurück, als die makabre Erkenntnis einsetzte. Eine Erkenntnis, dass er kein strahlender Ritter war. Nein, mein Professor war der Teufel in Person und ich wäre die nächste Seele, die er zu sich holen würde.

Meine Schuhe blieben in der vor Tau feuchten Erde stecken und ich trat verzweifelt aus ihnen heraus, um mehr Abstand zwischen uns zu bringen.

Meine Träume, die schwarzen Augen, Leilahs Angst vor Blut. Wenn die Kälte meine Glieder nicht versteift hätte, wäre ich wie ein Kartenhaus zusammengebrochen. Ich war *nicht* verrückt. Ich hatte es mir *nicht* eingebildet. Nein, mittlerweile glaubte ich, dass ich die einzig Klare im Kopf hier war. Alle anderen waren nicht bei Sinnen, weil sie diese ganzen Warnsignale übersehen hatten.

Alexander erhob sich langsam, ohne eine ruckartige Bewegung zu machen. Es war fast so, als würde ich mit einer Waffe auf ihn zielen. Dabei war es mein Leben, das auf dem Spiel stand. Mein Herz pochte wie wild, drohte aus meiner Brust zu springen und meine Finger zuckten unkontrolliert.

»Hab keine Angst vor mir«, flehte er und streckte seine Hand aus, aber ich wich zurück. Seine Augen, die einst so hell wie der Himmel waren, schienen jetzt dunkelblau. Ein wütender Ozean, in dem ich ertrinken würde, würde ich mich nicht retten können.

Manchmal sind die Monster näher, als man denkt. Das hatte Mr. Preston mir einmal gesagt. Und er hatte es *wörtlich* gemeint.

Ich konnte es nicht glauben, wollte es nicht glauben, und doch hatte mein Herz es schon immer gewusst, als hätte es mir Alexander vor langer Zeit gestanden. Ich musste hier weg, musste mich, so schnell es ging, in Sicherheit bringen. Mein Geist wusste bereits, was mein Herz nicht akzeptieren wollte – ich war in Todesgefahr. Und das vor dem Mann, dem ich alles gegeben hatte. Er hatte mich belogen, hatte mich in Sicherheit gewogen, nur um mir jetzt den Gnadenstoß zu verpassen.

Mit schmerzender Brust drehte ich mich um und

sprintete los, mein Körper aus der Starre erwacht. In der Akademie war es nicht sicher, denn sie steckten alle unter einer Decke. Die Direktorin, Ms. Arden, die Krankenschwester, vielleicht auch die restlichen Schüler. Alles Monster. Raubtiere.

Steine und kleine Äste bohrten sich in meine nackten Füße, aber ich spürte den Schmerz kaum. Das Adrenalin betäubte meine Sinne. Bittere Tränen rannen mir die Wangen hinunter und verschleierten meine Sicht. Ich kämpfte gegen das Schluchzen an und versuchte, den tiefliegenden Ästen auszuweichen. Es war schwerer als gedacht, zumal nur der blasse Mondschein einen Teil meines Wegs erleuchtete.

Ich zischte auf, als ich über einen Baumstumpf stolperte und zu Boden fiel. Warmes Blut floss mir die Knie herunter und befeuchtete meine Zehen, aber ich hatte keine Zeit, den Schmerz zu verarbeiten. Nein, das musste warten und das auch nur, wenn ich diese Nacht überlebte. Mein Instinkt sagte mir, dass ich keine Chance hatte. Das mein Schicksal besiegelt war. Aber ich würde diese Welt nicht verlassen, ohne gekämpft zu haben. Ich entfernte mich immer weiter von der Akademie, wollte abbiegen, um auf die Hauptstraße zu gelangen, als ich nicht weit von mir ein Rascheln wahrnahm. Er hatte mich eingeholt. Oder nein ... hatte er nicht.

Ein weißes Hemd blitzte in meinem Augenwinkel auf. Was zum Teufel? Da war noch jemand, *etwas*, das mich verfolgte, mit mir spielte. Meine Überlebenschancen waren um ein Vielfaches gesunken, das stand fest. Ich konnte nicht klar denken, wollte eine Hemisphäre zwischen mich und meine Angreifer bringen.

Die Schwere meiner Situation drückte tonnenschwer auf meiner Brust und ich befürchtete, ich würde den Sprint nicht mehr lange durchhalten. Mein schwacher Körper gab nach und mein gebrochenes Herz gab mir den Rest.

Alexander hatte mich belogen, hatte mich verdammt noch mal *gebissen*. Vielleicht hätte er Schlimmeres getan ...

Meine Lunge drohte aufzugeben und meine Bewegungen wurden langsamer. Nur der Gedanke an meinen einsamen Vater, der zu Hause auf mich wartete, hielt mich auf den Beinen.

Zwang mich, weiterzulaufen.

Weg von dem *Vampir*.

Alexander

Ich rannte ihr hinterher, ließ aber genügend Abstand zwischen uns, um sie nicht noch mehr zu erschrecken. Irgendwann würde sie schon müde werden und dann könnten wir reden. Zumindest war das mein Plan.

Mein Mädchen war völlig verängstigt, und es brach mir das Herz. Ich verfluchte mich für den Schmerz, den ich ihr bereitet hatte, könnte nicht damit leben, wenn ich wüsste, dass sie mich hasste. Ihr Herz zu besitzen, war das Beste, das mir in meiner langen, langen Zeit auf dieser Welt passiert war. Ich würde es nicht ertragen, wenn darin kein Platz mehr für mich war.

Der Geruch von Blut an ihren Füßen wurde stärker, und ich musste all meine Kraft aufbringen, um die schwarzen Adern um meine Augen zu unterdrücken. Das würde sie nur noch mehr verschrecken, ihr den Rest geben. Avery war kurz davor, zusammenbrechen, und ich wollte da sein, um sie aufzufangen. So war es schon immer gewesen.

Aus der Ferne hörte ich das Knacken von Ästen und sah jemanden auf uns zurennen. *Flavian.* Was hatte er hier verloren? Sein mordlustiger Blick gab mir die Antwort. Er hatte Avery gerochen, wollte sie fangen, sie aufsaugen. Ein Schauer durchfuhr mich und Wut kochte in meiner Brust hoch. Nur über meine Leiche. Ich beschleunigte mein Tempo, rannte so schnell, wie ich noch nie gerannt war, um sie vor ihm zu schützen, denn Typen wie Flavian kannte ich zur Genüge.

Das sadistische Arschloch liebte es, die sterblichen Schüler zu terrorisieren. Er suchte sich nur Opfer aus, die sich nicht wehren konnten. Ein Feigling. Aber heute musste er an mir vorbei.

»Sharing is caring«, witzelte Flavian aus der Ferne, wohl wissend, dass ich ihn mit meinen geschärften Sinnen hören konnte.

Er legte einen Gang zu, damit Avery ihn sehen konnte. Ein weiterer Schrei entkam ihrer Kehle, und bevor Flavian sie an den Haaren packen konnte, stieß ich ihn mit meiner übernatürlichen Kraft von ihr weg. Er prallte gegen einen Baum, der durch den heftigen Aufprall in zwei Hälften brach. Penelopes Bruder lachte wie ein Idiot, als wäre das alles ein Witz für ihn.

Vermutlich war es auch so. Er hatte nichts zu verlieren.

»Gar nicht nett«, spottete Flavian, bevor er die Verfolgung wieder aufnahm.

Averys Blut, ihre Angst und die Tatsache, dass sie vor ihm weglief, machten sie zur ultimativen Beute, die seine Instinkte weckte.

Ich hatte keine Zeit, mich zu fangen, und er wurde immer schneller, während Avery im Zickzack von uns wegrannte. Eigentlich wäre es eine schlaue Strategie gewesen, würde sie nicht vor einem übernatürlichen Raubtier flüchten. Mein Mädchen hatte allein keine Chance, deshalb versuchte ich, ihr so viel Vorsprung wie möglich zu verschaffen. Flavian drehte sein Handgelenk in meine Richtung und schickte einen Windstoß direkt in meine Mitte, sodass ich zurückflog, als würde ich nichts wiegen. Ich kam hart auf und hatte Schwierigkeiten, zu atmen. *Fuck, sicher eine Rippe gebrochen*, dachte ich mir zähneknirschend. Ich hatte keine Zeit, sie zu heilen, musste den Bastard ein für alle Mal von ihr wegbringen.

Ich hatte den kleinen Bastard unterschätzt, vor allem die Wucht seiner Elementarmagie, über die nicht viele Vampire verfügten. Zumindest nicht in diesem Ausmaß. Zeit, dass er meine kennenlernte.

Ein Lasso aus Feuer entsprang meinen Fingerspitzen und wollte gerade Flavians Arme verbrennen, als er in letzter Sekunde auswich, dicht an Averys Fersen. Sein schrilles Lachen hallte durch den Wald und ich fletschte die Zähne.

In der Ferne sah ich, wie Avery um jeden Schritt

kämpfte, und befürchtete, dass sie nicht mehr lange durchhalten würde. Mit einem einzigen Gedanken schickte ich ihr Wind in den Rücken, damit sie an Tempo gewann, aber ich wusste, dass es zwecklos war.

Ich sprintete so schnell, dass meine Füße kaum noch den Boden berührten, und konnte den dunkelblonden Jungen schließlich am Hemd packen. Meine anfängliche Euphorie verflog, als sich Ranken um meine Beine schlangen und mich zu Boden rissen. Fucking Arden. Ich würde ihn eigenhändig umbringen und ich würde es genießen.

Innerhalb weniger Sekunden verbrannte ich die Ranken zu Asche und erhob mich, doch allein dieser kurze Moment reichte aus, um Flavian den entscheidenden Vorteil zu verschaffen. Avery schrie und als ich aufblickte, gefror mein Blut.

Flavian stand hinter ihr, hatte seine Hand um ihre Kehle geschlungen, die Finger fest in ihre zarte Haut gebohrt. Ihre Augen waren gerötet, während seine schwarz wie die Nacht glänzten.

»Noch ein Schritt und ich bringe sie um, *Professor*.«

»Sie war nur gut für einen Fick.«

KAPITEL 25

ALEXANDER

Fühlte sich so eine außerkörperliche Erfahrung an?

Ich konnte nicht klar denken, sah nur Averys gequältes Gesicht vor mir, sah ihre Todesangst.

Sie kratzte heftig an Flavians Unterarmen, trat und zerrte, aber es war, als würde sie gegen Granit kämpfen. Kein Mensch hatte nur die geringste Chance gegen einen Vampir. Wir waren das perfekte Raubtier und unsere Instinkte waren darauf ausgelegt, zu jagen, zu erobern. Zu töten.

Seine Augen waren voller mörderischer Wut, gierig nach ihrem Blut. Ich sah darin die Entschlossenheit, dass er sie heute Nacht töten würde.

»Ich wusste schon, dass etwas nicht stimmt, als ich dich an ihr gerochen habe, aber dass du deine Schülerinnen fickst, ist mir neu«, sagte er amüsiert, musste nicht mal schreien. Unser Gehör war perfekt.

Ein warnendes Knurren kam über meine Lippen.

»Oder ist da noch mehr?«

Ich hatte mit aller Macht versucht, meine Gefühle für sie zu verbergen, sie vor den Monstern zu schützen, die in dieser Akademie lauerten. Offenbar hatte ich versagt, wenn selbst dieser Sadist meine Liebe zu ihr bemerkt hatte.

Ich räusperte mich, um den Kloß in meinem Hals runterzuschlucken. Ab jetzt musste ich die Version von mir zeigen, die ich am meisten hasste, musste meine Maske perfekt tragen und all die widerwärtigen Dinge aussprechen, die Flavian ablenken würden. Wenn ich ihm klarmachte, dass mir nichts an Avery lag, würde sie ihn nicht so faszinieren. Er würde einen kleinen Fehler machen und dann würde ich angreifen.

»Ich gebe einen Scheiß auf sie«, sagte ich und betete, dass mein Mädchen mir nicht glauben würde. In ihren Augen leuchtete eine Mischung aus Wut und Enttäuschung auf, und ich verabscheute mich für die Worte, die ich als nächstes sagen musste. »Sie war nur gut für einen Fick. Ihr Blut war ein Bonus, auch wenn ich schon Besseres getrunken habe.« Galle stieg in mir hoch und ich ballte meine Hände zu Fäusten.

Flavian schnaubte, und ich sah, wie sich Averys Augen mit Tränen füllten. So sehr ich es auch gewollt hätte, ich konnte die Maske der kalten Gleichgültigkeit nicht ablegen. Noch nicht.

»Hast du das gehört? Unser Professor hat dich nur benutzt.« Er strich ihr eine Locke aus dem Gesicht, und ich wäre fast zu ihm gesprintet, um ihm jeden einzelnen Finger zu brechen. Hätte er nicht eine Hand um die Kehle meiner Frau, wäre er bereits zu Asche verbrannt.

»Lass sie los, dann regeln wir das wie Männer.« Er grinste und packte sie demonstrativ fester. Ein Machtspiel.

Es brauchte nur einen Bruchteil seiner Kraft, um sie zu töten, eine kurze Drehung seines Handgelenks, um meine Welt zum Einstürzen zu bringen. Ich konnte es nicht noch einmal ertragen, hatte sie schon zu oft sterben sehen.

Das erste Mal, als meine Eltern herausgefunden hatten, dass ich sie heimlich geheiratet hatte. Wir hatten uns mitten in der Nacht in eine Kapelle geschlichen, hatten einen Priester bestochen und uns geschworen, uns immer wieder zu finden, in jedem Leben, in jeder Galaxie, in jeder Realität. Es würde nur uns geben. Mehr war nie nötig. Denn wenn wir uns hatten, hatten wir alles. Unser Plan war verrückt und halsbrecherisch gewesen, aber ich hatte das Risiko auf mich genommen um sie endlich mein nennen zu dürfen. Der Priester hatte sie in einer inoffiziellen Fassung unseres Familienstammbaums verewigt, so wie sie es verdiente. Avery trug meinen Namen und meinen Ring. Und ich hatte geschworen, sie zu beschützen, immer für sie da zu sein, mit Leib und Seele. Aber ich hatte einen Fehler gemacht, für den ich bis ans Ende meines unsterblichen Lebens bezahlen musste. Meine Eltern hatten von unserer heimlichen Vereinigung erfahren und ich kam zu spät. Sie hatten Avery gefoltert, und als ich sie schließlich fand, waren ihre Verletzungen zu schwer. Ich konnte sie nicht heilen, konnte sie nicht retten. Ein nutzloses Stück Dreck. Sie starb in meinen Armen und am liebsten wäre ich ihr auf der Stelle gefolgt. Aber nicht einmal das war mir vergönnt.

Wäre ich nicht an den Willen meiner Eltern gebunden gewesen, hätte ich meinen gesamten Stammbaum abgeschlachtet. Sie waren die ersten, die mir den kleinen Hoffnungsfunken genommen hatten.

In ihrem zweiten Leben war sie bereits verheiratet und hatte Kinder, als wir uns auf einem Markt wieder zum ersten Mal gesehen hatten. Ich hatte meinen Augen nicht getraut und wäre vor ihr weinend auf die Knie gegangen, wäre ihr kleines Mädchen nicht um die Ecke gekommen und hätte sich an ihren Rock geklammert. Es hatte mich all meine Willenskraft gekostet, sie nicht zu packen und wild zu schütteln, bis sie sich an mich, an *uns*, erinnerte. Allzu schnell hatte ich realisiert, dass unsere Begegnung ein makabrer Streich der Götter war, um mich zu quälen. Die Strafe dafür, dass ich meinen Schwur gebrochen hatte. Meine Liebe erkannte mich nicht, führte ihr eigenes Leben, hatte einen Ehemann, der nicht ich war. Sei es aus Dummheit oder Sehnsucht, aber ich hatte sie wie ein Narr am nächsten Tag aufgesucht und wir kamen ins Gespräch. Mein Herz blutete bei jedem ihrer unschuldigen Blicke, bei jedem Wort über ihren liebenden Ehemann. Sie hatte mir von ihren Reisen und Abenteuern erzählt. Von ihren süßen Kindern mit den wilden Locken. Ein perfektes Leben ... ohne mich. Jedes ihrer Lächeln brach etwas Neues in mir und heilte etwas Altes. Ihr ging es gut.

Sie war glücklich. Sie liebte mich nicht. Und ich liebte sie so sehr.

Egal wie viele Andeutungen ich machte, sie konnte sich nicht an unsere Vergangenheit erinnern.

Warum sollte sie auch? Nur ich war dazu verdammt, mich jede Minute meines Lebens nach ihr zu sehnen. Aus Angst, meine Eltern würden sie auch in diesem Leben finden, hatte ich sie zurückgelassen. Die herzzerreißendste Entscheidung meines Lebens. Ich hatte meine Frau erst wiedergefunden und schon musste ich sie wieder aufgeben.

Ich lebte als Schatten meiner Selbst, sehnte jeden Tag mein Ende herbei. Eines Tages, viele Jahre später, konnte mein gebrochenes, dunkles Herz die Trennung nicht mehr ertragen und ich hatte mich auf den Weg zu ihr gemacht. Ich erfuhr, dass ihre Kinder und ihr Mann an den Pocken gestorben waren, nicht lange nachdem ich sie verlassen hatte. Meine Liebe hatte ein Leben in Einsamkeit verbracht, hatte alles verloren, genauso wie ich.

Und als ich an ihr Bett trat, nahm sie gerade ihren letzten Atemzug – Tuberkulose. Es war fast so, als hätte ihre Seele darauf gewartet, dass ich sie ein letztes Mal besuchen würde. Ich wollte sie heilen, aber es war wieder zu spät. Sie war in meinen Armen gestorben, wie sie es schon im vorherigen Leben getan hatte.

In ihrem vermeintlich dritten Leben war ich wie ein fanatischer Irrer um die halbe Welt gereist, hatte sie aber nicht gefunden. Ich hatte jeden Ort besucht, von dem sie mir jemals erzählt hatte, hatte mich in Großstädten umgehört und in Dörfern an Türen geklopft.

Ich hatte sogar in Klöstern nach ihr gesucht – vergeblich.

Als ob meine Frau freiwillig eine Nonne werden würde. Sie war wie vom Erdboden verschluckt gewesen und mein Herz hatte mit jedem verstrichenen Tag mehr und mehr geblutet. Ich hatte gewartet, gehofft, vielleicht würde sie *mich* stattdessen finden, aber so viel Glück war mir nicht vergönnt gewesen. Jahre später starrte ich noch immer jede Nacht aus dem Fenster auf der Suche nach ihrem Geist.

In ihrem vierten Leben erschien sie auf der Bühne wie eine Fata Morgana und ich hatte am ganzen Leib vor Freude und Sehnsucht gezittert. Sie war Musikerin gewesen, hatte Klavier gespielt wie eine Göttin. Wenn ich sie nicht schon geliebt hätte, wäre ich ihr an diesem Abend erneut verfallen. Mit jedem Ton, den sie erzeugte, wurde die Last auf meinen Schultern leichter. Ich wusste, ich konnte wieder atmen, konnte wieder denken. Meine schlimmste Befürchtung, sie nie wieder sehen zu können, hatte sich in Luft aufgelöst. Da war sie, meine Frau auf der großen Bühne, während sie nur für mich spielte. Ein privates Konzert mit hunderten von Zuschauern.

Ich ging zu jedem ihrer Auftritte, verpasste keinen einzigen, war immer derjenige, der zuerst und am lautesten klatschte. Das war mein Mädchen, talentiert und wunderschön, wie sie auch jetzt war.

Monatelang hatte ich mich nicht getraut, sie anzusprechen, aus Angst, meine Eltern würden es herausfinden, aber eines Abends, an unserem Hochzeitstag, kamen wir ins Gespräch, sie zeigte mir ein paar Noten auf dem Klavier und ich begleitete sie nach Hause, während wir uns die gleiche Zigarette teilten. Mein Mädchen war charmant, hatte diese Ausstrahlung, die Männer um den Verstand brachte, und ich war verrückt nach ihr. Unsere nächtlichen Spaziergänge wurden zur Gewohnheit und zwischen uns entstand eine innige, freundschaftliche Bindung. Es ging über das hinaus, was wir in unserem ersten gemeinsamen Leben gehabt hatten. Ich konnte es nicht beschreiben, aber das Leben war einfacher, wenn sie bei mir war, auf meine Kosten Witze machte und mich aufzog. Eines Abends vor ihrer Haustür, während wir die letzte Zigarette teilen, hatte sie mich gefragt, ob ich jemals heiraten werde. Ich hatte verneint.

»Gut, denn ich teile nicht gerne«, hatte sie erwidert und mir einen Kuss auf die Wange gegeben. Außer diesen kleinen, unschuldigen Berührungen, waren wir uns nie nähergekommen. Ich hatte diese Grenze nie überschritten und sie hatte so getan, als würde es ihr nichts ausmachen. Jahrelang trug ich ihre Tasche, während wir durch die dunklen Gassen spazierten, bis sich langsam zeigte, dass ich nicht alterte, und ich sie zurücklassen musste. Schon wieder. Nur dass ich dieses Mal nicht nur meine Frau verloren hatte, sondern auch meine beste Freundin.

Trotz des abrupten Abschiedes, der ihr das Herz gebrochen hatte, hatte sie nie aufgehört, jede Nacht an unserer Straßenecke auf mich zu warten, bevor sie schließlich allein loszog.

Es gab Zeiten, in denen ich sie aus der Ferne beobachtet hatte, um sicherzugehen, dass sie heil nach

Hause kam. Zumindest hatte ich das als Ausrede benutzt, um sie zu bewundern, verborgen im Schatten.

Avery hatte nie geheiratet, nie Kinder bekommen. Ich war die einzige Person, die an ihrem Sterbebett trauerte, und in ihren letzten Atemzügen erinnerte sie sich an mich, an unsere gemeinsame Zeit. Das hatte mir das Herz auf eine ganz neue Weise gebrochen.

In ihrem fünften Leben hatte sie *mich* gefunden, ausgerechnet hier, wo die Gefahr allgegenwärtig war. Wo sie permanent in Lebensgefahr schwebte.

Ich wäre fast zusammengebrochen, als ich Avery vor ein paar Wochen in meinem Klassenzimmer wiedergesehen hatte, ihr Gesicht dasselbe wie in jedem Leben.

Mein Herz, meine Seele brannte für sie. Ich wollte sie halten, wollte sie nie wieder loslassen, aber ich wusste, dass sie nicht hier sein durfte. Es wäre eine Selbstmordmission gewesen und der Gedanke, dass sie in meiner Gegenwart erneut sterben würde, zermürbte mich Nacht für Nacht. Ich wollte sie loswerden, wollte sie rausekeln, auch wenn ihr Abschied mich bis ins Mark zerstören würde.

Am Ende hatte ich jämmerlich versagt, hatte mir erlaubt, einen Hauch von Glück zu fühlen, und jetzt waren wir hier in diesem verdammten Wald, die Hand eines Psychopathen um ihre Kehle.

»Dich zu jagen, hat mehr Spaß gemacht als bei Olivia«, flüsterte er ihr ins Ohr, und sie erzitterte, sah ihren Tod vor Augen.

»Lass sie gehen, oder ich häute dich bei lebendigem Leib«, sagte ich ruhig. Nur die Adern der Wut um meine Augen zeigten ihm, dass ich es ernst meinte. Flavian hob eine Augenbraue.

»Wir können teilen wie Brüder«, schlug er grinsend vor und warf mir einen herausfordernden Blick zu, als wolle er mich testen. Ich konnte nicht einknicken, musste ihm zeigen, dass mein Mädchen mir nichts bedeutete. Aber wie ging das, wenn sie doch meine ganze Welt war?

»Ich will sie nicht«, zischte ich. Ein stummes Flehen hing an Averys bebenden Lippen, während sie mich mit Panik in den Augen anblickte. Sie schluchzte und mein Verstand setzte aus.

Flavian wollte gerade seine Reißzähne in ihrer Haut vergraben, als ich mit einem Kampfschrei auf ihn zustürmte, schneller als mich der Wind tragen konnte. Der Bastard hob seinen Blick und lächelte.

Dann brach er ihr das Genick.

»Ich liebe dich so sehr.«

KAPITEL 26

ALEXANDER

Averys Herz war stehengeblieben. Ich hatte seinen letzten Schlag gehört.

Sie sank leblos zu Boden, Flavian bereits verschwunden. Nein …

Mein Herz, das nur für sie schlug, erstarrte, und ich war geblendet vor Wut.

Der Boden unter mir erbebte durch meine dunkle, tobende Magie. Eine Windböe zerstörte Bäume und mein Feuer verbrannte die Erde.

Ich fiel neben Avery zu Boden, und meine Finger strichen über ihre eiskalte Haut. *Tot, tot, tot.* Meine Frau war *tot.* Ich hatte sie nicht retten können, hatte sie nie retten können. In keinem Leben. Welch ein Verbrechen hatte ich begangen, um das hier zu verdienen? Wie viel Schmerz sollte mir noch zugemutet werden?

»Bitte verlass mich nicht!«, schrie ich, während ich ihre Leiche heftig an den Schultern rüttelte, in der

Hoffnung, sie würde aus einem tiefen Schlaf aufwachen.

»Ich brauche dich, bitte, wir hatten keine Zeit.« Bittere Tränen liefen mir über die Wangen. Tränen, die sich über die Jahrzehnte angestaut hatten.

Fünf Leben lang hatten wir keine Chance gehabt, uns zu lieben, und jetzt musste ich mich noch einmal verabschieden. Was daran war fair? Welcher Gott ließ sowas zu?

Sie hatte sich all diese abfälligen Bemerkungen anhören müssen, hatte sie *glauben* müssen.

Die letzten Worte, die sie aus meinem Mund gehört hatte, waren, dass ich sie nicht wollte. Bei meiner Seele, ich wollte sie, ich wollte sie so sehr. In all den Jahren konnte ich ihr nie sagen, was ich wirklich fühlte, konnte ihr nie mein Herz zu Füßen legen.

»Ich liebe dich so sehr, in diesem Leben, in all den vergangenen und in all den zukünftigen. Wir werden uns wiederfinden, *ich* werde dich wiederfinden«, schluchzte ich, während ich ihre Wange küsste, immer und immer wieder.

Ich verbrachte eine Ewigkeit neben ihrem toten Körper, wiegte sie hin und her und weinte in ihr Haar.

Bis ihre Finger zuckten.

ENDE

BONUSKAPITEL

ALEXANDER

Mit schnellen Schritten ging ich die endlosen, modrigen Gänge entlang. Oh, wie ich diesen verdammten Ort hasste. Jeder Stein, jedes Gemälde war eine Erinnerung an mein Versagen, an meine unsichtbaren Ketten. Wenn ich könnte, wäre ich schon lange weg von hier. Es gab nichts, was mich nur im Entferntesten hielt. Schon gar nicht die Studenten.

Keiner von ihnen besaß Rückgrat. Nein, alle hatten Angst wie kleine Mäuse, die in der Falle saßen. Nur dass die Falle als ein Projekt getarnt war, das ihnen helfen sollte, wieder auf die richtige Bahn zu kommen. *Bullshit.* Diese verdammte Akademie war von meinen Eltern erbaut worden, um Vampire in Sachen Magie, Kampf und Elemente auszubilden und sie an Menschen und den Geruch ihres Blutes zu akklimatisieren, nicht um irgendwelchen Kleinkriminellen unter die Arme zu greifen.

Das Projekt mitsamt Stipendien zur Rehabilitation war nur ein Vorwand, denn meistens waren es diese mittellosen, verwahrlosten Neuankömmlinge, die nicht vermisst wurden. Gut für die Preston Academy, denn es konnte immer etwas schiefgehen, wenn man junge, aufbrausende Vampire und Menschen mit großer Klappe in die gleiche Klasse steckte. Nicht jeder Vampir hatte Selbstbeherrschung oder *wollte* sich überhaupt beherrschen. Viele waren wild, hatte keine Moral, keinen Anstand. Sie zogen den Namen ihrer Familien in den Dreck und für was? Für ein paar Terrorspielchen und ein wenig frisches Blut. Ich bemitleidete die Menschen, die ihnen in die Quere kamen.

Gestern hatte ich einen neuen Namen auf der Anwesenheitsliste gesehen – Avery James. Meine Tante hatte mir berichtet, was sie alles getan hatte, und ich war erstaunt über ihre Skrupellosigkeit, vielleicht auch ein wenig fasziniert. Sie liebte es, mit dem Feuer zu spielen. Vielleicht passte diese Akademie doch zu ihr. Nicht, dass es hier nicht Kriminelle gab, die viel Schlimmeres getan hatten, aber etwas an ihrem bloßen Namen zog mich an, ein sanftes Flüstern in meinem Kopf, der Vorbote, dass etwas Großes auf mich zukommen würde. Oder ich war einfach übermüdet. Ich schüttelte den Kopf und beeilte mich, zu viele neugierige Blicke auf mich gerichtet. Der Name Preston brachte viele Vorteile mit sich, war aber auch ein Fluch, den ich nicht loswurde. Geier warteten nur auf einen Fehler, auf ein falsches Wort, auf eine Lüge, um mit dem Finger auf dich zu zeigen. Und um ihnen diesen Nährboden nicht zu bieten, musste man verdammt wachsam sein. Es fickte deinen Kopf. Nicht mal in der Akademie war ich sicher. In meinen Kreisen war Macht und Einfluss alles. Und wenn etwas dich oder die Familie schwach wirken ließ, musste es ausgemerzt werden. Ohne Ausnahmen.

Ein paar Meter vor dem Eingang zum Klassenzimmer hörte ich die letzten belanglosen Gespräche abklingen, und mit einem genervten Seufzer riss ich die Tür auf. Ein neuer, komplett einzigartiger Duft schoss mir in die Nase und für einen Moment dachte ich, ich würde ohnmächtig werden. Nein, das konnte nicht sein ...

Alle Augenpaare schossen in meine Richtung, einige voller Schrecken, die anderen mit einer düsteren Faszination, die mich mit den Augen rollen ließ.

Nur eine Person starrte mich nicht an, sondern bückte sich, um einen Stift aufzuheben, der auf dem Boden gelandet war. Mein Blick verweilte auf ihr, bis sie in Zeitlupe den Kopf hob.

Was ich sah, brachte mich fast um, zerschmetterte mein Herz, das seit Jahrhunderten sowieso nur für sie, für das Wiedersehen mit ihr, schlug. Die neue Schülerin war nicht nur eine kleine, dumme Kriminelle, sondern es war *sie*. Meine unsterbliche Liebe, meine Agonie, mein Untergang und meine Erlösung – *meine Frau.*

Sie sah mich mit diesen unergründlichen, grünen Augen an, eine Farbe, die ich nie im Leben vergessen könnte. Selbst im Traum konnte ich diesen Ton von Tausenden unterscheiden. Ich krallte mich in die Kante des Lehrerpults und spürte, wie das Holz unter meinen

Fingerspitzen nachgab. Avery war schöner als je zuvor, wenn das überhaupt möglich war. Ihre Locken, von denen ich jede einzelne Strähne kannte, als wären es meine eigenen, fielen wild um ihr Gesicht, die Züge so engelsgleich und doch unbarmherzig. Nur diese Narbe, die oberhalb ihrer Braue anfing und über ihr Auge Richtung Nase verlief, war anders. Mein Blut kochte schon bei dem Gedanken, dass ihr jemand die verpasst hatte. Diese Person würde definitiv nicht mehr lange leben, nachdem ich erstmal erfuhr, was passiert war. Und ich würde jede Sekunde genießen, während sie um ihr Leben bettelte.

Ich schluckte das Gift runter, das sich in meinem Mund gesammelt hatte, und konzentrierte mich auf die Frau, die nach all diesen Jahren wieder in mein Leben getreten war.

Averys Blick war voll Staunen, Neugierde und einer Traurigkeit, die ich nicht verstand. Sie erinnerte sich nicht an mich. Wie sollte sie auch? Das tat sie nie. Und wenn die Erkenntnis kommen sollte, war unsere Liebe und ihr Leben dem Untergang geweiht. Sie würde Fragen stellen, würde sich womöglich rächen wollen und meine Eltern würden sie foltern, brechen und zerfleischen, wie sie es schon einst getan hatten. Ich schüttelte innerlich den Kopf, um die Bilder zu verbannen, doch es war mir über die Zeit nie gelungen.

Wie in fast jedem Leben hatten wir wieder zueinander gefunden, aber zu welchem Preis? Sie durfte nicht hier sein. Dieser Ort würde sie umbringen, von innen wie von außen. Bei meiner Seele, warum war das Schicksal so grausam zu uns? Was hatten wir getan, um diesen Zorn auf uns zu ziehen? Wir hatten uns verliebt. Das war wohl die größte Sünde gewesen. Mein Blick wanderte eine letzte quälend lange Sekunde über ihren Körper, ihre Haltung, die in jedem Leben gleich war, und verweilte kurz auf ihren Lippen. Lippen, die ich nächtelang geküsst hatte, die mir Geheimnisse und süße Versprechen für die Ewigkeit zugeflüstert hatten. Lippen, die *Ich will* gesagt hatten.

Meine Finger zitterten vor Aufregung, vor Angst, vor Schmerz. Sie war hier bei mir, nur einige Schritte entfernt. Ich hätte sie einfach packen und fortschaffen können, wenn ich gekonnt hätte. Aber das ging nicht. Es würde zu viel Aufsehen erregen. Leute würden Fragen stellen und Averys Schicksal wäre besiegelt. Trotzdem konnte sie nicht bleiben, nur über meine Leiche. Egal, wie sehr ich sie halten wollte, wie sehr ich mir wünschte, nur einen Moment des Glücks zu empfinden, das sie mir in unserem ersten Leben gebracht hatte. War es so verwerflich? Ja, wahrscheinlich.

Wenn sie nicht freiwillig ging, was ich mir schon dachte, musste ich sie dazu bringen, musste sie rausekeln. Einen Moment später drehte ich mich um, das Herz voll Abscheu vor mir selbst, denn von nun an musste ich eine Rolle spielen, für die ich mich mehr denn je hassen würde. Sie musste um jeden Preis verschwinden. Nur ein falscher Schritt genügte und ich müsste ihr beim Sterben zusehen, so wie in all den Leben zuvor. Ein weiteres Mal konnte ich nicht verkraften, ich würde verrückt werden.

Ich holte tief Luft und schrieb etwas an die Tafel,

um Avery nicht anzustarren, musste all meine Willenskraft aufbringen, um sie nicht vor der ganzen Klasse an mich zu reißen und ihre Lippen zu beanspruchen.

»Wie alt ist der Typ eigentlich?«, fragte Avery ihre Freundin, und ich fiel fast auf die Knie. Meine einstige Entschlossenheit schwand, als ihre Stimme erklang, so vertraut, so melodisch, so … *sie*. Sie sprechen zu hören und zu wissen, dass sie nur ein paar Meter von mir entfernt saß, brach mir das Herz und setzte es wieder zusammen. *Sag meinen Namen*, bettelte ich innerlich, aber sie hörte mich nicht. Nur mit Kraft konnte ich die Tränen unterdrücken, konnte ich mich aufrechthalten. Nein, jetzt war nicht der Zeitpunkt für Gefühlsausbrüche. Die würden später kommen, verborgen in der Dunkelheit.

Ich hatte eine Rolle zu spielen, also setzte ich meine Maske auf, drehte mich um und sagte: »Steh auf.« Ein kleiner Teil meiner Seele hatte gehofft, sie würde sich an mich erinnern, sobald sie meine Stimme hörte, aber ihre Augen spiegelten nur ihre Irritation wider. Sie hob eine Augenbraue, wie sie es immer tat, wenn sie jemanden herausfordern wollte.

»Ich sagte, du sollst aufstehen. Bist du schwerhörig oder hat der ganze Rauch auch deine letzte Gehirnzelle benebelt?« Okay, der letzte Teil war nicht nötig gewesen, aber ich konnte nicht egoistisch sein, musste sie drängen, diese verdammte Akademie hinter sich zu lassen. Sie konnte mich ruhig als Arschloch sehen, aber wenigstens wusste ich, dass sie dann in Sicherheit war. Weit weg von mir, vom Namen Preston, der sie schon einmal ins Grab befördert hatte.

Avery fiel die Kinnlade herunter, und ich sah, wie sie ihre Hände zu Fäusten ballte. Noch ein Seitenhieb und sie würde mir an die Gurgel gehen, meine temperamentvolle Königin. Auf eine makabre Art und Weise wünschte ich mir das sogar. Zumindest würden wir uns so berühren.

Avery stand auf und strich sich den Rock glatt. Mein Blick verweilte für eine Millisekunde auf ihren Beinen, viel zu schnell, als dass das menschliche Auge es erfassen konnte. Außerdem war sie zu sehr damit beschäftigt, unsichtbare Pfeile in meine Richtung zu schießen. Ich hätte fast gelacht. Ihr Jähzorn hatte sich im Laufe der Jahrhunderte nicht verändert.

»Was hast du ihr erzählt? Wir sind alle sicher *äußerst* neugierig«, sagte ich spöttisch. Eigentlich war es mir egal, aber ich wollte nur noch einmal ihre Stimme hören, ihre Worte, die wenigstens einmal an mich gerichtet waren.

Avery erwiderte nichts, und ich machte einen Schritt auf sie zu, ließ meine ganze Autorität auf sie wirken. Ich verschränkte die Arme vor der Brust, um zu verhindern, dass die wenigen anderen Vampire im Raum mein wild pochendes Herz hörten. Oder vielleicht wollte ich es auch nur vor ihr schützen, aber niemand konnte ihrem Feuer entkommen. Es verbrannte mich jedes Mal, und ich lächelte, während sie mir immer wieder den Gnadenstoß gab.

Averys Lippen formten sich zu einem Lächeln, das mein Herz fast zum Bersten brachte. »Ich habe mich nur gefragt, wie alt Sie sind.« Da war sie wieder, diese

Stimme, die mich in jedem Albtraum heimsuchte, mich anbettelte, sie zu retten.

Ich hörte, wie ihr Herz schneller schlug, während sich mein Mund zu einem Grinsen formte und ich sie amüsiert ansah. Manche Dinge änderten sich nie. Sie war noch immer von mir eingenommen, auch wenn es sich nur um mein Äußeres handelte, und auf eine abgefuckte Weise gab es mir einen Kick.

»Alt genug, um dein Professor zu sein. Jetzt setz dich.« Entgegen all meiner Instinkte drehte ich ihr den Rücken zu, und spürte, wie mein Herz aufs Neue brach.

DANKSAGUNG

Ich weiß, ich weiß, sorry für den Cliffhanger. Aber bitte hasst mich nicht allzu sehr dafür! Die Preston-Academy-Reihe ist meine erste deutsche Buchreihe, die in einem Verlag erschienen ist, und ihr könnt nicht glauben, wie ungeduldig und nervös ich über die Monate hinweg war. Es gibt so viele Menschen, die mich auf diesem Weg unterstützt und mir das Leben leichter gemacht haben.

Zuallererst möchte ich der Liebe meines Lebens und gleichzeitig meinem größten Supporter danken – Iulian. Du bist meine Familie, mein bester Freund und hast immer an mich geglaubt, selbst als mich alle anderen belächelt haben. Wenn es Fated Mates im echten Leben geben würde, dann wärst du meiner.

Dazu möchte ich meiner Booktok-Community danken. Ohne euch wäre ich nicht da, wo ich heute bin. Das ist keine Floskel, sondern die pure Wahrheit. Danke an all den Menschen, die mich von Anfang an begleitet haben, die mir Mut gegeben und ein offenes Ohr geschenkt haben. Aber ich möchte mich auch bei den Menschen bedanken, die erst später in mein Leben getreten und geblieben sind. Ihr seid mir genauso wichtig.

Danke an die Gruppen *Bianca und der Rest, Bestseller Manifestation* und *Olaaaa.* Ohne euren Zuspruch und eure Freundschaft wäre ich verrückt geworden. Insbesondere möchte ich Sarah und Maggi danken, die meinen Traum mit mir manifestiert haben. Ohne Sarahs Stupser in die richtige Richtung wäre ich heute nicht bei *Black Edition.* Danke auch an Daphne Bühner für das Know-how und die wertvollen Ratschläge. Durch dich habe ich so viel mehr über die Buchbranche gelernt und mich als Autorin weiterentwickelt. Last but not least: Jiyan, Jess und Anna. Vielen Dank für euren ständigen Support, eure lieben Worte und die Mundpropaganda, die ihr für meine Bücher betreibt. Ich schätze jedes Wort.

Nicht zu vergessen sind meine tatkräftigen Testleser Dina, Celine, Isabell, Jana, Laura, Maida, Sarah, Selina und Vivi sowie meine tollen Bloggern, die meine Bücher ins perfekte Licht rücken. Ihr seid so, so wichtig und mit diesem Absatz möchte ich eure unbezahlbare Arbeit und Werbung wertschätzen. Ohne euch wäre die Buchwelt nicht die, die sie heute ist.

Mein Dank geht außerdem an Jane, dem *Black Edition Verlag* (oder auch mal, wenn der Tag lang war, dem *Dark* Edition Verlag) und dem großartige Team dahinter. Ganz besonders Sandra und Jenny. Vielen Dank, dass ihr von Anfang an an mich und mein Projekt geglaubt habt. Darüber hinaus möchte ich mich bei Alina bedanken. Danke für deine Geduld und deine Adleraugen. Ich hoffe, ich mache dir das Leben nicht allzu sehr zur Hölle. Höchstens meine Antagonisten.

Zuallerletzt, und ich bezweifle, dass du das hier jemals lesen wirst: Danke, Stephenie Meyer. Ohne deine Bücher wäre ich nie zum Lesen gekommen. Geschweige denn zum Schreiben.

Dieses Buch behandelt folgende potentiell triggernde Themen.

- Erwähnung von sexueller Gewalt
- Erwähnung von häuslicher Gewalt
- Erwähnung von Folter
- Emotionaler Missbrauch
- Explizite Sprache
- Explizite sexuelle Szenen
- Alkoholmissbrauch
- Brandstiftuung
- Depressionen
- Tod
- Blut
- Narben
- Autounfall
- Albträume
- Primal Play

Mehr von SPIEGEL-Bestseller-Autorin Jane S. Wonda

»Ich werde dir eine Geschichte erzählen. Sie beginnt mit einem Geheimnis, das England bis ins Königshaus erschüttern könnte, und endet mit einem noch viel größeren. Du denkst, ich sei nichts weiter als ein Gangster, der mit Drogen und Kartellen spielt und dabei gewinnt. Du denkst, ich besäße nur meinen Club und ein paar Leute, die mir gehorchen. Du glaubst, meine Kontakte reichten nicht um die Welt, und du glaubst, mein Blut sei so rot wie deines. Aber du täuschst dich. Du hast keine Ahnung, wen du wirklich vor dir hast.«

Blaues Blut und schwarze Abgründe – Die überarbeitete Neuauflage des eBook-Bestsellers DARK PRINCE

Dark Prince - Gefährliches Spiel | 978-3-9859597-2-3
Band 1 einer Reihe

»Du dachtest, du könntest nach dem Land deiner Vorfahren suchen, 2000 Meilen von deiner Heimat entfernt. Du dachtest, du könntest mit deiner Freundin in einen Saloon spazieren, ohne dass dich jemand bemerkt. Du dachtest, du könntest meine Warnung ignorieren, obwohl ich freundlich genug war, dir eine auszusprechen. Du dachtest, ich wollte nur nett sein, als ich dir meine Hilfe anbot. Und selbst als du am nächsten Morgen an mein Bett gefesselt aufwachst, denkst du noch, dir wird nichts passieren. Wie falsch du liegst …«

Der düstere Reihenauftakt, zum ersten Mal als veredelte Klappenbroschur. Lass dich entführen in die Prärie Montanas. Atemberaubend spannend, ein Pageturner!

Smoke - Du bist sein Besitz | 978-3-98595-461-2
Band 1 einer Reihe

„Wir wollen nicht wissen, wie verwerflich unsere Liebe für die wirklich bösen Jungs ist. Wir wollen es nur genießen."

- Jane S. Wonda, Gründerin von Black Edition

Erfahre mehr über Jane und ihre Bücher und entdecke wondavolle Goodies und Buchboxen unter:

WWW.WONDAVERSUM.DE

@JANES_WONDA @JANES.WONDA

JANE S. WONDA

WILLKOMMEN ZURÜCK AN
DER PRESTON ACADEMY.

Willkommen zurück in den Schatten der Preston Academy, wo jedes Flüstern ein Geheimnis birgt und jede Lektion tödlich sein kann.

In einer Welt, in der der Tod nur der Anfang ist, wird Avery James' Leben erschüttert, als sie in den Armen der Person aufwacht, die sie nur benutzt und verraten hat. Während die Schülerin damit ringt, sich in ihrem neuen Leben und Körper zurechtzufinden, wird sie von unheimlichen Albträumen und Visionen heimgesucht, die von versteckten Wahrheiten flüstern.

Averys Kampf, sich mit ihrem Schicksal abzufinden, wird noch erschwert, als sie erfährt, dass ihre Zukunft unklar ist und sie alles, was ihr lieb und teuer ist, im Handumdrehen verlieren könnte. Ein Wettlauf gegen die Zeit beginnt, in dem sie sich eingestehen muss, dass ihre Gefühle für Alexander den Hass in ihrem Herzen überwiegen.

Von Verzweiflung getrieben, suchen sie und ihre Freunde nach einem Ausweg, bevor es zu spät ist. Doch ehe die Truppe eine Lösung finden kann, stößt Avery auf ein jahrhundertealtes Geheimnis, das alles infrage stellt, was sie je zu wissen glaubte.

Ruin and Redemption
Von Bianca Mov
ISBN: 978-3-98942-652-8

WILLKOMMEN AN DER W&R ACADEMY, KLEINER HASE.

Du bist ein braves Mädchen,
nicht wahr?
Hast immer nach den Regeln gespielt
und gerade deswegen verloren.
Dein kleines Märchen hat sich nicht
erfüllt. Was machen wir nun mit dir?

Du machst es uns zu leicht, Praeda.

Nur deine Kapitulation ist uns nicht
genug. Wir wollen mehr, wollen alles.
Du bist hier unter Wölfen.
Du wirst für uns bluten.

Savannah Díaz hat nur ein Ziel. Sie will nach Harvard. Als die Absage sie erreicht, bricht für sie eine Welt zusammen. Gerade als sie denkt, ihren Traum begraben zu müssen, erhält sie eine Einladung der W&R Academy, einer elitären Privatschule in Schottland. Sie soll ein Jahr lang die kulturelle Abwechslung an der Akademie sein und erhält im Austausch dafür die nötigen Kontakte, um es nach Harvard zu schaffen. Sie willigt kurzerhand ein, nur um sich auf einer abgelegenen Burg wiederzufinden. Im Zentrum der Aufmerksamkeit der acht Regents.
Anführer der Elite.
Heiß wie die Hölle und laut dem, was gemurmelt wird, ebenso gefährlich. Als mehrere Stipendiaten tagelang verschwinden, nur um mit Bisswunden am ganzen Körper wieder aufzutauchen, muss Savannah sich fragen, ob es nur die verruchten Spiele der Regents sind, vor denen sie sich fürchten soll, oder doch eher vor den Regents selbst.

Regents - Blute für uns
Von Isabelle North
ISBN: 978-3-98942-626-9

LESEPROBE: DARKSIDE - DU BIST MEINE OBSESSION

PROLOG

Sechs Jahre zuvor

Tränen liefen mir über die Wangen. Die Dunkelheit hüllte mich ein. Ich wagte es nicht, auch nur einen Laut von mir zu geben. Stattdessen saß ich da. Starrte ins Nichts. Lauschte meinem hektischen Herzschlag, während ich betete. Ich war nicht gläubig. War es nie gewesen. Doch heute, hier und jetzt, flehte ich zu Gott. Bat um Hilfe. Hoffte, dass er mich hören würde. Mich retten würde. Mir irgendjemanden schickte, der diesen Albtraum beendete.

Angst schnürte mir die Kehle zu. Ich schluchzte und presste mir die dreckigen Hände auf den Mund. Sofort stieg mir der metallische Geruch von Blut in die Nase, gepaart mit dem Gefühl von warmer Flüssigkeit auf kalter Haut. Beim Abtasten der Wände hatte ich mir die Finger an den scharfkantigen Flächen aufgeschürft.

Ich weinte stumm, während die Furcht mich lähmte. Mein Körper schmerzte, was womöglich daran lag, dass ich auf dem eisigen Boden kauerte. Die Kälte drang mir durch die Kleidung bis in meine Knochen. Ich zitterte und drückte die Hand nur noch fester auf meinen Mund. Selbst meine Unterlippe bebte.

Ich würde an diesem gottverlassenen Ort sterben und niemand würde mich finden. So sicher wie jetzt war ich mir einer Sache noch nie gewesen.

Eine Tür öffnete sich leise knarzend, wodurch der entstehende Luftzug den modrigen Geruch aufwirbelte, der zuvor in den Wänden sowie im Boden fest verankert schien.

Sofort sah ich auf. Bevor ich erkannte, wer dort im Türrahmen stand, leuchtete mir derjenige mit einer Taschenlampe direkt ins Gesicht. Das grelle Licht tat weh. Hektisch kniff ich die Augen zusammen. Noch mehr Tränen verließen meine Augenwinkel und liefen mir über die Wangen.

»Du bist dran, Kleines.«

LESEPROBE: DARKSIDE

KAPITEL 1

»Noch einmal zusammengefasst: Ich soll einen Brief an einen Knasti schreiben.«

»Inhaftierten«, korrigierte mich Kyra.

Ich ging nicht darauf ein, sondern musterte sie argwöhnisch. »Und mit diesem verurteilten Straftäter eine Brieffreundschaft anfangen.«

»Kleine Delikte, Sloane. Man könnte schon fast *Bagatelldelikte* sagen.«

Skeptisch runzelte ich die Stirn. Sonderlich begeistert war ich nicht von ihrer Idee. »Könnte und fast in einem Satz. Klingt sehr überzeugend«, murmelte ich ironisch. Ich sah von meiner besten Freundin zum röhrenden Kaffeevollautomaten. »Für deine Projektarbeit könntest du ein anderes Thema nehmen. Es gibt so viele, die nichts mit Kriminellen zu tun haben. Zum Beispiel bist du eine verdammt erfolgreiche Streamerin. Da kannst du bestimmt viele psychologische Auswirkungen analysieren, ohne uns in Gefahr zu bringen.« Mir war bewusst, dass ich nicht so verzweifelt klang, wie ich mich fühlte. Alles in mir sträubte sich gegen diese Vorstellung.

»Das wäre zu einfach«, winkte sie munter ab.

Viel mehr wollte sie mir durch die Blume sagen, dass es wohl zu *langweilig* wäre.

Ich seufzte und gab einen Teelöffel Zucker zum Kaffee. Nachdem ich auch einen Schuss Milch hineingegeben hatte, griff ich nach der Tasse und drehte mich zu Kyra um. Bei ihrem Anblick stöhnte ich leise.

Ihr flehender Blick bekam etwas Dramatisches, weil ihre haselnussbraunen Augen in dem Licht noch größer erschienen, als sie ohnehin schon waren. Sie war wie ein Reh, das in die grellen Scheinwerfer eines Autos starrte, hilflos und unfähig, sich in irgendeiner Form zu bewegen. Leider wusste sie zu gut, dass ich diesem zuckersüßen Blick nicht lange standhalten konnte.

Dennoch wehrte sich alles in mir dagegen, einem Häftling einen Brief zu schreiben. Das war so ... persönlich.

»Komm schon. Das Gefängnis ist in Kalifornien. Wir leben in Vermont. Das sind um die dreitausend Meilen! *Dreitausend*«, wiederholte sie eindringlich.

»Kyra«, murmelte ich und verzog das Gesicht.

»Außerdem«, unterbrach sie mich, »wird der Briefumschlag nicht an die Häftlinge weitergegeben, sondern vorher entfernt. Sie bekommen nur den reinen, nackten Brief. Mehr nicht.«

Ich seufzte frustriert, setzte mich ihr gegenüber an den runden Küchentisch und sah aus dem Fenster.

Von unserer WG-Küche aus hatte ich den perfekten Blick auf die Wälder, in denen das Städtchen Greenfield lag. Es erinnerte mich jedes Mal an die Idylle in der Serie *Gilmore Girls*.

Wir besaßen ähnliche, verschlafene Cafés, gepflegte Parkanlagen mit einem See darin und ein paar Bed-and-Breakfast-Unterkünfte, die gern von Wandertouristen gebucht wurden.

»Ich lebe aus einem bestimmten Grund hier und nicht daheim in New York, obwohl Mom und Dad wollten, dass ich in der Nähe und nicht an der *University of Vermont* studiere. Du weißt genau, dass ich diese Idylle brauche nach allem, was damals passiert ist.«

»Ich weiß«, flüsterte sie.

Gemeinsam hatten wir beschlossen, hierherzuziehen. Der Spitzname Vermonts – The Green Mountain State – verdeutlichte, dass dieser Ort umgeben von Wäldern, Bergen und Flüssen umgeben war. Die Schönheit der Natur, vereint in Greenfield.

Mittlerweile hatten wir nicht nur unsere Bachelorstudiengänge erfolgreich abgeschlossen, sondern befanden uns obendrein im Abschlussjahr des jeweiligen Masterstudiengangs.

»Es ist wirklich ungefährlich«, versicherte sie mir. Aus dem Augenwinkel erkannte ich, dass sie sich neben mich hockte. Doch ich sah erst zu ihr, als sie meine Hand ergriff und diese drückte. »Bitte. Ich muss zehn Leute finden und ich habe absolut jeden gefragt, den ich kenne, aber eine Person fehlt mir noch. Du weißt, dass ich dich sonst niemals darum gebeten hätte.«

Ich sah in ihre Augen. Ich erkannte die Wahrheit in ihrem Blick unter dem brünetten Fransenpony, den sie sich vor zwei Monaten hatte schneiden lassen und der ihr jetzt wild ins Gesicht fiel. Ich seufzte. »Und da sind garantiert keine Schwerverbrecher?«

Sie hob die Hand. »Ich schwöre auf unsere Flagge, dass jeder Einzelne von ihnen von mir, meiner Professorin und der Gefängnisdirektion ausgewählt wurde.«

Frustriert rieb ich mir über den Nacken. »Na schön.«

Kyra strahlte schlagartig von einem Ohr zum anderen und fiel mir mit einem lauten Ausruf der Freude in Form eines schrillen Quietschens um den Hals. »Du bist die beste Freundin, die man haben kann!«, flötete sie, während ich Mühe hatte, meinen Kaffee vor ihrem Übergriff zu schützen.

Etwas überfordert mit so viel körperlicher Nähe, stellte ich meine Tasse ungeschickt auf dem Tisch ab und tätschelte ihr unbeholfen den Rücken.

»Oh, sorry.« Sie ließ mich eilig los und grinste entschuldigend. »Ich habe schon wieder vergessen, dass du Umarmungen nicht magst.«

Mein Sonnenschein Kyra war da ganz anderer Natur. So sanftmütig ihr Blick war, so eisig war meiner. Das mochte an dem Eisblau meiner Iriden liegen oder daran, dass sie aufgrund der langen schwarzen Haare noch greller wirkten, aber es änderte nichts an der Tatsache, dass es mein Innerstes spiegelte.

»Schon gut.« Ich musterte sie prüfend, doch sie hob nur grinsend beide Hände, als wenn sie sich ergeben würde, sodass ich es wagte, mir meinen Kaffee zu nehmen und mir einen Schluck zu gönnen. »Wem soll ich einen Brief schreiben?«

»Moment, ich schau mal eben.« Sie richtete sich unter Stöhnen auf, als sei sie eine alte Oma. Dabei war sie, genauso wie ich, gerade einmal vierundzwanzig.

Ich beobachtete Kyra, wie sie die Küche verließ, und lauschte ihren Schritten, die direkt zu ihrem Schlafzimmer führten. Keine zwei Minuten später kam sie mit ihrem Laptop im Arm zurück und stellte diesen auf dem Tisch ab.

»Lass mich schauen«, sagte sie. »Ah, da ist sie.« Unter der Armee an Dateien auf ihrem Monitor wurde mir schwindelig. Überall waren Exceltabellen, Word-dateien und irgendwelche Ordner abgespeichert. Es mussten Dutzende von Icons sein. Ich hätte an ihrer Stelle längst den Überblick verloren, wo sich was befand, aber obwohl Kyra Psychologie studierte, blieb sie eine Chaotin. Immerhin eine intelligente Chaotin mit Charme, Humor und einem ausgeprägten Gerechtigkeitssinn.

»Gigi schreibt dem Steuerhinterzieher. Louis demjenigen, der ein paar Raubüberfälle begangen hat, aber nichts Großartiges. Carmen hat einen Kunstfälscher genommen. Die anderen haben sich noch nicht zurückgemeldet, für wen sie sich interessieren, von daher hast du die freie Wahl.«

Sie tippte auf dem Monitor gegen eine Tabellenspalte einer Exceldatei. Ich beugte mich vor, um besser sehen zu können, und warf einen neugierigen Blick auf die Liste. »Was ist mit dem da? Gregory Lincoln? Ich mag den Nachnamen.«

Kyra öffnete einen Ordner auf ihrem Desktop und überflog ihre Notizen. »Er ist Identitätsräuber. Eigentlich ziemlich spannend, wenn du mich fragst. Der hat bestimmt viel zu erzählen.«

Ich dachte darüber nach. Es klang recht harmlos.

»Keine Gewaltdelikte oder etwas in der Art?«, erkundigte ich mich dennoch. Das eine schloss das andere nicht aus.

Kyra schüttelte den Kopf. »Zumindest nichts, was mir mitgeteilt wurde, und der Gefängnisdirektor war dahingehend sehr ausführlich, was seine Berichte anging.«

»Ist das überhaupt erlaubt? Ich meine datenschutztechnisch?«

Sie nickte. »Jep. Er findet das Projekt klasse und hat gezielt einige Insassen angesprochen und sich von denen schriftlich geben lassen, dass er ihre Straftaten preisgeben darf. Die Jungs sollen ziemlich positiv darauf reagiert haben, dass sie Kontakt nach außen haben dürfen.«

»Klingt gut«, murmelte ich und stieß die Luft aus. »Fein.« Ich nippte an meinem Kaffee und starrte den Namen an. *Gregory Lincoln.*

Mein Mundwinkel zuckte. »Dann schreibe ich mit Mr. President.«

»Du bist die Beste, danke!« Kyra trug in ihrer Exceltabelle in der entsprechenden Spalte meinen Namen ein. »Professor Johnson ist auch schon total aufgeregt.« Sie grinste und klang regelrecht euphorisch, was mich ein wenig milder stimmte.

Ich schenkte ihr ein ehrlich gemeintes Lächeln. »Kann ich mir gut vorstellen. Wann fängt das Ganze an?«

»Gestern.«

Ich verschluckte mich an meinem Kaffee. »Wie bitte?«

Peinlich berührt kaute Kyra auf ihrer vollen Unterlippe, während sie mich ansah. »Na ja«, nuschelte sie. »Ich hätte eigentlich längst die Briefe verschicken sollen. Aber erst habe ich keine zehn Leute zusammenbekommen, die mitmachen wollten, und jetzt dauert es Ewigkeiten, bis sich alle zurückmelden, damit ich ihnen die Insassen zuweisen kann.«

Ungläubig starrte ich sie an. »Süße, du bist wirklich die chaotischste Person, die ich kenne, und du willst Psychologin werden?«

»In der Forschung. Da habe ich alle Zeit der Welt«, brummte sie. Das war ein wenig übertrieben, aber dort hatte sie definitiv mehr Freiraum und lediglich Abgabefristen, jedoch keine täglichen Termine. Stattdessen wollte sie Projekte durchführen und Ergebnisse analysieren. Auswertungen waren ihr Steckenpferd. Bloß wusste ich nicht, ob diese Projektarbeit wirklich das Richtige war, um ihr Können unter Beweis zu stellen.

»Wärst du so lieb und würdest direkt den ersten Brief schreiben, damit ich ihn gleich mit dem von Louis und Carmen abschicken kann?« Als ich sie ungläubig anstarrte, wurde sie knallrot. »Bitte?«

»Die Post hat heute nur bis zwölf Uhr offen. Wir haben Samstag, das weißt du schon, oder?«

Ich linste auf die Uhr. Wir hatten gerade mal kurz nach neun. Theoretisch Zeit genug, um einen zu schreiben. Bloß mochte ich es nicht, wenn ich gehetzt und unter Druck gesetzt wurde.

Und das auch noch während meines ersten Kaffees.

»Na komm. Du bist angehende Journalistin. Da müsste dir das Schreiben im Blut liegen.«

»Ja, schon …« Ich stellte die Tasse neben ihren Laptop und fuhr mir mit beiden Händen über das Gesicht. »Fein«, brummte ich. »Ich muss nur schnell die Tintenpatronen vom Drucker wechseln. Die habe ich gestern leer gemacht, als ich für meine Abschlussarbeit einige Dinge ausgedruckt habe.«

»Ähm …«

»Och ne, oder?« Ich ließ die Hände sinken und starrte meine beste Freundin ungläubig an.

Diese lächelte zuckersüß wie ein Engelchen mit braunen Locken. »Handschriftlich?«

»Ist das eine Frage oder eine Aussage?«

»Letzteres?«

Ich stöhnte. »Das ist doch nicht dein Ernst.« Es war ja nicht so, als wenn ich mir selbst nicht genügend Stress und Arbeit aufgehalst hätte. »Du weißt wirklich, wie du mir den Samstagmorgen versüßt.«

Sie druckste herum. »Es soll etwas Persönliches sein. Die Häftlinge haben keinen Zugriff auf Computer. Entsprechend wäre es nur fair, wenn alle per Hand schreiben müssen und nicht nur die Inhaftierten. Außerdem kann man über eine Handschrift viel mehr über einen Menschen herausfinden.«

Ich seufzte. »Okay. Wie lange soll das ganze Spiel noch mal gehen?«

»Je nachdem. Die Projektarbeit geht ungefähr zweieinhalb Monate. In dieser Zeit wäre es schön, wenn ihr so viele Briefe wie möglich untereinander austauscht.«

»Und wer bezahlt das Porto?«

»Das übernehme natürlich ich.«

Natürlich.

Obwohl man es Kyra nicht ansah, war sie verdammt noch mal reich. Oder könnte es zumindest sein, sofern sie nicht ihr ganzes Geld zum Fenster rausschmeißen würde.

»Du studierst Sozialpsychologie im Master. Ich bin mir ziemlich sicher, dass du und deine Professorin ein Thema gefunden hättet, bei dem ihr keine zehn Kommilitonen nerven müsstet.«

»Aber da liegt ja gerade der Fuchs begraben: Je mehr ich beobachten kann, desto besser. Dadurch habe ich gleich zwanzig Probanden!« Sie zwinkerte mir zu, ehe ihre gute Laune einen Dämpfer bekam. »Zumindest, wenn sich die anderen Pappnasen endlich mal einen Inhaftierten aussuchen würden. Außerdem … uh, Clark hat geantwortet! War ja klar, dass er den Kleptomanen nimmt. Ich schwöre dir, er ist selbst einer.«

Schon konzentrierte sie sich wieder auf ihre Exceltabelle und bemerkte gar nicht, wie ich mit meinem leeren Kaffeebecher zurück zum Vollautomaten ging, um mir einen zweiten zu gönnen. Danach würde ich mich an den Brief setzen. Was sollte dabei schon schiefgehen?

Ich grinste und griff nach dem Zucker.

Vermutlich so gut wie alles.